나는 글을 쓰며
매일 단단해져 갑니다

나는 글을 쓰며 매일 단단해져 갑니다

초판 인쇄 | 2023.11.5
초판 발행 | 2023.11.10

지은이 | 김나정, 김세현, 김지현, 변은혜, 신정아, 윤미란, 이상임, 조은아, 천유진, 최수아나
디자인 | 사라
발행인 | 변은혜
발행처 | 책마음

출판 등록 | 2023.01.04 (제 2023-1호)
주 소 | 원주시 서원대로 427, 203-1401
전 화 | 010-2368-5823
이메일 | book_maum@naver.com

값 16,800원
ISBN | 979-11-984851-1-3 (03810)

나는 글을 쓰며
매일 단단해져 갑니다

김나정
김세현
김지현
변은혜
신정아
윤미란
이상임
조은아
천유진
최수아나

책마음

프롤로그

. . . .

이 책은 쓰면서 길을 찾아가고, 길을 잃지 않기 위해 계속 쓰려는 여성들의 이야기입니다. 여성들의 삶은 획일적이지 않습니다. 오롯이 나를 위한 성장만을 위해 달려오다가 결혼과 육아라는 여정을 거치면서 어느새 그렇게 빛나고 화창했던 '나'를 서서히 잃어버립니다. 누군가를 위해 내어준 시간은 절대 헛된 시간이 아니지만, 의문은 계속 생겨납니다.

"이렇게 사는 게 맞는 걸까?", "나라는 사람은 어떤 것을 좋아했지?", "앞으로 어떻게 사는 것이 잘 사는 걸까?", "자녀들에게 어떤 엄마로 남고 싶을까?", "엄마이기 전에 여자로, 한 인간으로서의 나를 찾고 싶은데 어떻게 해야 하지?"

그러나, 우리 여성들은 약하지 않습니다. 어떤 이는 잃어버린 시간을 보상받고자 새벽을 깨우고, 어떤 이는 새로운 배움에 자신을 용기 있게 열어 놓고, 어떤 이는 안 해본 일들에 도전하고, 어떤 이는 독서를 시작하며, 어떤 이는 세상에 나를 드러내는 책을 쓰기 시작합니다.

이 책은 독서와 글쓰기에 푹 빠진 사람들의 이야기입니다. 쓰고자 하는 사람은 읽기도 사모합니다. 지치고 힘들고 어려울 때마다 읽고 읽었더니 글이, 문장이 우리를 이렇게 불러냈습니다.

이제 "너의 이야기도 써 볼래?", "너의 이야기도 듣고 싶어." "그동안 수고 많았어.", "이제 자신을 조금 보듬어가도 돼.", "너의 생은 거저 주어지지 않았어.", "네 마음 깊은 곳에서 너의 말을 꺼내 봐."라고요. 이렇게 누군가 애써 쌓아 올린 무수한 문장들의 힘을 입어서 이제 우리도 써 갑니다.

한 자 한 자 눌러쓴 문장과 그 행간에는 그녀들이 살아온 삶과 마음이 담겨 있어요. 아직 완성되지 않은 우리의 삶이지만, 이렇게 계속 읽고 쓰며 주어진 삶을 조금 더 환하게 살아갈 거라 믿어요. 힘들고 억울하고 불편하고 아픈 시간도 많았어요. 앞으로도 그럴지 모르죠. 그러나 우리는 계속 읽고 쓰며 마음들을 털어내며 잠잠히 나와 우리를 성찰해 갈 거예요. 냉철하게 때론 따뜻하게 상황을 재해석하며 나와 우리를 살릴 새로운 의미들을 발견해 갈 거예요.

이 책의 저자들은 모두 여성이지만, 전업주부, 직장인, 시인, 연구원, 소설가, 사업가, 교수, 코치, 작가들로 저마다 살아온 삶의 무늬는 모두 다양합니다. 한국과 미국에서도 함께했습니다. 공저이기에 많은 이야기를 풀어놓을 수 없었지만 짧은 글들 속에서도 다정하게 때론 불같이 가꾸어온 그녀들의 삶을 엿볼 수 있었습니다.

읽기와 쓰기의 힘을 믿습니다. 치열하게 때로는 느리게 읽고 쓰며 나와 세상을 향한 따뜻한 시선들을 계속해서 가꾸어 가기를 바랍니다. 나쁜 생각과 에너지도 전염이 되지만, 그에 못지않게 좋은 에너지와 빛 또한 자연스럽게 흘러갑니다. 이 책을 읽는 분들도 읽고 쓰며 더욱 단단해져 가는 이 여정에 함께하시기를 축복합니다.

_엮은이 변은혜

목차

어제보다 한 걸음만큼 더 붉어진 그 모습이 나를 향하고 있었다. 서서히 때에 맞게 변화하고 있다고, 갑작스러운 가을비와 서늘한 새벽 공기에 당황하지 않고 그저 매일 조금씩 익어가는 중이라고 말이다. 늘 그래왔고 앞으로도 그러할 것이라고, 1분을 다투는 내게 하루 동안 딱 하루만큼 충실히 걷는 모습을 보여주고 있었다.

첫 번째 선물

나는 나로 충분하다

나는 나로
충분하다

의미 치료(Logo Therapy)는 책 《죽음의 수용소에서》로 유명한 빅터 프랭클 박사가 세운 이론이다. 우리가 흔히 알고 있는 심리 치료는 프로이트의 정신분석학에 기반을 두고 있다. 정신분석은 내담자의 과거의 욕구 불만이나 상처에서 문제의 원인을 찾고 치료하는, 과거에 초점을 둔 치료법이다. 반면 프랭클 박사의 의미 치료는 내담자의 문제 원인을 의미 상실에 두고, 새롭게 삶과 존재 의미를 찾아가는 미래지향적 치료 방법이다.

인간이 생을 영위하기 위해 필요한 것 중 하나는 '내가 나로 존재하는 의미'를 찾는 일이라고 한다. 현대인이 겪은 우울증과 불안, 강박 등은 존재 의미가 희미해질 때 더욱 짙어진다. 그렇지만 삶의 의미를 찾게 되면 치료약 없이도 정신적 고통에서 벗어날 수 있다.

30대 중, 후반의 나이에 심각한 우울증을 겪었다. 최근 들어 나를 알게 된 사람들은 심한 우울증과 화병 치료를 받았다는 내 고백에 깜짝 놀란다. 그만큼 잘 극복했고 치료가 효과적이었다는 뜻일 테다. 지금이야 웃으며 과거 무용담 늘어놓듯 하지만, 당시의 나는 지옥 한가운데를 살았다.

그 신호탄은 나의 임신과 출산이었다. 늦은 나이에 결혼해 가진 아이를 남편 가족 중 누구도 축복해 주지 않았다. 데면데면, 불러오는 배를 못마땅하게 바라보며 떨떠름한 표정을 감추지 않았던 그들을 그저 견뎠다. 아이가 태어난 날에도 어느 용한 무당이 근처도 가지 말라 했다며 시가에선 누구도 찾아오지 않았다. 기막힌 변명에 따지지도 못했다. 며느리는 응당 그래야 하는 줄 알았다.

육아휴직을 받고 아이를 돌보던 나는 결국 퇴사를 결심했다. 젖병을 온몸으로 거부하고 오직 엄마만 찾는 딸을 외면하기 어려웠다. 무엇보다 내 손으로 아이를 키우고 싶었다. 그러자 일이 터졌다. 내 퇴사를 알게 된 시어머니는 분노했고, 분노는 도를 넘는 간섭으로 이어졌다. 젖을 끊고 분유를 먹여라, 기저귀는 가장 싼 제품으로 채워라, 카시트는 사지 말아라, 유모차도 필요 없다, 시집보내면 남의 식구인 계집아이, 유난스럽게 키우지 마라. 애 키우는 게 뭐 대수라고 일을 그만두느냐, 버는 돈이 얼마인데 생각이 있냐 없냐, 애는 어른들에게 맡겨라, 돈 벌어라. 돈. 돈. 돈. 돈! 하루가 멀다고 쏟아지는 비난을 견디던 내가 서서히 무너져 내렸다.

치료는 힘들었다. 우울증약을 처방받고 부작용이 너무 심해 겨우 이틀을 먹고 중단했다. 매일, 매 순간 마음은 널을 뛰고, 감정은 오락가락했다. 세 돌이 겨우 넘은 딸을 위해서라도 '견뎌야지,' '이겨내야지,'하며 이를 악물었다. 하지만 약을 쓸 수 없으니, 증세는 나날이 부피를 키워갔다. 그런 나를 지켜봐야 했던 엄마의 간절한 마음과 기도가 하늘에 닿아서였을까? 엄마는 기어이 나를 치료해 줄 한의사를 찾아냈다.

시간은 정말 더디 흘렀다. 치료 효과도 지지부진했다. 그저 의사에게 나를 맡겼다. 중얼중얼, 말들이 공허하게 입에서 맴돌다 사라졌다. 차마 뱉을 수 없었던 말들은 분노였고, 증오였고, 저주였다.

당시 나를 치료해 준 한의사 선생님은 내 성장을 지근거리에서 지켜본 삼촌 같은 분이었다. 나의 기질, 성격, 살아온 여정을 세상 어떤 의사보다도 상세히 알고 있었다. 내 우울증과 화병을 진단하며 누구보다 놀랐고 염려했다고 한다. 아무리 애써도 나아지지 않는 내 증상에 결국 남편이 호출됐다. 그러자 문제의 원인이 드러났고 남편은 의사 선생님의 분노를 정면으로 마주해야 했다.

"사람이 저 정도로 아플 때까지 자네는 뭘 했나? 내 저이를 어릴 때부터 봐와서 아는데 절대 나약하지 않았어. 정신적으로든 육체적으로든 저런 기질이 아니란 말이지! 그런데 지금 상태가 어떤지 아는가? 목숨이 실낱같이 붙어 있어. 암으로 치자면 말기 암일세. 눈에 보이지 않으니 멀쩡해 보이는가? 얼마나 참고 마음을 삭였으면 사람이 너덜너덜해! 남아 있는 기(氣)라고는 없어. 저러고도 살아 있는 게 용할 지경이고 내일 목숨이 끊어진대도 놀랍지 않을 정도란 말일세. 자네 처를 살리고 싶은가? 살리고 싶으면 당장 사과하게! 사내가 제 여자 마음도 품지 못하면서 무슨 바깥일을 해! 자네 양친도 불러다 며느리에게 싹싹 빌라고 하시게!!"

나를 두고 꾀병 취급하던 남편은 고개를 떨구었다.

잘 먹었다. 잘 먹고 잘 자는 게 인생의 전부인 양 살던 어느 하루, 의사 선생님이 내게 물었다.

"어떻게 버텼어? 무엇이 버티게 했어?"

"음…. 제 딸이요. 엄마가 없으면 안 되는 제 딸이 버티게 했어요." 치료를 시작하고 처음으로 목 놓아 울었다.

그랬다. 딸은 말기 암 같던 내 마음에 가장 강력한 항암제였다. 먹기 싫은 밥도 아이의 맑은 눈을 보며 밀어 넣었고 자기 싫은 잠도 아이의 작은 몸을 의지해 청했다.

'꼭 이길 거야. 지지 않을 거야. 내가 너를 위해 할 수 있는 건 엄마 자리를 지키는 것뿐이지만 해볼게. 나를 엄마라고 부르는 너만 볼 거야. 그 사람들은 나 없이도 잘 살 테니 신경 끊을 거야. 넌 내가 필요하니까, 너만 바라볼게.' 매일 밤 드린 나의 간절한 염원이었고 기도였다.

의지가 생기니 치료는 속도를 내었다. 시어른들의 사과는 바라지도 않았다. 그저 내가 아픈 이유가 궁금했다. 아픈 엄마를 보고 자란 내 딸은 괜찮을지, 걱정만 한 보따리였다. 그래서 다시 책을 폈다. 엄마가 끓여주시는 따뜻한 밥을 먹고, 아이의 티 없는 미소를 보며 읽고 또 읽었다. 손 놓았던 공부도 시작했다. 아이가 가장 걱정이었던 터라 아이와 관련된 모든 강의를 들었다. 심리, 뇌, 정서, 발달 등등 당시에 읽었던 책과 강의는 나에게 '사람'을 가르쳐 주었다. 그리고 내가 겪은 일들이 내 잘못이 아니란 것도 알려 주었다. 시가로부터 따뜻한 말 한마디 못 들었어도 괜찮았다. 인간이란 게 다 그렇구나, 깨달으니 그들을 내려놓는 게 가능했다. 그들은 내게 의미가 될 수 없었다. 내 존재는 그들을 위한 것이 아니었다. 나는 그저 나로 소중했고 나는 나로 충분했다. 1년 뒤 내 치료가 종료되었다.

번외. 우리 엄마 이야기

"내 딸 눈에 뿌연 구름이 떠다녀요." 의사를 보자마자 매달렸다. 초점 없는 딸의 눈에 보이는 구름을 따라 딸이 훌훌, 미련조차 버릴까 봐 불안했다. 심장이 조였다.

마음이 텅 빈 제 엄마 곁을 떠나지 않는 어린것을 챙겨야지. 곡기를 끊은 딸년 뭐라도 먹여야지. 네가 있는 지옥에 나도 함께 있으마. 내 아가, 내 딸아, 지지 말아라.

손녀가 있어서 다행이다. 저 어린것이 제 엄마를 지키니 다행이다. 제 새끼를 보듬으니 이제 한시름 놓아야겠다. 의사도 이제야 치료가 된다고 하니 믿어봐야겠다.

딸이 도서관에서 책을 한 아름 들고 왔다. 아침에 가봐도 저녁에 가봐도 책을 껴안고 산다. 재미가 있는 건지 뭔지 도통 모르겠지만 책을 읽는 딸이 반갑다. 그래, 원하는 게 그거라면 양껏 해라. 미련을 꼭꼭 붙들고 살아내라. 나머지는 엄마가 다 할 테니까.

손녀를 자전거에 태우고 딸이 집으로 들어선다. "엄마!"하고 부르는 소리를 따라 고개를 드니 딸이 웃는다. 아... 딸이 웃는다. 반가운 마음에 하던 일도 집어던졌다. 딸의 얼굴을 잡고 이리저리 살폈다.

"이제 구름이 안 보이네. 이제 구름이 안 보여." 내 딸 눈에 빛이 들었다. 내가 울고 있었나 보다. 손녀가 나에게 울지 말라며 저도 운다. 내가 울고 있었구나.

"엄마, 나 이제 괜찮아요. 진짜 괜찮아." 눈물이 그렁그렁한 딸의 눈이 말갛게 반짝이는 걸 보니 지옥이 끝났나 보다.

_김나정의 글

나는 너를
격하게 응원해

팬데믹의 혼란을 이겨 먹은 너

2019년 겨울, 중국 폐렴이 발발했다는 소식이 들리자 잠자고 있던 나의 예감이 촉을 곤두세우며 벌떡 일어났다. 그저 감이었다. 곧 다가올 설을 준비하는 중에 나는 KF94 마스크와 손 세정제, 가족들에게 필요한 무언가를 꾸역꾸역 사 모았다. 이미 많은데 왜 자꾸 쟁기냐는 남편의 타박을 콧방귀로 날리고 중국 바로 옆에 있는 우리나라에 곧 바이러스가 도달할 거라 우겼다.

2020년 1월, 전 인류가 유례없는 혼란에 휩싸였다. 코로나19의 대유행, 세계는 문을 걸어 잠갔다. 마스크 품귀현상이 일어나고, 위생에 관련된 제품은 불티나게 팔렸다. 경험하지 못한 세상이 눈앞에 펼쳐졌다.

우리 가족은 제법 의연했다. 별나다 질타받은 내 예감은 추앙의 대상이 되었다. 신종플루와 메르스를 통과하며 습득한 경험이 힘을 발휘했다. 출퇴근하는 남편이 감염되지 않도록 아침저녁으로 신경 쓰는 정도가 내 어려움의 전부였다.

3월이 왔고 학기가 시작되어서도 학교는 문을 열지 못했다. 아이를 키우는 가정마다 난리 법석이었다. 다행히 사교육 없이 혼자 공부하는데 익숙한 초등 5학년 딸에게 온라인 수업은 어렵지 않았다. 단지 지겨울 뿐이었다. 온라인 수업으로 학기를 채워내던 5월의 어느 날,

"엄마, 나 홈스쿨링하면 안 돼?" 딸이 던진 질문은 파문을 일으켰다.

홈스쿨러가 되다

딸이 여섯 살이던 무렵, 나는 사교육 없는 교육 방법에 꽂혀 있었다. 좀 더 자유롭게, 성적에 얽매이지 않고 공부하는 방법이 없을까 고민에 고민을 거듭했다. 그러다 홈스쿨링에 마음을 뺏겼다.

홈스쿨링을 이해하기 위해 수십 권의 책을 탐독하고, 관련 잡지를 구독해 정기적으로 읽고 익혔다. 나보다 먼저 그 길을 선택한 선배 맘들을 만나 궁금증을 채우기도 했다. 그들은 다양한 피드백과 정보를 아낌없이 내주었다. 쌓여가는 정보와 지식의 양과 달리 용기가 나지 않았다. 내 섣부른 선택으로 아이를 망치면 어쩌나 하는 불안이 내 발목을 붙들었다. 어영부영하는 사이 딸은 훌쩍 자라 초등 고학년이 되었다.

딸의 결단은 발목의 족쇄를 끊는 열쇠가 됐다. 학교에 우리의 결심을 알리고 홈스쿨링을 위한 행정과정에 돌입했다. 대한민국에서 변화 속도가 가장 더디다는 교육계의 최전선에 선 학교를 설득하는 일은 까다로웠다. 아이들을 보호하기 위해 마련된 제도와 규칙이 우리에겐 장애물이고, 뛰어넘어

야 할 난관이었다. 열한 살 된 딸의 자발적 결심이 아닐지도 모른다고 염려하는 선생님들을 일일이 만나 설득하고, 청사진을 제시하는 지겨운 과정이 이어졌다.

"학교에 다니지 않고 잘 되는 사람을 본 적이 없어. 네가 이루려는 꿈도 학교가 있어야 가능하단다. 집에 가서 교장 선생님은 홈스쿨링을 반대할 거라고 엄마에게 말씀드리렴."

열한 살 딸아이를 불러다 당신의 선입견을 피력한 교장 선생님의 한마디는 불난 집에 뿌린 석유가 됐다. 덕분에 우린 제대로 불타올랐다. 학교가, 교육청이 원하는 모든 과정을 하나도 빠짐없이, 알차게 해냈다. 하등 쓸모없어 보이는 서류를 작성해 제출하고, 면담과 상담을 받았다. 이리저리 불려 다니는 것도 마다하지 않았다. 이판사판, 누가 이기나 끝까지 가보자, 이를 악물었다. 그리고 2020년 12월, 지난한 과정을 거쳐 정원 외 관리자 승인을 받아 냈다. 만세!!

나에게 홈스쿨링의 정의를 내리라고 한다면 '견딤의 여정'이라 할 테다. 정원 외 관리자의 자격을 부여받기 위해 결석일 수를 채우는 동안 우리는 홈스쿨링 예행연습을 충실히 했다. 계획과 실행의 반복, 본격적인 홈스쿨링이 시작되어도 비슷할 거라 예상했다. 예상은 곧 멋지게 빗나갔다.

교육청으로부터 정원 외 관리자가 되었음이 기재된 서류를 받는 기쁨은 짧았고, 딸과 나는 지쳐 나가떨어졌다. 두 학기 동안 견딘 이유가 오직 그 서류 하나였던 양, 힘이 쭉 빠졌다. 얼마간 쉬다 보면 그전의 일상으로 돌아오려니 했던 내 기대와 달리 딸은 백수의 삶을 선택했다. 학교의 통제에서 벗어났다는 해방감을 감당하기엔 너무 어렸던 걸까. 그 기간은 무려 8개월에 가까웠다.

홈스쿨링을 시작하면 부모에게 주어지는 가장 큰 숙제가 '백수가 된 아이 견디기'라는 걸 익히 들어 알고 있었다. 그 길을 먼저 가본 선배 맘들이 굉장히 심각한 얼굴로 명심하라 일러준 덕분이다. 지식으로 과정을 겪어내는 게 수월해진다면 얼마나 좋았을까. 이성과 감정이 따로 놀아나는 나날이 이어졌다.

딸만 바라보고 있다간 병에 걸릴 것 같던 하루, 나는 대학 공부를 다시 시작해 보기로 결단했다. 십 대 자녀를 키우는 엄마이기도 하고, 그 또래 아이들을 가르치며 즐거웠던 경험을 떠올려 한국방송통신대에서 청소년 교육학을 택했다. 편입까지는 일사천리로 진행됐고 2021년 3월, 나의 두 번째 스무 살이 시작됐다.

우리 집은 학교다

학업으로 딸을 향해 곤두선 신경을 끊으려 한 내 전략은 완벽했다. 부모님을 뒷배로 두고 하던 이십 대의 대학 생활과 남편이 벌어다 주는 돈으로 하는 대학 생활은 질적으로 달랐다. 자발적 눈치 보기는 장학금을 향한 집착으로 이어졌고 그러다 보니 딸이 공부하든 말든 내 소관이 아니게 되었다. 각자도생, 당시 우리 모녀의 약속이기도 했다.

눈 뜨면 책 읽고 강의 듣고 과제물 쓰는 일상이 점처럼 이어졌다. 내 걸 해내느라 허덕거리는 동안 딸은 외롭게 자기와의 전투를 치렀다. 매일 책상 앞에 앉아 머리를 쥐어뜯는 나를 보며 자신의 장래가 암담했던지 딸은 스스로 백수의 삶을 청산했다.

홈스쿨링을 결심한 2020년 5월로부터 3년 넘는 시간이 흘렀다.

그간 나는 약 200권의 책을 읽고 마흔다섯 편의 서평을 쓰고 150회 이상의 토론에 참여했다. 독서 모임을 열고 운영하다 나가떨어지며 한계에 부딪히기도 했다. 그런 중에 이백몇십 편의 글을 발행한 내가 기특할 지경이었다. 헐떡이며 끌고 간 학업도 무사히 끝내고 졸업장을 받는 영광을 누렸다.

내가 동분서주하는 사이 딸은 초등 검정고시를 조용히 준비하더니 서너 달 만에 졸업증서를 쟁취했다. 이제 천천히 하자는 내 권유에도 아랑곳하지 않고 중등 과정도 지난여름에 마무리했다. 열넷에 중졸이 된 딸을 우리 가족은 기뻐하고 축하했다.

우리는 여전히 새로운 계획을 세우며 도전하는 중이다. 청소년 교육학을 공부하며 느끼고 배운 것들을 엮어 나만의 특색 있는 일을 준비하고 있다. 딸은 딸대로, 고등 공부와 더불어 자기만의 포부를 펼칠 공모전에 도전할 계획이라고 한다. 서른 번 정도는 떨어질 각오를 미리 다지는 딸을 보며 내가 가졌던 염려와 간섭이 얼마나 쓸데없었는지 깨달으니 허탈하다.

아침이면 나는 뜨겁게 우려낸 차를 한잔 들고 서재로 향한다. 크게 낸 통창으로 들어온 눈 부신 햇살과 시원한 바람이 좋다. 옵션처럼 딸려 온 새소리가 흥을 돋운다. 타닥타닥, 자판을 두드리다 보면 조금 늦게 일어난 딸이 찾아와 나를 포근히 안는다.

"잘 잤어?"

"응, 엄마도?"

가벼운 인사와 토닥임을 나누고 각자의 자리에 앉는다. 나는 글을 쓰고, 딸은 책을 읽으며 하루를 시작하는 이곳에서 우리는 오늘도 자란다.

_김나정의 글

밥버러지

"저 밥버러지 같은 게....!!"

육아휴직을 받았지만, 퇴직을 택했다. 그 사실을 알리고 얼마 후 시가에 들렸다. 배고픈 어린 딸에게 젖을 물리려 작은 방으로 들어서는 내 뒤통수에 대고 시어머니는 기어이 한마디를 뱉었다. 꾹 참고 삼킨 독기 어린 그 말은 내 심연에 꽂혔다.

아이를 낳은 엄마 중 많은 사람이 산후우울증을 호소한다. 증상의 정도는 제각각이다. 나는 산후우울증에 걸린 엄마의 뇌를 사춘기 아이의 뇌와 비슷하다고 여긴다. 이성을 갖추고, 논리적이길 갈망하지만, 감정에 지배당한 상태. 한 번도 경험한 적 없어 헤매는 사춘기 아이들보다 나을 게 하등 없다. 논리와 이성으로 중무장했던 과거의 자신을 아는 터라 더 괴로울 뿐이다.

산후우울증을 격심하게 겪었다. 유난스러우리만큼 힘든 시간을 보내던 나에게 위로보다 끌끌, 혀 차는 소리가 더 자주 들렸다. 나만큼이나 서툴고 지혜롭지 못했던 서른 중반의 남편도 혼란스러웠을 게 자명했다. 자신을 낳고 키워준 엄마를 찾아 도움을 청하는 건 본능이었고, "엄마, 아내가 너무 힘들어하는데 어떻게 하죠?" 물음은 지당했다. 며느리의 요사스러움이 가증스러워 꼴 보기 싫었던 어머니를, 단 한 번도 상상해 보지 못했다는 게 남편이 놓친 함정이었다.

밥버러지, 밥만 먹고 하는 일 없이 지내는 사람을 부르는 말이다. 나는, 온몸으로 아이를 키우고 있었으니 밥버러지가 되는 건 불가능했다. 만약 내가 밥버러지였다면 평생 자식들과 손주들을 키운 시어머니는 대왕 밥버러지인 걸까.

그때도 지금도, 나는 하찮은 '벌레'가 아닌 주어진 바에 최선을 다하는 '사람'이다. 이성적으로는 충분히 아는 사실이다. 문제는 마음이 고달프고 모든 일이 되지 않을 때다. 무의식에 도사린 밥버러지는 내 무력감을 먹고 세를 불린다. 산더미만 한 괴물이 되어 나를 집어삼킨다. 남편에게 빌붙어 기생하는 존재로 내 자존을 무너뜨리는 건 순식간이다. 이성으로 이길 재간이 없다. 둘러친 모든 방어막이 와르르 허망하게 무너진다.

뜸하던 밥버러지가 실로 오랜만에 나를 찾았다. 마음이 힘들었고 되는 일이라고는 없던 날이었다. 딸이 저지른 새끼손톱 크기만 한 아니, 티도 안 나는 실수가 울산바위만큼 크게 보이는 순간 예감했다. 아, 재수 옴 붙은 날이 되겠구나!!

명치를 누르는 통증으로 시작된 그놈의 방문은 결국 무의식에서 벗어나의식으로 떠올랐다. 아물어 가던 상처를 다시 발기고 흉측한 모습을 드러냈다. 이름도 더러운 그놈의 방문은 지겹고 끔찍했다. 칼로 도려내고 재도 남지 않게 태워버리는 상상을 골백번도 더 해봤지만, 좀비처럼 되살아났다. 하필이면 산후, 연약하기 짝이 없던 내게 잔인하게 던져진, 두 번째 부모라 믿고 의지한 사람에게 들은 말이라 더욱, 날카롭고 깊게 박혀 뿌리내린 탓이었다.

십수 년이 지난 일을 기어이 꺼냈다.

"당신 어머니가 내게 뱉은 잔인한, 헤아리기도 벅찬 말 중 밥버러지라는 그 한마디가 시시때때로 내 발목에 올무가 되어 나를 끌어내려. 그런 어머니 밑에서 너무나 건실하게 자란 당신이 가엽고 아프지만, 원망을 털어놓을 곳이 당신뿐이야, 나를 진정시킬 사람이 당신밖에 없다는 이유로 죄 없는 당신에게 잔인한 말을 하는 내가 너무 끔찍하고 싫어. 그러니 당신이 좀 어떻게 해봐, 제발....."

내 절망에 남편의 목소리가 먹먹해졌다. 수화기 너머 터트릴 수 없는 울음이 들렸다.

지새우다시피 한 밤을 보내고 실로 오랜만에 딸과 함께 남편의 사무실 근처 대형 카페로 나갔다. 뜨거운 커피 한잔을 앞에 두고 대다수가 공부하고 책 읽는 그곳에 스며들었다. 스미니 평안했고, 살만했다. 참았던 숨이 터졌다.

우리 모녀의 출타 소식에 좀처럼 하지 않는 정시 퇴근을 한 남편이 카페로 달려왔다. 딸아이가 자리를 잠시 비운 틈, 내 상태를 살피던 남편이 눈을 맞춰왔다. 반가움과 미안함이 뒤섞여 나를 바라보는 눈이 붉었다.

"내가 미안해. 다 내 잘못이야." 낳아주고 키워준 어머니 몫을 남편이 떠안으려 했다. 당시 나의 방벽이 되어주지 못한 자신을 향한 원망, 이미 늙어버린 어머니를 어쩌지 못한다는 절망이 남편 안에 있다는 걸 나는 알았다.

"그러지 마! 당신은 당신 몫의 사과만 하면 됐고 이미 충분히 받았어. 이건 어머니 몫이야." 냉철을 가장해 남편의 입을 막았다.

"내가 어머님, 아버님께 당신이 바라는 만큼 잘 하지 않더라도 나를 원망하지 말아 달라고, 실망하지 말라고 한 말이야. 잘하고 싶지만 그게 잘 안되는 나를 좀 이해해 주면 좋겠어. 그걸로 충분해. 그러니까 당신이 대리 사과하지 마! 내 남편이 쭈글쭈글해지는 거 싫어!"

그런데도, 만류했던 남편의 대리 사과 한마디에 밥버러지가 물러갔다. 남편이 건네는 이해와 사랑이 밥버러지 전문 퇴치제라는 사실이, 당연하고 아팠다.

남편이 운전하는 차를 타고 집으로 가는 길에 우린 낄낄 깔깔, 숨넘어가게 웃었다. 우리가 옹기종기 모여 사는 곳에서 소박하게 차린 밥상 앞에 앉아 큰 의미도 없는 말을 건네며 까르르, 또 웃었다.

탓하는 법 없이, 혼란 속에서 헤매는 나를 묵묵히 기다리고, 망설임 없이 사과하는 남편 덕에 맘껏 울고 웃는다. 그를 뒷배로 둔 나는 헤매고 화해하고 성장한다.

묵은 상처가 어느 때고 또 모습을 드러내겠지만 두렵지 않다. 남편과 아이, 그리고 내 웃음소리가 뒤섞이는 게 몸서리치게 좋았던 그 밤처럼, 서로를 토닥이고 그러안으며 우리는 나아갈 테니까.

_김나정의 글

오늘의 여행

현관에는 언제든 발만 넣으면 신고 나갈 수 있는, 편안한 운동화 두 켤레가 나란히 놓여있다. 나갈까 말까, 망설이는 시간을 줄이고 가벼운 마음으로 나설 수 있다는 점이 좋아 현관이 아무리 복작거려도 신발장 안에 넣지 않는다.

세계가 팬데믹의 혼란에 접어들었을 때 많은 일상이 변했다지만, 내 일상의 변화는 그보다 한참 전에 시작됐다. 바로 엄마로서 살게 된 때부터였다.

싱글 라이프를 즐기던 시절의 나는 역마살이 낀 게 아니냐는 말을 들을 정도로 온 세상을 휘휘 저어대며 살았다. 단출하게 챙겨 든 배낭을 둘러메고 여권과 비행기 티켓만 있으면 언제고 어디로든 떠나던 나였다. 인천공항에 도착해서야 "엄마, 저 영국 다녀올게요." 전화로 인사하던 나는 부모님의 애물단지였다.

갓 서른이 되었을 때였다. 캐나다에서 돌아와 마음에 쏙 드는 직장에 근무하던 중이었다. 아침부터 날씨는 지나치게 화창했고 출근 버스 안에서부터 마음에 바람이 일렁이던 날이었다. 꾸역꾸역, 맡겨진 일을 하며 일렁이는 바람을 달랬지만 한번 깃든 마음은 쉬이 가라앉지 않았다. 당장 어디로든 나서지 않으면 숨을 못 쉴 것만 같은 갑갑함이 나를 조금씩 갉아먹었다. 식은땀이 나고 낯빛이 창백해져 어디 심하게 아픈 사람처럼 파리해졌다. 숨을 들썩이며 하얗게 질려가는 나를 지켜보던 상사가 결국, 조퇴를 권했다. 평소 누구에게나 친절하고 다정하던 그의 배려를 재고할 겨를도 없이 사무실을 재빠르게 탈출했다.

뛰쳐나온 나는 곧장 택시에 올랐다. "대구 공항이요!"

망설임 없이 향한 공항에서 당장 출발 가능한 김포공항행 티켓을 발매받았다. 표를 손에 쥐고 날다시피 뛰어 비행기 안에 자리 잡고 나니 깊은숨이 '후--' 하고 터져 나왔다.

아무런 목적 없이 날아간 김포공항에서 저녁밥을 먹고, 공항 서점에서 책도 샀다. 여행객을 가장한 채 한참 어슬렁대다 김포 근방에 사는 친구에게 전화를 걸었다. 내가 저지른 만행을 늘어놓으니, 친구가 깔깔 웃어댔다.

"잘했네! 김포로 왔기 망정이지 자칫 외국으로 날랐으면 어쩔 뻔했어!" 친구의 통 큰 칭찬에 안심된 나도 한바탕 웃음을 터트렸다.

그랬다. 시도 때도 없이 떠나고픈, 역마살 낀 나에게 딸이 생겼다. 딸은 저를 낳아달라 한 적 없고, 남편보다 내가 더 간절해서 낳은 아이였다. 그러니 내 몫의 책임을 다해야 마땅했다. 다행스럽게도 딸을 향한 모성이 역마살을 이겨낸 덕에 정착이란 걸 해냈다. 그렇다고 기질이 변한 것도 본능이

사그라든 것도 아니었다. 시시때때로 하늘을 멍하니 올려보고 이유 없이 답답한 가슴을 두드려 댔다. 내가 없어진 무력감에 눈물이 주르륵 흐르는 날이 잦았다. 그런 날엔 나만 믿고 의지하는 딸을 향한 죄책감으로 힘겨웠다. 악순환의 도돌이표가 반복됐다.

그래서 자전거를 꺼냈다. 아버지의 도움을 받아 튼튼한 유아용 안장도 설치했다. 딸은 돌이 되기 전부터 나와 자전거를 탔다. 바람이 뺨을 스치면 언젠가의 나처럼 까르르 웃는 딸의 웃음소리가 좋았다. 유아용 안장에 앉던 딸의 자리가 내 등 뒤로 옮겨지고, 딸의 무게를 도저히 감당할 수 없을 때까지 우리는 바람을 타듯 자전거를 타고 달렸다.

나만큼 자란 딸을 자전거에 태우고 달리는 게 어려워졌을 무렵 산책의 즐거움이 찾아왔다. 처음엔 별생각 없이 걸어보자 나선 걸음이었다. 그저 걷는 게 목적이었던 산책은 어느새 우리 모녀가 누리는 특별한 여정이 되었다.

딸과 나는 산책을 '오늘의 여행'이라 부른다. 출발 전 어디로 향할지 정하기도 하고, 발길이 이끄는 대로 무작정 가보기도 한다. 특히 골목길 사이를 누비길 즐거워하는 우리는 잃어버린 보물을 찾는 탐사대가 된 양 오감을 곤두세워 걷는다.

시골의 골목이 품은 정취를 듬뿍 느끼고, 담 넘어 왕왕 짖어대는 개 때문에 놀란 심장을 달래고, 지붕을 타고 처마로 모여 흘러내린 빗물에 더러워진 운동화를 씻고, 아직 생존해 있는 흙담의 발견에 감탄하고, 담 아래 핀 민들레를 후후 불어 홀씨를 날려 보낸다.

오늘의 여행을 통해 우린 계절을 실감한다. 미세하게 변화하는 자연을 느끼고 동화된다. 하늘을 날아 떠나는 여행에서 느끼지 못하는 감사와 감동이 있다. 당연하게 여긴 주변에서 보물을 발견하는 기쁨은 헛헛한 가슴을 가득 채우고도 남는다.

우리의 여행이 일상이 되고 더는 하늘 건너 낯선 땅을 열망하지 않는다. 쾌청하면 쾌청한 대로, 흐리면 흐린 대로, 있는 그대로 하늘을 만끽하려 나란히 놓인 운동화에 발을 꿰어 넣는다. 딸의 여린 손을 잡고, 속살거리는 목소리에 귀를 기울이고, 불어오는 바람으로 가슴을 채우는 '오늘의 여행'을 떠나는 발걸음은 언제나 경쾌하다.

_김나정의 글

책 한 번 써보면
어때?

　커리어를 접고 육아를 선택하니 나는 평범한 아줌마가 되어있었다. 직업란에 '전업주부'라고 써넣을 때마다 내가 가진 능력이 깡그리 사장되는 듯했지만, 뽀독뽀독 자라는 아이를 보는 기쁨으로 서운함을 지워냈다. 내 직업과 세상을 사랑했던 나는 육아 중에도 쉬지 않고 여러 분야에 도전했다. 눈이 닿는 건 일단 하고 봤다. 그때마다 실패가 따랐고 좌절도 맛보았다. 쓰고 떫은 중에도 달콤한 무언가가 혀끝에 남는 그것, 그 맛을 잊지 못하니 늘 갈증이 느껴졌다. 목이 탔다.

　헛헛했다. 세상 무서운 줄 모르고 뛰어다니던 나를 묶어 두니 헛헛함은 우울로, 무기력으로 옮겨갔다. 그래서 그로모은 책 속에 나를 파묻어 버렸다. 그렇게라도 살아내야지, 울적함을 달랬다.

　책에 묻힌 나를 세상으로 꺼낸 건 다름 아닌 작문이었다. 지인들과 소통하려 파 놓은 SNS에 단상과 일상을 담은 글을 올리기 시작했다. 주인공은 대부분 남편과 딸이었고 나는 관찰자였다. 가벼운 마음으로 발행한 짧은 글에 대한 반응이 꽤 좋았다. 글 안에 숨겨둔 웃음과 재치를 발견해 주는 독자를 둔 덕에 재미가 쏠쏠했다. 그렇게 나의 쓰는 일상이 시작됐다.

글을 쓰는 동안 나는 절대적 창조자이자 지휘자가 된다. 머릿속을 유영하는 사고를 모으고 나열한다. 적당한 문장에 임팩트 있는 어휘를 넣고 빼기를 반복한다. 독자에게 닿기 전까지 글은 오롯이 내 것이다. 흡족한 문장을 향한 고민이 반복되고 길어지는 일에 카타르시스가 있다. 세상이 알아주지 않아도 자신의 길을 묵묵히 가는, 진정한 작가라도 된 양 뿌듯해하는 자신이 우스우면서도 멋지다.

쓰는 재미에 푹 빠져 있던 어느 날, 친애하는 나의 지인이 "책 한 번 써보면 어때?"라며 어마어마한 제안을 아무렇지 않게 했다. 세상이 곧 망할 거라는 소식이라도 들은 양 나는 화들짝 놀라 손사래 쳤다. 내 주제에 무슨 글을 쓴단 말인가, 김훈과 무라카미를 사랑하는 내가 해내기엔 가당치 않은 일이라 여겼다. 뿌려진 씨앗은 뿌리를 내린다. 지인이 무심코 뿌린 씨가 자라 내 안에 싹을 틔우려 했다.

그래도 될까? 의심은 형체가 되어 자랐다. 작가가 되는 현실을 조심스럽게 그려보았다. 안 될 듯 될 듯, 흔들리는 마음을 어찌지 못하고 어지러웠다. 그러면서도 글은 썼다. 매일, 하루에 한 편 아니면 두 편의 글을 여기저기 올리고 내리고. 발행과 저장의 귀로에 놓인 글들이 소복소복 쌓였다.

글을 쓴다는 건, 어둠에서 나를 꺼내는 과정이자 치유라 해도 과언이 아니다. 함부로 뱉지 못하는 갈등과 고민을 쏟아낸다. 실컷 욕이나 해줘야겠다 하고 시작한 첫 문장의 결심은 상대를 이해하고 수용하는 과정을 거쳐 깨달음이란 결과로 이어진다. 글로 곱씹어 맛보는 중에 이겨지고 으깨져 뒤섞인 이야기가 나를 자유롭게 만든다. 한바탕 쏟아내고 나면 속이 뻥 뚫린

듯 시원하고 청량하다. 그렇게 글과의 동행에 중독된다.

"글을 읽고 많이 울었어요. 제 이야기 같아서, 제 마음을 대신 말해 준 것 같아서요. 정말 감사드려요."

익명의 독자가 남겨 준 답글이 마음에 콕 박힌 날이 있다. 너무도 평범해 보이는 내 글의 어느 부분이 그의 마음에 닿았을까. 따로 감사를 전할 만큼 잘 쓴 글은 아닌데......

의아한 마음 반대편에 책임감이 깃들었다. 내 글이 단 한 사람에게라도 닿아 그의 위로가 된다면, 글을 쓰지 않는 건 직무 유기와 같다는 생각이 떠나지 않았다. 그래서 책을 써보기로 했다. 지구상의 단 한 사람, 내 글에 위안과 평안을 얻을 익명의 누군가를 위해, 그 삶에 따뜻함을 선물할 수 있다면, 그걸로 충분하니까. 책을 쓸 '필요'와 '충분'이 조건을 갖췄으니 멈추지 않고 써보련다.

살기 위한
새벽 기상

    그럭저럭 평탄한 삶을 살고 있었다. 서른여섯 살의 어느 봄날 밤, 그 일은 삶의 전과 후를 이질적인 질감으로 바꾸어 놓았다. 숨을 쉴 수가 없었고, 손발이 펴지지 않았다. 병원에서는 공황발작이라고 했다. 유명인에게나 찾아오는 마음의 병인 줄만 알았는데 평범한 회사원이자 아이 엄마인 나에게 봄바람과 함께 훅 불어왔다.

    그 후 나를 힘들게 한 건 언제고 증상이 다시 찾아올지 모른다는 불안감이었다. 다니던 운동을 지속할 수 없었고, 아이 학원 앞에서 기다리는 것도 힘들었다. 화창한 주말 가족과 나선 봄나들이 속 흐드러지게 핀 유채꽃 앞에서 아득해지는 정신을 붙잡기도 했다. 회사 업무도 힘들었다. 동료와 점심을 먹는 중에도, 앉아서 컴퓨터로 업무를 하는 중에도 불쑥불쑥 불안이 올라왔다.

    평범한 일상이 위협받고 있었다. 이대로 가다가는 회사도 못 다니고, 운동은커녕 외출조차 힘들 것 같았다. 그동안 자신만만하게 대하던 일상이 눈앞에서 아스러지기 직전의 느낌! 겉으로는 평온해 보였겠지만, 홀로 절망의 심해로 침전하고 있었다. 겨우겨우 티 내지 않고 있었지만, 이러다 점점 감출 수 없는 지경에 이르게 될까 봐 두려웠다.

하지만 살아내야 했다. 발버둥 쳐서라도 가라앉는 걸 막고 싶었다. 병원에서 받은 약을 늘 지니고 다녔다. 그렇게 위급 시의 해결책은 마련해 놓더라도 근본적인 해소를 갈구했다. 유튜브로 내 증상에 대한 전문의들의 이야기를 찾아보고 마음 챙김에 대한 책들도 읽어보았다. 그리고 흘러 흘러 한 권의 책을 만났다.

할 엘로드의 《미라클 모닝》. 이 책에서는 하루를 시작하기 전 짧게라도 내 시간을 갖는 것의 힘을 이야기하고 있었다. 한두 시간도 아니고 단 몇 분! 삶의 의지가 간절했던 나는 당장 따라 해보고 싶어졌다. 그래서 평소보다 이삼십 분 일찍 일어나는 것으로 미라클 모닝을 시작했다. 일어나자마자 씻고 바쁘게 출근 준비를 하던 보통의 아침과는 달리 내 시간을 꾸려갔다. 명상하고 스트레칭도 해보며 언제부턴가는 책도 읽기 시작했다. 그러면서 이십 분의 미라클 모닝 타임은 시작 시각이 점점 앞당겨져 한 시간이 되었다.

그 한 시간은 온전히 내가 컨트롤 할 수 있는 시간이었다. 워킹맘이라는 역할에 쫓기지 않고 마음 가는 데로 꾸려갈 수 있는 새벽 시간이었다. 그렇게 자리 잡은 미라클 모닝 루틴은 이러했다. 침대에서 스르륵 빠져나와 아직 어둠이 걷히지 않은 창밖을 잠시 바라본다. 그리고 미지근한 물을 한 잔 마신다. 오늘 하루를 위한 기도를 한 뒤 깊은 호흡으로 명상한다. 몇 가지 스트레칭 동작으로 몸을 깨우고서는 이제 되었다 싶을 때 식탁에 앉아 책을 읽는다. 이렇게 한 시간 동안 물 흐르듯이 이어지는 일련의 행동들이 참 편안했다. 그동안 내 삶에 존재하지 않던 시간이 생긴 기분이었다. 홀로 오롯이 보내는 내 시간. 어떤 의무도 시간의 쫓김도 없는 시간. 마음대로 그려낼 수 있는 캔버스 같은 새벽 시간.

몇 달간 새벽 기상을 이어가던 중 우연히 교육 플랫폼 MKYU 김미경 대표의 미라클 모닝 514 챌린지를 만나게 되었다. 혼자 하던 새벽 기상에 힘을 얻고 싶어서 이 챌린지에 참여하였다. 무려 만여 명의 사람들이 새벽 다섯 시에 기상하여 유튜브 라이브 강의를 듣고 각자의 성장 시간을 가졌다. 그러면서 크고 작은 여러 커뮤니티와 연결되어 열심히 공부하는 사람들로부터 건강한 자극을 받으며 서로 따스한 응원을 건넸다.

그렇게 하나의 커뮤니티가 새로운 커뮤니티의 문을 열게 하고 하나의 배움이 새로운 배움으로 이어지는 사이 스피치를 배우고, 글쓰기 도반들을 만났다. 여러 배움과 도전이 거듭되며 나의 SNS 반경이 넓어졌다. 인스타그램, 블로그, 유튜브, 브런치, 이프랜드. 이곳에서 성장의 과정을 기록하고 글을 썼으며 시를 낭송했다. 그리고 시 큐레이션이라는 주제로 라이브 밋업을 진행했다. 참 신기했다. 그저 새벽 기상 하나를 시작했을 뿐인데, 많은 것들에 도전하고 좋은 사람들과 연결되었다는 것이 생각할수록 놀라웠다.

그렇게 성장을 이어가다 보니 전에 없던 욕심도 생겼다. 나도 무언가를 남기고 싶다는 생각, 책 쓰기에 대한 동경이 그것이었다. 그래서 글쓰기 수업에 참여하며 공저 전자책을 출간했다. 제주살이 경험을 PDF 전자책으로 만들어 소소하게나마 수익화도 경험해 보았다. 그리고 글쓰기와 관련된 여러 공모전에 도전했다. 그 결과 한 문단에서 신인 문학상을 받으며 시인으로 등단하게 되었고, 월간 〈좋은 생각〉에 글이 실리는 기쁨도 가졌다.

이렇게 성장의 열매를 하나하나 맺었다. 처음 겪어 보는 종류의 뜨거움을 경험했다. 회사원, 엄마… 더 이상 새로울 게 없을 것 같던 나에게도 펼쳐나갈 꿈이 생겼다는 게 신기했다. 아이의 성장만 돌보던 내가 나를 키워내고 있었다.

지난 2년간 내 삶의 반경은 넓어지고 생각의 깊이는 깊어졌다. 오롯이 자신에게 집중하며 좋아하는 일로 내 시간을 꾸리고 성과를 만들어 내는 과정이 참 행복했다. 그리고 지금도 그 여정에 있다.

이 모든 성장의 출발은 새벽 기상이었다. 그 이전에는 공황의 불안에서 벗어나고자 발버둥 치던 절박한 내가 있었다. 나는 내내 그 일을 일어나지 않았으면 좋았을 사고처럼 여겼다. 하지만 돌이켜보니 그 사고는 오히려 삶의 선명한 터닝 포인트가 되어 전혀 생각지 못한 새 삶을 펼쳐주었다. 그리고 이제는 스스로 불안에서 가벼워지는 법을 제법 터득했다.

호흡 곤란으로 길에 주저앉던 2년 전 그날 밤, 그 후로 나는 한동안 침전해 있었다. 하지만 다시 떠오르고자 부단히 애썼다. 그 과정에서 도전, 성장, 새로운 꿈, 그리고 소중한 사람들을 만났다. 하늘은 스스로 돕는 자를 돕는다고 했던가! 이제는 그날의 나를 부정하지 않는다. 어쩌면 그것은 자신을 인정하고 알아가라고, 삶을 돌보고 새롭게 꿈꾸라고 주어졌던 것이었는지도. 그리고 한층 단단해지기 위한 성장의 아픔이었는지도 모르겠다.

이처럼 새벽 기상은 살아내기 위한 의지의 증거이자 새 꿈을 갖게 한 시작이었다. 어스름 푸른 빛의 찬 공기 속에서 처음으로 '성장'이라는 단어를 품게 한 그 시간을 나는 잊지 않을 것이다. 지금도 나의 새벽은 계속되고 있다.

_김세현의 글

두려워도
스피치

글로 쓰기에도 얼굴이 후끈 부끄러운 단어, 그것은 발표 불안이다. 그럼에도 책에 공개적으로 써보려는 지금, 이 문장을 꺼내어 힘을 보태본다.

> "근육이 튼튼해지고 체력이 길러지면 삶의 어느 고비에서
> 도 성큼성큼 문제 안으로 들어가는 궁극적인 자유를 누리
> 게 된다. 그런데 문제를 회피하고 도망가면 걸린 데서 또
> 걸린다. 살아보니 그랬다."
> _《올드걸의 시집》은유

궁극적인 자유! 그것을 꿈꾸며 붉어진 얼굴로 이 이야기를 시작해 본다.

처음부터 발표 불안이 있었던 것은 아니었다. 초등학교 시절 교내 방송의 아나운서를 맡을 만큼 낭독과 발표에 자부심이 있었다. 내성적인 성격임에도 말이다. 그랬던 유년 시절, 나의 발표가 크게 넘어지는 사건이 있었다.

중학교 어느 수업 시간, 여느 때처럼 돌아가며 자리에서 일어나 교과서를 읽고 있었다. 그런데 그날따라 선생님은 엄격하셨고, 나의 낭독은 끝이 없었다. 숨이 찼고 주체할 수 없을 정도로 목소리가 떨렸다. 모두에게 들킬 만큼.

그날 이후 나는 일어서서 발표하는 것에 심장이 쿵쾅거리는 아이가 되어버렸다. 아픈 척을 해서라도 피하고 싶었고, 주목받는 것이 무척이나 부끄러웠다. 무엇보다도 나의 긴장을 들키는 것이 극도로 수치스러웠다. 그로 인해 학창 시절 내내 참 많이도 괴로워했다.

다행히 성인이 되어서는 좀 나았다. 대학에서도 회사에서도 늘 떨지는 않았다. 성공적으로 발표를 해낸 경험도 생겼다. 하지만 나의 발표는 마치 날씨처럼 복불복이었다. 어떤 날은 덜덜 떨며 겨우 발표를 끝마치기도 했으니 말이다. '회사 생활에서 발표만 없으면 참 좋겠다'라는 생각이 들 만큼 발표는 내게 크나큰 회피의 대상이었다.

그랬던 내가 새벽 기상과 온라인 커뮤니티를 통해 스피치 수업을 만나게 되었다. 스피치 수업이라니! 신청 자체가 엄청난 도전이었다. 하지만 그저 회사를 무던히 잘 다니고 싶은 간절함에 문을 두드렸다.

스피치 수업은 새벽 시간에 줌으로 진행되었다. 수업을 듣고, 미리 연습해 온 1분 스피치를 하는 방식이었다. 단 1분! 그것도 컴퓨터 화면으로 하는 발표인데도 심장이 쿵쾅대고 손발에 땀이 났다. 그런 긴장을 잠재우기 위해 부단히도 연습했다. 쉽지 않은 과정이었지만 애정 어린 시선으로 바라보며 응원해 주시는 선생님과 도반들 덕분에 점점 즐거운 마음으로 참여할 수 있었다.

그렇게 반년 이상을 스피치 수업에 참여하며 연습했다. 과제로 내준 시

낭송에 감동하여 유튜브에 직접 낭송한 콘텐츠를 올리기도 했다. 5분 스피치를 펼치는 온라인 강연회에서는 무려 90명이 넘는 사람들 앞에서 발표를 해냈다. 그때의 성취감이란! 해냈다는 마음과 함께 그동안 스스로 성장함이 여실히 느껴졌다. 여전히 떨리긴 했지만, 마냥 떨지만은 않았고 수줍게나마 웃으며 해냈다.

그러던 어느 날, 스피치 선생님으로부터 이프렌즈에 도전해 보면 좋겠다는 제안을 받았다. 이프렌즈는 이프랜드라는 메타버스 세상에서 인플루언서로 활동하며 매주 한 시간씩 내가 정한 주제로 밋업을 진행하는 것이다. 10분의 발표도 온갖 스트레스를 받으며 하는 나에게 한 시간의 진행이라니! 아무리 얼굴 대신 아바타로 하는 발표라지만 라이브로 사람들 앞에서 말한다는 건 상상도 할 수 없는 일이었다. 하지만 내 안에 다른 목소리가 들려왔다. 더 이상 말이 두려워 숨는 사람이 되고 싶지 않다고. 새로운 꿈이 생긴 이상 내 꿈을 펼치는 데 걸림돌이 되는 것은 힘차게 뛰어넘고 싶다고 말이다. 이처럼 소망이 담긴 용기로 나는 이프렌즈에 도전하기로 결심했다.

이프렌즈가 되는 데 필요한 역량을 준비하며 지원서를 제출했다. 막상 도전을 시작하니 꼭 선발되고 싶은 간절함도 생겼다. 그 마음이 닿았던 것일까! 이프렌즈 7기 합격 통지를 받았다. 마치 취업에 성공했던 때처럼 혼자 입을 막고 작은 탄성을 지르며 기뻐했다.

포부와 두려움을 안고 기다리던 첫 밋업 날이 왔다. 그날의 긴장감은 결코 잊을 수가 없다. 시간이 다가올수록 한명 두명 입장을 시작했고, 내 심장은 더욱 요동쳤다. '내가 이걸 왜 한다고 했지?' 하는 못난 후회도 들었다. 밋업이 시작되고서는 빼곡히 적어놓은 대본을 읽으며 발표 슬라이드를 넘기고, 때에 맞는 음악이나 영상을 트는 등 할 일이 많았다. 동시에 채팅창을 확인하고 사람들과 소통하는 것도 잊어서는 안 되었다. 그야말로 1인 방송국이 되어 생방송을 진행하는 느낌! 진땀 나고 정신없는 시간이었다.

중간에 음악을 들으며 잠시 쉬는 시간, 물을 마시러 주방에 갔다가 '도망 갈까?' 하는 생각마저 들었다. 하지만 정신을 차리고 마음을 붙들어 끝까지 자리를 지켰다. 그렇게 첫 밋업을 마친 뒤 얼굴은 달아올라 있었고 손발은 땀으로 축축했다. 그래도 연습한 대로, 준비한 만큼 잘 해냈다는 마음에 작은 기쁨을 누리기도 했다. 그것을 시작으로 4개월간 밋업을 이어갔다.

이프랜드에서 내가 진행한 밋업은 시 큐레이션이었다. 노래가 된 시, 봄이면 떠오르는 시, 시인 윤동주와 화가 반 고흐 등 매주 주제별 시를 큐레이션 하여 사람들에게 소개했다. 시인의 삶에 관한 이야기, 관련된 노래나 그림, 시에 대한 감상 등을 나누었다.

그렇게 횟수가 거듭될수록 떨림은 점차 줄었다. 문장 토씨 하나까지 다 적어놓던 대본은 사라지고, 발표 슬라이드를 보며 자연스럽게 말할 수 있게 되었다. 라디오 DJ가 된 듯 신나게 진행하는 순간들도 있었다. 그리고 찾아와 주신 분들로부터 "좋았다, 감동적이다." 등의 긍정적인 피드백도 받았다. '와! 나도 밋업을 진행할 수 있구나! 나도 한 시간 동안 남들 앞에서 말할 수 있는 사람이구나!' 그 성취감만으로도 가슴 벅차게 뿌듯했다. 그리고 신기한 감정을 느꼈다. 스피치의 희열감!

발표 불안증을 끌어안고 살던 내가 온라인 세상에서 발표의 즐거움을 맛보았다. 말도 안 된다고 여겼던 도전이었고, 놀라운 성장이었다. '어쩌면 이제 더는 발표 앞에 숨을 필요가 없지 않을까?' 하는 자신감도 피어오르고 있다.

줌으로 하는 단 1분의 발표에도 덜덜 떨던 나, 이제는 30명의 사람 앞에서 한 시간을 즐겁게 채우는 경험을 여러 번 가졌다. 이 정도면 온라인 무대의 발표 불안증은 극복했다고 봐도 되겠지? 이제 다음은 오프라인 무대이다. 아직 상상뿐인 무대이지만 믿어보기로 했다. 그동안 힘들어했던 여린 나를. 회피의 장막을 걷어내고 도전한 용기 있는 나를. 그리고 도망치지 않고 결국엔 즐기게 된 나를. 이만하면 믿어도 되지 싶다.

_김세현의 글

시인이
되어가며

나는 시인이다. 회사에서는 12년 차 연구원, 집에서는 아내이자 엄마이지만 동시에 나는 시인이다. 국문과나 문예창작과가 아닌 생명공학을 전공한 뼛속까지 이과생이지만 한편으로 나는 시인이다. 시를 아끼고, 시를 지으며, 시를 알리는 사람이기 때문이다.

글을 쓰게 될 줄은, 더군다나 시인이 될 줄은 정말 상상조차 하지 못했다. 하지만 운명처럼 지난 2년 사이 시가 내게 날아들었다. 벚꽃잎처럼 나풀나풀, 낙엽처럼 유유히 그렇게 말이다.

무엇이 시를 쓰게 했을까? 스스로 거슬러 올라가 본다. 언젠지 모를 과거부터 혼자 감상에 빠지는 걸 즐겼다. 계절에 인사를 건네고, 문득 올려다본 하늘에 표정이 환해졌다. 감상하는 것도 참 좋아했다. 대학생 시절 좋아하던 영화 《냉정과 열정 사이》의 OST를 들을 때면 마치 내 혈관이 첼로의 현이 된 듯 저릿한 전율을 느꼈다. 그런 감성을 20대에는 싸이월드에 짧게나마 기록하곤 했다. 보고 듣는 감각이 언제나 오픈 마인드처럼 활짝 열려 있어 세상 아름다움을 흠뻑 받아들였다. 우연히 들어온 감동을 놓치지 않고 만끽했다. 그 순간순간이 행복했지만, 이것이 특별하다고 생각하지는 않았다. 시가 될 거라고는 정말 꿈에도 몰랐다.

시를 처음 만난 건, 그러니까 수능 언어영역 이후 진지하게 처음 만나게 된 건 1년 반 전이었다. 줌으로 스피치 수업을 듣고 있었는데, 선생님께서 시 낭송 연습을 과제로 내주셨다. 목소리에 감성을 실어 낭송하는 법을 배우며 시를 접하게 되었다. 시 낭송이라니… 솔직히 처음에는 어색하고 오글거렸다. 시라는 장르 자체가 멀고 올드하다는 선입견을 품고 있었던 모양이다. 하지만 선생님을 따라 스피치 도반들과 낭송 연습을 하면서 시의 매력에 눈 뜨게 되었다. 천천히 음미하는 과정에서 편안함을 느꼈다. 그리고 짧은 글이지만 마음에 댕- 하는 울림을 받기도 했다.

함께 스피치를 배우던 도반들은 평소 서로의 성장을 열심히 응원하고 장점을 잘 포착해 주었다. 감사하게도 "스피치 원고가 참 좋다, 감성적이다."라는 긍정의 피드백을 많이 받았다. 전혀 생각지 못했던 칭찬은 '어, 그런가?'하고 내 글을 들여다보게 되는 계기가 되었다. 그렇게 글쓰기에 관한 관심이 시작되었다.

온라인 커뮤니티에 들어가 매일 글쓰기 챌린지를 하고, 감정 치유 글쓰기 수업도 들었다. 그러면서 본격적으로 시를 만나게 되었다. 글감으로 주어진 원작 시를 마주하며 나의 시를 써보는 날들이 그 시작이었다. 아무리 몇 연을 내 말로 바꾸어 써본다지만, 시를 쓴다는 자체가 참 신선하면서도 어마어마하게 느껴졌다. 쓰는 사람의 시선으로 접하니 시가 이전과 전혀 다르게 느껴졌다. 고르고 골라낸 단어와 생각의 전개가 마음을 톡톡 건드렸다. 시인들을 따라 내 감정의 선을 그려보았다. 나만의 변주 포인트를 심어

가며 음표를 그려 넣듯 시를 써보았다.

스스로를 시인이라고 생각하며 쓰진 않았지만, 내가 쓴 시가 좋았다. 평소 말이 길지 않은 나는 어쩌면 단어를 고심해서 골라내는 동시에 임팩트를 실으려고 했던 것 같다. 그 마음이 시와 잘 맞았는지도 모르겠다. 술술 재미있게 말하는 능력은 없지만 중간중간 필요한 말을 툭툭 순발력 있게 꺼내놓는 잔재주는 있다고 생각한다. 그래서인지 내 마음의 어투가 고스란히 들어간 짧은 시에서 애틋함을 느꼈다. 그렇게 시와 사랑이 싹트고 있었다.

어떤 날은 생각과 감정이 얽히고설켜 시로 쏟아낸 적도 있었다. 그 당시 말콤 글래드웰의 《타인의 해석》을 읽고, 《애나 만들기》라는 미국 드라마를 본 뒤였다. 책과 드라마 모두 우리가 타인을 어떻게 정의하고 해석하는지, 객관을 뛰어넘는 주관의 힘이 얼마나 강력하고 때로는 무모한지 보여준다는 점에서 깊은 연결점이 있었다. 두 작품을 본 뒤 내 안에서 주체 못 할 꿈틀거림이 있었다. 이 느낌을 글로 표현하고 싶은데 시작부터 막막했다.

그때 나의 탈출구가 바로 시였다. 한숨을 시원하게 내뱉듯 한 편의 시를 써 내려갔다. 말로 설명할 수 없는 무언가를 시에 담았다. 참 신기하지 않은가? 시도 글이고 곧 말인데, 나는 무엇 때문에 설명하기 힘든 감정을 시로는 표현할 수 있었을까? 어쩌면 시는 머릿속으로 정리되지 않은 무언가를 감각적으로 쏟아낼 수 있는 매개체가 아닐까?

이것이 계기가 되어 붙잡**고**픈 감성과 뜨겁게 올라오는 감정을 시로 풀어내기 시작했다. 감각을 활짝 **열어** 일상을 감상하고, 내 안에서 재탄생한 감성을 시의 언어로 세상에 띄워 보냈다. 그러자 독자들의 반응이 나타나기 시작했다. 힐링, 공감, 감동… 이런 아름다운 단어들로 응원을 보내주셨고, 그 덕분에 나의 시는 더 자신 있게 날개를 펄럭여 볼 수 있게 되었다. 내가 지은 시가 누군가의 마음에 울림이 될 수 있다는 자체가 큰 감동이었다. 혼자만의 감성이라고 생각했던 것들이 사람들과 연결될 때마다 뿌듯하고 행복했다. 처음으로 이런 생각이 들었다. '나도 글로 도움을 줄 수 있겠구나!'

그렇게 시에 점점 진지해지고 있을 무렵, 새로운 도전이 하고 싶어졌다. 사실 굉장히 내향적이고 안정 추구형인지라 도전을 즐기는 스타일이 못 된다. 하지만 이상하게도 온라인 세상에서의 나는 진취적이고 도전적이었다. 글에 있어서는 더욱 그러했다. 그 도전은 공모전이었다. 쓴 글로 좋은 반응을 받는 데에 자신감을 얻어 대외적으로 상이나 상금을 받아보고 싶었다. 찾아보니 문예 관련 다양한 공모전들이 있었다. 여러 곳에 그동안 쓴 글을 투고했고, 감사하게도 한 문단에서 신인 문학상을 받게 되었다. 상패와 작가 등록증, 그리고 내 시가 실린 문예지. 살면서 꿈조차 꿔보지 못했던 일 한 가운데에 황홀히 서 있는 기분이었다. '아, 정말 시를 계속 써봐야겠구나!' 다짐도 들었다. 그렇게 시인이라는 두 글자를 얻었다.

수상한 세 편 중 대표작은 〈오늘도 짓다〉라는 시로, 쌀을 씻던 중 그 소리와 모습에서 문득 떠오른 생각들을 써본 것이다. 그리고 이 시가 주변 사람들로부터 가장 뜨거운 반응을 얻었다. 특히 매일 같이 밥을 짓는 우리 엄마들로부터 말이다. 매일의 집안일, 사소하게만 느껴졌던 일, 하지만 의무감으로 해내던 일들을 다시금 음미하며 아름답게 바라볼 수 있게 되었다는 댓글을 받았다. 이 시를 떠올리면 미소를 지으며 밥을 지을 수 있겠다는 말씀을 남겨주신 분도 있었다. 울컥했다. 그동안 수고로이 수많은 끼니를 지어올리던 손들을 생각하니 울컥했다. 시가 울림이 되고, 그 울림이 다시 나를 울렸다.

그 감사에 힘입어 나는 정말 시인이 되어가고 있다. 감성으로 행복을 전하는 시인! 감성의 순간을 시에 담아 사람들에게 울림이 될 수 있도록, 그렇게 시를 짓고 세상에 띄우고 싶다. 때로는 흩날리는 꽃비처럼, 함께 울어주는 비처럼, 묵직한 마음 보송하게 말려주는 구름처럼. 그렇게 공감이 되고 위로가 되며 결국엔 행복이 되길 소망한다. 삶처럼 시를 짓고, 시처럼 삶을 살고 싶다.

오늘도 짓다

네 컵 가득 쏟아 담고 수돗물을 튼다.
쌀알 사이로 쏴아 스며드는 물소리에
떠오르는 겨울 바다
생각이 넘칠세라 이내
하얀 거품이 뽀얀 물 위로 올라온다.

보드라운 물속 까끄라운 이들을 문지르고
비움과 채움을 반복
처음의 뽀얌이 살짝 흐려지면
좋은 거마저 다 씻겨 나갈라,
멈춤의 미학을 발휘하자.

딸깍 뚜껑을 닫으면
이제 내 역할은 끝
나머지는 너에게 맡긴다.

칙칙칙칙
하얀 낟알이 품었던 꿈은
뜨거운 증기로 피어오른다.

흡사 백설기 내음을 맡은 듯
그 백일둥이 아가는 무럭무럭 자라고 있겠지
따스함과 달큼함이 포근히 퍼진다.

현관문을 열듯 매일 여는 뚜껑이지만
익숙한 기대감은 늘 한결같다.
밥 내음 한 김 얼굴에 닿으면
윤기 알맞은 뽀얀 쌀밥이 서로를 반긴다.
한 공기 두 공기 담아내며
오늘도 사랑을 짓는다.

_김세현의 글

90일간의
육아휴직

3개월의 시간이 주어진다면, 무엇을 하고 싶은가? 지금 머릿속에 떠오르는 일들을 흘려버리지 말고 기억해 두자.

지난봄, 나에게 바로 이 선물 같은 시간이 주어졌다. 아이가 초등학교에 입학하면서 회사에 3개월간의 육아휴직을 내게 된 것이다. 출산 후 휴직을 다 쓰지 않고 남겨두기도 했고, 아무래도 학교에 들어가면 많은 변화가 생기니 아이가 잘 적응할 수 있도록 돌보고 싶었다. 그렇게 아이의 입학과 함께 예정된 휴직의 원래 목적은 오롯이 아이를 위한 것이었다.

하지만 작년부터 이어온 성장 루틴들이 그 휴직에 사심을 심게 했다. 아이가 학교와 학원에 가 있는 동안은 내가 해보고 싶은 일들을 마음껏 해볼 수 있겠다 싶었다. 평소 못한 운동도 해야겠고 책도 마음껏 읽고 글도 본격적으로 쓰고 싶었다. 낮에 카페에 앉아서 읽고 쓰는 여유를 만끽하고 싶었다.

그래서 휴직을 앞두고 2인분의 시간표를 짰다. 아이의 학원 스케줄과 나란히 나의 성장 시간표를 세웠다. 어떻게 하면 내 시간을 더 얻을 수 있을지 머리를 굴리기도 했다. 그러다 문득 양심의 가책을 느꼈다. 아이를 위해 얻는 육아휴직인데 엄마의 욕심을 차리려는 모습에 찔렸다. 그렇게 워킹맘이라는 본캐와 온라인으로 성장을 도모하는 부캐가 서로 목소리를 높여가는 가운데 적절히 타협점을 찾은 시간표를 만들어 냈다.

기다리던 3월, 아이는 초등학교에 입학했고 나는 학부모가 되었다. 그리고 만 11년 다니던 회사를 3개월간 쉬게 되었다. '학교에 잘 적응해야 할 텐데….' 하는 걱정과는 달리 아이는 즐겁게 학교생활을 시작했다. 적응에 더딘 건 나였다. 하루에도 양말을 다섯 번이나 신었다 벗었다 할 정도로 집 밖을 들락날락할 일이 많았다. 학교, 놀이터, 학원 1, 학원 2… 모두 엄마의 손이 필요했다. 수시로 시계를 보고 시간표를 확인하며 긴장을 늦추지 않아야 했다. 어떤 날은 머리가 핑 돌 정도로 정신 없었다.

하지만 그래도 좋았다. 하루에 여러 차례 아이와 다시 만나 말랑말랑한 손을 잡고 함께 걷는 그 길이 참 행복했다. 해가 진 저녁이 아닌 화창한 낮에 함께 할 수 있다는 게 참 소중했다.

그렇게 3월을 보내다 보니 몸이 적응되어 점차 여유롭게 하루 일정을 소화해 냈다. 그러는 사이 버킷리스트도 하나씩 이뤄가고 있었다.

그 첫 번째는 요가였다. 공황 발작 이후 2년간 운동이라고는 전혀 할 수가 없던 나는 요가라면 슬슬 도전해 볼 수 있겠다 싶었다. 트라우마에서 벗어나기 위해서라도 꼭 필요하다고 생각했다. 아이 등교 후 오전 시간에 집 근처 요가 수업에 나갔다. 2층에 위치한 요가원은 정면 가득 뚫린 창에 가로수가 맞닿아 있었다. 첫눈에 반해버린 풍경! 요가 매트에 앉아 햇살 받으며 나무를 바라보는 것만으로도 마음이 평온해지는 곳이었다. 공간만큼이나 선생님의 수업도 편안하고 즐거웠다. 두려움은 내려놓고 서서히 내 몸을 써보는 그 시간이 참 상쾌했다. '나 다시 운동할 수 있구나!' 하는 기쁜 안도감도 들었다.

요가 이후 스케줄은 독서였다. 집도 좋지만, 어떤 날은 동네 도서관이나 카페를 찾기도 했다. 사실 집에서 길 건너 5분만 걸으면 도서관이 나온다. 이렇게 손 뻗으면 닿을 곳에 있는 도서관을 부끄럽게도 이 동네에 온 지 3년 만에 처음 가보았다. 정말 오랜만에 맡아보는 도서관의 공기를 느끼며 가지런히 꽂힌 책들을 쭈욱 훑어보았다. 아주 오래전 마음속에 찜해 놓았던 책을 발견하기도 했다. 창가 자리에 앉아 책 한 번, 풍경 한 번 번갈아 보며 그 시간에 푹 빠져들었다. '세상에 이렇게 좋은 곳이 바로 집 앞에 있었다니!' 우리 동네가 더욱 좋아지는 순간이었다.

집에 돌아오면 점심을 먹고 후다닥 집안일을 했다. 나의 개인 시간을 빼앗길 새라 정말 휘리릭 처리했다. 아이 하교 시간이 되어 교문 앞에서 기다렸다가 함께 놀이터에 가기도 했다. 교문 밖을 향해 달려 나올 때 아이의 조그만 등 뒤로 분홍 책가방이 들썩였다. 그 모습에 내 마음도 새로운 종류의 환희로 들썩였다. 햇살 아래 너와 내가 달리며 조우하는 그 기쁨이란! 그동안에 없던 낮 시간, 나는 이런 행복을 놓치고 살았구나 싶었다.

아이가 학원에 간 오후 시간은 또다시 내 차지였다. 이 시간엔 글을 쓰거나 이프랜드 밋업을 준비했다. 휴직을 맞아 새롭게 두 가지 일에 도전해 본 시간이기도 했다. 그동안 블로그에만 쓰던 글을 브런치 작가에 도전해 영역을 넓혀갔다. 휴직 생활에 관한 이야기, 책 리뷰, 자작시 등 쓰고 싶은 글을 마음껏 써보았다. 회사 다닐 때는 긴 시간이 주어지지 않아 글을 토막토막 쓰곤 했던 것에 비해 앉은 자리에서 한 번에 써 내려가는 연속성이 좋았다.

매주 목요일은 이프랜드 밋업을 하는 날이었다. 휴직을 맞아 메타버스 공간인 이프랜드에서 인플루언서로 도전해 보았고, 시 큐레이션이라는 주제로 한 시간씩 밋업을 진행했다. 매주 주제를 정하고, 도서관에서 빌려온 시집에서 마음에 드는 시를 추려내어 발표 자료를 만들었다. 어울리는 음악, 그림, 영상 자료도 수집했다. 그리고 밋업을 하는 날이면 아무도 없는 집에서 혼자 라디오를 진행하듯 준비한 내용을 이야기했다. 작은 내 책상이 방송국이 되고, 발표를 두려워하던 내가 라디오 DJ가 되는 그런 시간! 시에 대해 문외한이었던 내가 사람들에게 시를 소개하고 함께 감상하는, 그야말로 기적 같은 시간이었다. 쉽지 않은 도전이었지만 그만큼 새롭게 성장해 보는 소중한 기회였다.

땀 흘리며 밋업을 마치고 나면 다시 후다닥 양말을 신을 시간이다. 집 밖을 나서 아이 학원 버스를 기다리며 나의 부캐로부터 로그아웃한다. 하루에도 몇 번씩 로그인 앤 로그아웃하는 모습에 혼자만 아는 미소가 슬며시 배어 나온다. 휴직맘의 짜릿한 이중생활이랄까!

정신없이 적응한 3월, 봄날의 한복판을 만끽한 4월, 그리고 휴직을 마무리하는 5월, 이렇게 3개월의 시간은 너무도 정확히 봄과 함께 지나갔다. 휴직 막바지에는 매일 이별을 준비하는 사람처럼 하루하루를 애잔히 바라보았다. 아이와의 시간도, 나와의 시간도. 아쉬움이 큰 만큼 행복한 시간이었으리라 애써 위로했다.

90일간의 육아휴직, 나는 그 속에 엄마의 성장이라는 야심 찬 부제를 달았었다. 그리고 아이가 초등학생이 되고 자란 만큼, 나도 다양한 성장을 맛보았다. 요가를 시작했고, 이프랜드에 도전했다. 책에 푹 빠져 살고, 마음껏 글을 쓰기도 했다. 그리고 시인이라는 두 글자를 얻으며 시와 깊어졌다. 살면서 이토록 즐거운 마음으로 열심히 살았던 적이 있었던가 싶을 만큼 충실하고 충만한 시간이었다.

생각해 보았다. 스스로 뿌듯할 만큼 많은 일들을 해낼 수 있었던 비결을 말이다. 그것은 3개월이라는 한정된 시간 안에 내가 하고 싶은 일들로 채워 넣었기에 가능한 일이었다. 그동안 맘껏 하고 싶어도 시간이 없어 애타던 일들이었는데 마침 선물 같은 시간이 주어진 것이었다.

예정된 수순대로 휴직은 끝났다. 하지만 성장을 도모하는 일은 여전히 진행 중이다. 물론 많이 덜어내고 축소된 형태긴 하지만 말이다. 그리고 삶을, 일 년을 바라보는 내 시각이 바뀌었다. 하고 싶은 일을 '언젠가, 올해 안으로'라는 막연한 범주에 넣는 대신 정해진 기간 안에 넣어보기로 했다. 이왕이면 봄, 여름, 가을, 겨울 사계절에 맞추어서 해보는 것도 좋겠다. 그렇게 단위 시간 안에 나의 꿈을 배치하면 그 일은 언젠가로 미뤄지는 대신 진행 중일 확률이 높다는 것을 지난봄에 경험했다.

이제 다시 처음의 질문을 건네본다. 3개월의 시간이 주어진다면, 그대 무엇을 하고 싶은가? 그 일을 지금, 이 계절에 해보면 어떨까? 뜨거운 여름을 밀어내고 가을바람이 불어오듯, 그렇게 불현듯 시작해 보는 것이다. 이 계절을 만끽하는 마음과 함께. 그리고 새로운 계절을 거듭 맞이하며.

_김세현의 글

하루만큼의
걸음

1분을 다투는 아침이었다. 새벽 기상이 더 이상 성장의 시간이 아닌 출근 준비로 이어지는 날들. 그날 새벽도 일어나 간단히 스트레칭만 하고 바로 준비에 들어갔다. 씻고, 머리 말리고, 옷과 화장까지 준비를 마치고 나니 '아침을 먹을 수 있을까?' 딱 고민되는 만큼의 시간이 남았다. 급히 시리얼을 말아 우걱우걱 먹었다. 한 입 더 먹고 싶었지만 출발 시간이 아슬아슬했다. 그렇게 후다닥 집을 나서 회사로 향했다.

회사 정문 앞, 계획한 출근 시간까지 남은 시간은 단 3분이었다. '가능할까?' 모르겠다. 그저 행동하는 수밖에. 언덕을 올라 건물 앞에 주차한 뒤 시계를 보며 달렸다. 계획한 출근 시간! 여기서 1분이 넘어가기 전에 출입 태깅을 해야 지각 알람을 면할 수 있다. 힘껏 문을 밀고 달려가 팔을 뻗어 사원증을 찍었다. '휴우-' 간신히 지각은 면했다.

안도의 한숨과 쓸쓸한 웃음을 얼굴에 지고 계단을 올랐다. '뭐가 이렇게 힘들까?'라는 생각이 들면서도 뭐가 힘든지 모르겠는 그런 마음을 한 계단 한 계단 끌어올렸다. 계단 코너를 돌며 바깥 창을 바라보는데 나무에 옹기종기 달린 열매가 눈에 들어왔다. 정확히는 열매의 불그스름한 빛깔이 눈길을 붙잡았다. 어제 오후에 그 나무를 보며 미처 열린 줄도 몰랐던 연둣빛 열매들이 슬그머니 붉어짐을 발견했는데, 하루 사이에 조금 더 물 들어 있음이 놀라웠다.

조금 전까지만 해도 1분을 다투며 달리던 나는 알알이 작은 열매와 눈이 마주치는 순간 멈춰 서버렸다. 어제보다 한 걸음만큼 더 붉어진 그 모습이 나를 향하고 있었다. 서서히 때에 맞게 변화하고 있다고, 갑작스러운 가을비와 서늘한 새벽 공기에 당황하지 않고 그저 매일 조금씩 익어가는 중이라고 말이다. 늘 그래왔고 앞으로도 그러할 것이라고, 1분을 다투는 내게 하루 동안 딱 하루만큼 충실히 걷는 모습을 보여주고 있었다.

요즘 난 뭐 때문에 이렇게 아등바등하고 있을까? 몸도 마음도 말이다. 3개월의 달콤한 휴직을 마치고 복직했다. 이어서 3개월간의 단축 근무를 하며 조금은 여유로운 워킹맘으로 살고 있었다. 그리고 이제 정상 근무로 완전히 복귀한 지 3주가 되어간다. 다행히 아이는 엄마 손 없이도 하교 후 학원으로 이어지는 스케줄을 씩씩하게 해내고 있다. 나도 모처럼 회사에서 집중하며 제대로 1인분의 몫을 해내는 느낌에 안정감을 찾고 있다.

하지만 잃어버린 시간이 있다. 이른 출근으로 나의 소중한 새벽 시간을 잃었다. 어스름 푸른 새벽에 스트레칭하고, 책상에 앉아 책을 읽고 글을 쓰던 그 시간을 상실했다. 읽다 만 책들이 진도를 더디게 나가며 쌓여가고, 한참 열심히 쓰던 시는 멈춰버렸다. 절필한 사람처럼 한때 푹 빠져 하던 모든 활동이 뚝 끊겼다. 마음만 복닥복닥 바빴다. 하지 못한 일들만 마음에 담으며 슬퍼했다. 더 나아가고 싶은데 눈으로만 바라보고 움직이지 못하는 느낌! 그래서 두 눈 질끈 감듯이 외면하기도 했다. 그런 성장의 시간은 없었던 사람처럼. 그래서 요새 일부러 책과 글에 손을 안 대기도 했다. 펼쳐봤자 잠깐이고 아쉬움만 커질 것 같다는 생각에, 마치 상처받기 싫어 사랑을 시작조차 하지 않는 사람처럼.

그렇게 시간에 치이고 마음에 울먹이던 내 앞에 열매가 나타난 것이다. 하루만큼의 걸음을 충실히 걷고 있는 모습으로. 저 열매도 나도 주어진 시간은 똑같은데, 나는 달리다 멈추다 반복하며 빨리 가지 못함을 비통해하고 있었구나. 그저 매일 자신의 걸음을 걸으면 되는 것인데, 사실 그것 밖에는 달리 뾰족한 수가 없는데 잃은 것에만 집착하고 있었구나.

콩알만 한 작은 열매들이 보여준 그들의 걸음은 절대 작지 않았다. 그 울림에 마음을 기울이고 시를 쓰듯 짧은 글을 남겼다. 그리고 그것은 지금 이렇게 한 편의 글로 펼쳐지고 있다.

시선을 둔다는 것, 거기에 마음을 더한다는 것은 이렇게 생각지 못한 사유의 바다로 흘러들게 한다. 요즘 내가 안고 있던 질문과 상념을 물결 속에 풀어놓게 된다. 그것은 마음을 식혀주고 어떠한 정리에 도달할 수 있도록 안내한다. 찾아간 바다가 언제나 우리에게 그러하듯 말이다.

그리고 붙잡고 싶은 그 시간은 이렇게 글 속에서 다시금 무르익는다. '이른 아침부터 동당 대느라 애쓰는구나. 예전처럼 매일 책을 읽지 못해 속상하구나. 글 쓰는 일이 멈춘 것 같아 불안하구나.' 이렇게 솔직한 마음을 대면하고 들어준다.

이것만으로도 위안을 얻을 수 있지만, 운 좋게도 열매의 발걸음을 들었으니 이제 새롭게 나의 시간을 바라보자. 하루에 하루만큼의 시간만 바라고 살자. 하루만큼의 여정만 걸어 내자. 더 멀리 가지 못한다며 애태우지 말자. 그저 나의 하루를 인정하자.

열매가 익어가는 것은 단지 껍질의 붉음 만이 아닐 것이다. 알맹이의 빛도 변하고 촉감도 말랑해지겠지. 새로운 향기도 만들어 내고 있을 것이다. 어쩌면 무게에도 변화가 있을지 모른다. 그 모든 변화의 총합이 무르익음인 것이다. 그리고 나 또한 그럴 것이다. 홀로 고요히 보내던 성장의 시간은 줄었지만, 회사에서의 역할과 가정에서의 역할 또한 나를 성장시킬 것이다. 내가 살아내는 모든 시간의 총합이 나를 길러내고 있으니까. 그러니 마냥 잃기만 하는 것은 아니다.

아무리 마음 닳도록 갈망하고 아등바등 몸을 움직여 봐도 우리는 하루의 시간을 늘릴 수 없다. 우리를 품어내는 거대한 자연조차 겸허히 받아들이는 그 진리를 기꺼이 온몸으로 받아내야겠다. 때때로 길을 잃기도 하겠지. 그럴 때면 열매의 붉어짐을 알아차린 그날처럼 고개를 들어 눈앞의 자연을 마주하고 귀 기울여보자. 그 울림을 글 속에서 풀어내 보자.

오늘도 하루만큼의 걸음을 충실히 걸어낸 나와 그대, 참 애썼다. 그만큼이면 된다. 또박또박 나의 걸음으로 매일을 걷자.

_김세현의 글

매일 다채로운 자연의 변화를 느끼고 그 속에서 새로운 발견을 하며 활력을 얻는 출근길이 나를 풍요롭게 하는 빼놓을 수 없는 것이 되고 있다. 이런 평범한 일상도 자세히 관찰하고 깊이 있게 느끼면 소중하고 사랑스럽다. 모든 일상이 설레는 선물이 될 수 있다.

두 번째 선물

인생은 코어 힘

독서와 글쓰기

부끄러운 얘기지만 초등학교 이후로 책과 담을 쌓고 살았다. 내가 초등학교 입학하고, 엄마의 교육열이 한창 불타올랐을 때 우리 집 책꽂이에는 전래동화, 창작동화, 명작동화 등 다양한 전집이 빽빽하게 꽂혀 있었다. 엄마의 기대에 부응해야 한다는 생각에 반강제적으로 책을 읽었지만 보여주기식 책 읽기로 독서의 즐거움을 알아가기엔 한계가 있었다.

시험 성적이 내 자질을 판단하는 절대적 기준이 되었던 중 고등학교 시절은 시험과 관련 없는 책은 내 관심 밖으로 밀려났다. 내가 스무 살이 갓 넘었을 무렵, 인터넷이라는 신통방통한 것을 만난 이후로 구글이나 네이버에 물어보면 쉽고 빠르게 필요한 지식과 정보를 얻을 수 있는데 뭣 하러 힘들게 책을 읽는지 모르겠다는 생각이었다. 그 시절 난 즉각적으로 활용할 수 있는 정보로만 얄팍하게 일을 처리했고 뿌리 없이 흔들리는 나무처럼 뚜렷한 내 생각 없이 살았다.

그랬던 내가 책을 읽기 시작한 건, 임신한 후였다. 막연히 책이 태교에 좋겠다는 생각과 태어날 내 아이가 엄마와 다르게 책을 많이 읽었으면 하는 바람이었다. 혼자 읽을 자신이 없어 독서 모임을 찾아보았다. 독서 모임의 종류와 형태는 다양했고, 몇몇은 초보 환영이라고 쓰여 있었지만, 나는 초보 중에서도 생초보라는 생각에 끼어들 용기가 나지 않았다. 그러던 중, 다리만 걸치고 있던 지인들과의 모임에서 독서 모임을 연다는 소식이 들렸다. 그렇게 내 아이를 위한, 알고 보니 나를 위한 서툴고 거친 독서가 시작되었다.

책 한 페이지를 읽는 데도 오랜 시간이 걸렸다. 함께한 사람들은 대부분 독서를 즐기는 사람들이라서 선정된 도서는 인문, 사회, 과학 등 초보가 읽기에 많은 시간과 인내심이 필요했다. 반사판이라도 있는 듯 튕겨 나오는 내용들을 꾸역꾸역 머릿속에 욱여넣었지만 뒤돌아서면 까먹는 탓에 모임에 나가 한마디도 못 하는 날이 많았다. 그렇지만 창피함을 무릅쓰고 독서 모임을 막달까지 꾸준히 다녔다.

출산하고 아이가 백일이 지났을 무렵, 코로나의 창궐로 세상이 어수선했다. 이 전염병의 정체가 무엇이고 언제까지 지속될지, 사회와 경제에 미칠 영향을 예측하는 책들과 기사가 연이어 나오기 시작했다. 오프라인으로 만나는 모임은 한계가 있었으니 온라인 모임을 통한 챌린지가 유행하기 시작했고 난 새벽 기상과 독서를 함께 하는 모임에 들어갔다. 출산 전, 쌓았던 독서를 습관으로 만드는 루틴이 생겼고, 그것이 지금까지 내가 독서를 꾸준히 이어가는 데 적잖은 도움이 되었다. 약 5년 동안 이어진 독서는 이제 내게 숨 쉬고 밥 먹는 것 같이 당연한 것이 되었다.

사람은 누구나 그 이상을 원한다. 한 권의 책에 빠져 작가가 창조한 세상을 탐험하는 것은 새로운 앎을 추가하는 흥분되고 즐거운 일이다. 그런데 그 흥분과 즐거움은 그리 오래 가지 못한다. 책을 덮고 며칠이 지나면 휘발되어 버리고, 새로운 책으로 대체되는 것이 반복된다. 이전 책들의 감명과 흥분을 오래도록 간직하고 싶어 필사하기 시작했다. 분명 그냥 읽고 지나가는 것보다 내 머리와 마음에 머무르는 시간이 길긴 하지만, 역시나 쉽게 사라져 버린다.

책을 읽다 보면 '이 작가는 왜 이런 생각을 했지?', '이 작가가 얘기하는 것에 대해 난 어떻게 생각하지?', '나도 이런 적이 있었는데, 난 그때 무슨 생각을 하고 어떻게 행동했었지?'라는 질문들이 무작위로 머릿속에 떠오른다. 이 질문들을 무시하고 책을 많이 읽는 것에 급급해 작가의 말을 따라가기만 하는 수동적인 독서는 금방 휘발되어 버린다는 공통점이 있다. 내게서 나온 것이 아닌 것은 금세 사라져 버린다.

난 내 생각을 정리해서 다른 사람에게 전달하는 것을 잘 못한다. 내 취향이나 의견을 존중받지 못하는 환경에서 자랐다. 우리 집은 경청과 대화가 거의 없었다. 부모님은 먹고살기 바쁘다는 이유로 존중과 이해보다 효율을 중시했다. 넉넉하지 못해, 앞에 닥친 일을 처리하면서 살았던 우리 집에는 독재가 효율적이었을 것이다. 먹고 사는 것을 해결해야 하는 개발도상국은 독재가 많고, 생계가 해결된 여유로운 선진국은 민주주의를 따르는 것처럼 우리 집 상황도 비슷했다.

부모님 말씀에 순종해야 갈등 없이 편하게 살 수 있다는 것을 알았고, 그렇게 내 색깔 없이 겉으로는 문제없어 보이는 어린 시절을 보냈다. 일종의 '갈등 회피자'가 되어 다른 의견을 내는 것을 두려워하게 되었다. 누군가 내 의견을 물어보면 덜컥 겁이 났다. 내 의견을 가지는 것조차 연습이 되어 있지 않은데, 그것을 입 밖으로 꺼내놓을 수는 없는 일이었다. 뭔가 잘못되었다는 것을 감지했지만, 그것을 꺼내어 치료하지 못하고 겉으로는 안 그런 척, 마음의 장애를 안고 불편하게 살아왔다. 그것의 적극적인 치료 방법이 글쓰기라는 것은 글을 쓰기 시작한 후에 알게 되었다.

내 생활에 애정을 갖기 시작한 후로, 일상을 기록하고 싶었다. 글쓰기를 하겠다는 생각보다 순전히 기록한다는 마음으로 일기를 택했다. 항상 몸에 지닌 핸드폰을 꺼내어 이동 중이거나 미팅 전 틈새 시간을 이용해, 일상을 기록했다. 처음에는 한 줄 앞으로 나아가는 것도 힘들었다. 내 속의 나를 들여다보는 것이 어색했고, 나에게조차 잘 보이고 싶은 마음이 있었다. 그러나 나에게 솔직해지는 일기 쓰기로 난 나를 점점 이해하게 되었다. 그날의 화가 난 상황이 객관적으로 보이기 시작했고, 그 상황을 내가 나에게 설명하고 이해시켰다. 내 안에 또 다른 내가 있었다.

내 안의 나와 내가 대화하고 서로 의견을 일치할 때, 없었던 자신감이 솟아난다. 그 대화와 타협의 도구가 일기였던 셈이다. 별것 아니라고 생각했던 일기 쓰기가 사람을 치료하고, 살린다.

일기 쓰기도 글쓰기의 일부분이다. 글쓰기로 확대해 경험을 이야기하자면, 난 독서하며 지식과 감명을 얻는다. 그렇게 얻은 것들을 내 언어로 표현하고 내 생각을 가미해 구체화해 본다. 그곳에서 나의 색깔과 향기를 입힌 내 의견이 나오고 그것이 단단해지면 나의 철학이 되는 것이다. 참 많이 발전했다. 일기 쓰기로 나를 탐구해서 알아가고, 독서가 던져준 생각 조각을 삼키고 소화해 내 것으로 만드는 과정이 글쓰기라는 것을 알게 되었으니 말이다.

"독서로 지식을 삼키고 글쓰기로 소화해 그 지식의 영양분으로 나를 성장시킨다."

나를 키우는 이보다 더 가깝고 손쉽고 효율적인 방법이 또 있을까? 읽고 쓰는 나와 책, 필기구만 있으면 가능하다. 마음에 병이 있다고 병원을 찾고 약을 먹고 상담받는 것보다 번잡스럽지도, 비용이 들지도 않는다. 적극 추천한다. 독서와 글쓰기.

_김지현의 글

시행착오

"둘째는 나중에 특별한 일 해요. 쇠붙이랑 관련된 것"

엄마가 오랫동안 다니시던 절에서 만난 범상치 않은 할머니께서 하신 말씀이다. 할머니는 미래를 예지하는 특별한 능력이 있는 분이셨고, 엄마와 절에서 만난 인연으로 우리 집안의 대소사를 미리 알려주셨다. 신기하게도 그분의 언질은 대부분 들어맞았고 그 덕에 사업을 하시던 아빠는 몇 번의 큰 손해를 피할 수 있었다고 한다. 그 이후로 할머니의 말은 우리 집에서 대단한 힘을 발휘했다. 지금은 돌아가셨지만, 그분의 말이 은연중에 작용해, 나를 사업으로 이끌었다는 생각이 든다.

대학교 4학년 겨울, 안산 공단 안에 있는 PCB 제조회사에 입사했다. 그 당시 이름만 대면 알만한 대기업들에 원서를 냈지만, 합격으로 이어지지 않아 기가 죽어 있었고, 졸업하기 전 직장을 구해서 나가라는 아빠의 칼날 같은 말에 이것저것 잴 것도 없이 제일 먼저 합격한 회사에 들어갔다. 한 달간의 신입사원 교육이 끝나고 배정된 부서는 '제조 기술'이었다. 여자가 엔지니어로 생산 라인에 배정된 경우는 처음이라는 얘기와 "얼마나 버티나 보자."라는 주위의 수군거림에 알 수 없는 오기와 승리욕이 발동했다.

이십사시 간 돌아가는 라인의 특성상, 이곳 사람들의 퇴근 시간은 빠르면 아홉 시였다. 특별히 할 일이 없음에도 팀장이 나가기 전에 퇴근하는 사람이 아무도 없었고, 주말에도 쉬지 않았다. 하루 열두시 간 이상을 기계 소음과 화학 약품 냄새가 나는 라인에 있으려니 내 몸과 마음은 점점 황폐해져 갔다.

그곳을 다니고 있는 십년, 이십년 후의 나를 상상해 보니 앞이 보이지 않았다. 그만둘 결심을 하고, 다음 직장을 고민하고 있던 때, 아버지에게 전화가 왔다. "회사 그만두기로 결심한 거지? 아빠가 괜찮은 사업 제안을 받았는데 네가 한번 해 볼래?" "걱정할 거 없어. 아빠가 잘 아는 사람이 하는 사업인데 거기 가서 일 배우고 시작해 봐." 아버지의 느닷없는 제안에 어안이 벙벙했지만, 탈출구를 찾고 있던 나는 덥석 그 미끼를 물고 말았다. '아빠가 얘기한 건데, 설마 여기보다 못하겠어?'

회사에 여름휴가를 내고, 연고도 없는 대전으로 내려가 일주일간 그곳에서 직원처럼 근무하며, 일이 돌아가는 것을 살폈다. 2007년 당시, 국내에 수입 자동차 공식 딜러들이 생기면서 수입차가 증가하는 초기였다. 제안받은 사업은 아버지 지인분이 수입한 부품들을 국내에 유통하는 총판이었다. 경험도 지식도 없었지만, 수입 자동차 시장이 점점 커질 것이란 얘기를 매스컴에서 심심찮게 들었고, 시간이 문제지 배우는 건 어떻게든 할 수 있을 것 같았다.

"할 수 있겠어?"

"네"

그렇게 2007년 8월1일 대표이사 OOO으로 사업자등록증이 나왔다. 대전으로 이사하고 얼마 지나지 않아 그분은 내게 따로 사무실을 얻어 나가라고 했다. 물품 공급 계약서를 작성하고 계약서에 명시된 목돈이 일시금으로 송금된 이후였다. 사무실을 얻으면 계약된 초기 재고를 바로 공급해 주겠다고 했지만, 약속한 날이 한 달이 지나도록 재고는 들어오지 않았다. 뭔가 잘못됐다는 것을 감지하고 확인하러 찾아갔지만 재촉하지 말고 기다리라는 말뿐이었다. 이미 되돌리기엔 늦었고 그 말을 지푸라기라도 잡는 심정으로 믿고 싶었다. 그러나 사무실 월세는 나가고, 매출도 없고, 생활비도 나오지 않는 상황에서 내 마음은 배신감과 절망감에 타들어 갔다. 무엇보다 제대로 알아보지 않고 엉뚱한 사람을 믿고 나를 이곳으로 보낸 아빠가 원망스러웠다.

가만히 있을 수만은 없었다. 지인의 도움으로 정비소에 문자를 발송하고, 인터넷에 회사 소개 글을 올렸다. 늘어나는 수입차에 비해 부품 공급처가 많지 않은 시기여서, 이 작은 행동이 효과를 보기 시작했다. 하루에 한두 건씩 부품을 문의하는 전화가 왔다. 그러나 자동차와 부품 지식이 부족했고, 안정적으로 부품을 공급받을 곳이 없었다. 이 두 가지만 해결하면 되었다. 이렇게 바퀴 네 개 달린 자동차가 어떻게 굴러가는지 한 번도 궁금한 적이 없었고 자동차 메이커는 현대, 기아, 수입차는 벤츠만 있는 줄 알았던 나는 하루 종일 어두컴컴한 사무실에 앉아 자동차 구조와 용어를 익히고 문자를 보냈던 정비소에 전화해 모르는 것들을 물어봤다. 그리고 해외 부품 공급처들을 찾아 메일을 보내고 답장이 없으면 밤늦도록 전화를 돌렸다. 고맙게도 내게 물건을 공급해 주겠다는 해외업체를 만났다. 그때부터 희망의 빛이 보이기 시작했다.

그러던 어느 날 적막한 사무실에 혼자 앉아 있는데 전화벨이 울렸다. "안녕하세요. OOO입니다."

전화를 받아보니 자기는 덤프트럭 기사라고 한다. 어쩌다 아우디 차량 뒤를 들이받았는데 부품을 구할 곳이 없고 비용이 너무 많이 나올 것 같아 직접 부품을 구하는 중이라고 한다. 차는 서울 성수동 공장에 들어가 있으니 가서 봐줄 수 있냐는 것이다. 덜컥 겁이 났다. 사고, 아우디, 부품, 서울, 공장 등의 단어들이 머릿속을 맴돌아 어지러움을 느꼈다. 함부로 덤빌 일은 아니라고 생각했지만, 해 보고 싶었다. 나도 그 기사만큼 절박했으니까. 무작정 한 번도 가본 적 없는 서울 성수동의 공장으로 찾아가 차를 보고 공장 사장님을 만났다. 그것이 우리 회사의 첫 보험 거래였다. 견적내고 해외업체에 주문하고 수입하는 과정은 순탄치 않았고 납품한 부품의 반은 반품받아 이익보다 손해가 났지만 그 시행착오로 인해 자신감을 얻었다.

대전에 있던 몇 개월 동안 전에 다녔던 회사의 퇴직금으로 사무실 월세와 생활비를 충당했지만 버티지 못하고 부모님이 계시는 천안으로 이사를 했다. 대전에서 천안으로 이사한 곳은 사방이 논으로 둘러싸인 비포장도로 길가의 가건물이었다. 비용을 줄이고 널찍하게 주차 공간과 창고를 쓸 생각으로 들어온 곳이다. 칸막이 하나로 분리된 공간을 안쪽에 사무실, 바깥쪽은 창고로 썼다. 버스도 몇 시간에 한 대만 다닐 정도로 외진 곳이고 대부분 농사를 짓는 노인들이 사는 곳이라 직원 구하기가 쉽지 않았다. 이력서는 들어오는데 면접 보러 오는 사람은 없었다. 이력서를 낸 사람들이 '논밭 한가운데 회사가 있을까? 있어도 그곳이 제대로 된 회사겠어?'라는 의심이 들었을 것 같다.

한번은 밤늦게까지 일을 하다 출출해서 피자를 시킨 적이 있다. 한 시간이 넘도록 도착하지 않아 전화해 보니 피자집 사장님은 아직 도착 안 했냐며 오히려 되묻는다. 잠시 후 문을 두드리는 소리가 들려 반가운 마음에 달려 나가니 이십대 초반의 남자가 겁에 질린 표정으로 피자 상자를 들고 서 있다. "제발 앞으로는 주문하지 말아 주세요. 여기 오기 너무 무서워요." 가로등 없는 시골길을 혼자 오토바이를 타고 왔으니 무서울 만도 했겠지만, 매일 이곳으로 출퇴근해 익숙한 내가 미처 생각지 못한 부분이었다.

혼자 전화로 고객 응대하고, 견적 내고, 주문받고, 택배 포장하고 해외 주문과 결제까지 하기는 벅찼다. 다행히 지인 소개로 알바생을 구했고 출퇴근을 시켜주며 같이 일했다. 그 알바생이 우리 회사의 첫 번째 직원이 됐고, 자동차를 좋아하고 먼 친척이란 이유로 자의 반 타의 반으로 입사하게 된 사회체육학과 졸업반 학생이 두 번째 직원이 되었다.

셋이 되니 할 수 있는 일이 많아졌다. 고정 고객들이 늘면서 매출은 완만한 상승 그래프를 그렸다. 늘 지역의 한계를 느끼고 있던 나는 서울에 지점을 낼 결심을 했고, 2011년 서울 오픈을 시작으로 몇 년 후 대전에도 지점을 냈다. 이후 부산, 부천에도 냈었지만, 직원 관리의 실패로 문을 닫았다.

사업을 시작한 2007년 27살이었던 나는 2023년 43살이 되었고, 회사는 어느새 16년 차가 되었다. 앞에서 언급했던 첫 번째 직원은 결혼과 출산으로 퇴사했고, 두 번째 직원은 대전지점의 책임자가 되었다. 그사이 오고 간 직원들도 많았고 도전과 위기도 있었지만, 지나온 세월만큼 이 업계에서 어느 정도 신뢰를 얻고 있다.

사회 경험이라곤 2년 반의 회사 생활이 전부였고 창업에 대한 열정과 의지보다 무지에서 비롯된 용감한 선택으로 사업을 시작했다. 내게 부족한 것들은 현장에서 배우고 채워가며 앞에 놓인 문제들을 해결해 왔다. 운 좋게 사업 아이템과 타이밍이 좋았던 것과 안 좋은 상황에서 엎어져 있지 않고 했던 다양한 시도가 좋은 결과를 만들어 냈다. 이후론 나와 십년 이상을 함께 한 직원들의 역할이 절대적이었다. 일어날 일을 미리 걱정하기보다 일단 시작하고 실전에서 시행착오를 겪는 것이 복잡한 세상에서 문제를 해결할 수 있는 강력한 방법이었다.

회사라는 좁은 세상에서 그것이 전부 인 줄 알고 자만했던 나는 여유시간이 생기고 회사 밖의 사람들을 만나면서 리더로써 내 부족한 역량을 알게 되었다. 그것을 알아갈수록 난 운이 좋은 사람임을 인정하지 않을 수 없다. 지금은 내게 부족한 것들을 채우고 리더로써 역량을 키우는 데 많은 시간을 할애하고 있다. 기회를 기회로 알아보고 놓치지 않기 위해 다양한 방법으로 나를 자극하고 있다. 그 중 꾸준히 책과 신문을 읽고 다양한 분야의 사람들을 만나 견문을 넓히고 있다. 최근에 시작한 글쓰기로 내 질문에 깊이 있게 답하는 연습을 하고 있다.

_김지현의 글

내 생일

난 내 생일날 우울해진다. 엄마가 일을 하시기 전인 초등학교 3학년 때까지 매년은 아니지만, 집에 친구들을 초대해 조촐한 생일파티를 열었다. 그 때의 기억은 지금 생각해도 설레고 따뜻하고 행복하다. 엄마는 손수 만든 김밥과 떡볶이, 그리고 달콤하고 고소한 냄새를 풍기며 식탐을 자극하는 양념치킨과 소박한 케이크로 내 생일상을 차려주셨다. 친구들의 생일 축하를 받고, 그들의 작은 손으로 꼬깃꼬깃하게 포장한 선물을 뜯어볼 때의 설렘을 생각하면 행복감에 절로 미소가 지어진다. 그러다 엄마가 일을 시작하신 열한 살 이후로 내 생일은 아무도 기억해 주지 않는 날이 되었다.

우리 집은 음력 생일을 챙긴다고 하지만, 이 음력 생일이란 것이 평소 생활하는 날과 다르고 매년 바뀌다 보니 생일을 챙기려면 미리 달력에 표시해 놔야 놓치지 않는다. 자연스럽게 가족들의 음력 생일은 단박에 알아차리기 어려운 것이 되었다. 게다가 아버지는 어디선가 생일을 챙기면 명이 짧아진 다는 불길한 얘기를 들은 후로 엄마는 암묵적으로 서서히 나머지 식구들의 생일도 챙기지 않았다. 그런데 내 생일은 기억하지 않을 수 없는 날이다. 왜냐하면 설 다음 날이기 때문이다. 음력으로 1월 2일.

다 알고 있지만 챙겨주지 않는다. 명절 전날, 차례 음식을 준비하고 설 당일은 차례를 지내느라 진을 빼버린 다음 날이니, 내 생일까지 챙겨줄 여유가 없었다. 생일을 왜 안 챙겨 주냐고 볼멘소리하면 "네 생일은 따로 상을 안 차려도 먹을 것이 많잖아. 얼마나 좋냐."라는 말이 되돌아왔다. 음식은 그렇다 치고 축하한다는 말도, 선물도 없었다. '생일에 먹을 것이 있고 없고가 중요한 게 아니고, 가족들이 내가 태어난 날을 기억해 주길 바라는 거라고.' 결국 설이라는 명절이 내 생일을 안 챙길 구실이 되어버렸다.

그리고 내 생일은 항상 겨울 방학이었다. 양력이든, 음력이든. 방학 때는 친구들을 만날 일이 없으니 내 생일은 명절과 방학에 묻혀 서서히 존재감이 없는 일상과 다름없는 날이 되었다.

그렇게 살다 보니 생일이 언제냐고 묻는 말이 불편해졌고 유난히 생일을 챙기는 사람들이 이상하게 보였다. 아는 지인은 매년 자신의 생일이 있는 주를 생일 주간이라고 정해놓고 지인들 수십 명을 초대해 자비로 파티를 열어 생일을 기념한다. 이런 문화가 익숙하지 않던 내게 상당히 신선하고 충격적이었고 내심 부럽기도 했다.

남편 집안은 우리와 달리 매번 가족들의 생일을 챙긴다. 주로 꼼꼼한 아버님이 카카오 단톡방에 가족들의 행사를 알린다. 가족들이 다 모일 수 있는 주말에 날짜를 잡고, 식당을 예약하고 식비를 내지 않는 사람이 케이크를 사온다. 이것도 여간 귀찮은 일이 아니었다. 그렇게 형식적인 생일을 빌미로 가족 모임을 하고 헤어진다. 그런데 여기서도 내 생일은 묻혔다. 시댁에서 차례를 지낸 후, 시어머니가 봉투를 슬쩍 건네주신다. 20만 원. 결혼 첫해부터 지금까지 변하지 않는 금액이다. 차례상 비용과 세뱃돈 명목으로 100만원 가까운 돈을 드리고 내 생일이라고 받는 돈은 20만 원이다. 생일 축하한다는 말보다 "내일이 네 생일이잖니." 매년 형식적으로 행해지니 기쁘고 설레는 마음도, 고마운 마음도 생기지 않는다.

혼자 이동하는 차 안에서 생각해 봤다. 생일은 어떤 의미일까? 생일은 존재하는 누구에게나 의미 있는 날이다. 존재의 탄생을 일 년에 한 번, 의식적으로 만든 시간의 마디를 통해 기억하고 축하받는 날이다. 그러니 생일을 기억해 준다는 것은 그 존재를 인정하고 존중한다는 것이다. 이렇게까지 거창한 의미를 두려 한 건 아니지만, 이것이 내 서운한 감정의 근원이었다. 내 존재를 인정받고 싶은 욕구.

작년 설에 차례를 지내고 친정으로 가서 부모님께 얘기했다. "내일이 내 생일이야." 엄마는 곰팡내 나는 고리타분한 이야기를 하셨다. "명절이라 음식도 많은데 뭘." 엄마는 생일 음식을 만드는 것에 부담을 느끼셨다. 그리고 이어진 말이 "너는 우리 생일 챙겼냐?"

결혼 전에는 잊고 살다가 결혼하고 나서 수동적으로 부모님의 생신을 챙기고 있다. 매년 초 남편이 가족 행사들을 달력에 기록하고, 그해 띠를 상징하는 봉투를 미리 준비해 놓는다. 그리고 부모님 생일에 맞춰 직접 전달한다. 엄마는 아신다. 내가 아니라 남편이 당신들의 생신을 챙긴다는 것을.

오래된 것, 익숙한 것이 맞는 것은 아니다. 미심쩍은 것이 있다면 용기를 내어 아니라고 목소리를 낼 필요가 있다. '나 하나 참으면 집안이 조용하다.'는 생각은 어느새 억울한 마음이 켜켜이 쌓여 감당 못 할 지경에 이를 수 있다. 모든 문제는 작은 것부터 시작된다. 작은 것들을 잘 관리해야 한다.

내 생일을 음력이 아닌 양력으로 바꾼다면, 명절에 묻혀있던 내 생일이 존재감을 드러낼까? 그동안 하지 않았던 생일을 축하하는 모임이 평생 이어진다면? 이것도 여간 귀찮은 일이 아니겠다. 다 좋은 것만 있는 것도, 다 나쁜 것만 있는 것도 없다는 어른들의 말이 떠올랐다.

마지막으로 내가 하고 싶었던 말을 정리하자면 "세상에 존재하는 모든 것들은 존재한다는 사실만으로 존중받아야 할 가치가 있다."는 사실 뿐이다.

_김지현의 글

출근길

늘 내 주변에 가까이 있어 소중함을 모르고 지내다가 우연한 기회에 그 진가를 발견하고 사랑에 빠지는 경우가 있다. 난 걷는 것을 좋아한다. 지금 사는 곳으로 이사 오기 전, 회사에서 집까지 3~4km 떨어진 거리를 대부분 걸어서 출퇴근했었다. 그러다 작년 봄, 지금 사는 곳으로 이사한 후, 출근 루트를 고민하다 자차와 버스를 이용하게 되었다. 양재천 산책길을 따라 출퇴근할 수 있다는 것을 알았지만 집에서 4~5km 떨어진 회사를 걸어서 가려면 오십분은 족히 걸릴 것이다. 오분이 아쉬운 아침 출근 시간에 큰 부담이 되었다. 자차와 버스를 이용해 출퇴근하던 중, 벚꽃이 흐드러지게 펴 몽환적인 분위기를 자아내는 양재천 길을 보니 마음이 조급해졌다. 길어야 2주간 즐길 수 있는 벚꽃을 보내고 나면 다시 꼬박 1년을 기다려야 하니까.

다음 날 아침, 운동화를 신고 대치동에서 시작하는 양재천에 첫발을 올렸다. 아침 시간이라 인적이 드문 벚꽃 터널 안을 걸어가는 기분은 꿈속에 있는 것 같은 착각을 일으켰다. 딱딱한 콘크리트가 아니라 폐타이어를 가공해 코팅한 산책로의 폭신한 감촉이 더해져 "아 행복해!" 라는 말이 절로 나왔다. 아침의 긴장감은 물에 씻긴 듯 사라지고 상쾌한 기분으로 회사에 도착했다. 이날 이후로 특별한 일이 없으면 걸어서 출근한다. 가끔 외부 일정이 있어서 자차를 이용하면, 하루치 영양제를 챙겨 먹지 않은 것처럼 활기가 떨어진다.

간밤에 이어 아침까지 내리는 비로 몸의 기상 센서가 둔해진 건지 일어나지 않는 아이를 흔들어 깨우고 급박하게 등원 준비를 했다. 혹여 유치원 버스를 놓칠까 봐 재촉하는 엄마의 마음을 아는지 모르는지 아이는 느긋하게 밥 먹으며 공룡과 자동차를 이리저리 굴린다. 현재를 즐기고 있는 아이와 등원 시간에 쫓기는 엄마는 마치 다른 차원에 있는 것 같다. 다행히 버스 시간에 딱 맞춰 아이를 태워 보내고 난 출근길에 올랐다. 오늘은 비가 와서 차를 끌고 가야 하나 고민하다가 비 오는 양재천을 보고 싶어 발길을 돌렸다. 연이어 내린 비로 여름의 더운 기가 가시니 이보다 시원하고 쾌청한 곳이 없다.

양쪽으로 이어진 빼곡한 나무들 사이로 촉촉하게 비에 젖은 길을 따라 걸었다. 평소엔 아침 산책하는 사람들로 붐비는 시간인데 오가는 사람 하나 없이 고요하다. 나뭇잎에 떨어지는 빗방울 소리, 풀벌레 소리, 개구리 우는 소리, 하천에 세차게 흐르는 물소리를 들으며 걸으니, 아침에 쌓인 긴장감은 스르르 사라지고 상쾌하고 맑은 기분으로 채워졌다. 깨끗하게 비에 씻긴 나뭇잎과 풀잎이 반짝거리며 생소한 빛을 내고 가로등 위에 비를 맞으며 웅크리고 앉아있는 비둘기 세 마리가 재미있어 연신 사진을 찍어댔다. 자주 다니던 길인데 계절과 시간, 날씨에 따라 전혀 다른 모습을 보여준다.

오늘은 호기롭게 반대쪽 길로 건너서 걸어보았다. 이런 곳이 있었나 싶은 판자 집촌을 지나 주택가로 들어가니 한적한 거리의 모퉁이에 한참을 앉아 쉬고 싶은 카페가 보였다. 출근길만 아니면 들어갔겠지만, 조만간 다시 오겠다는 기약을 하고 발길을 돌렸다. 이처럼 일상의 작은 모험에서 발견하는 새로운 것들은 나를 설레게 하고 활기를 되찾게 한다.

봄을 지나 여름, 가을, 겨울. 사계절의 변화를 뚜렷이 느낄 수 있는 곳이 내 주변에 있고, 그곳이 출근길이 된다는 것은 내 생활의 만족감을 한껏 올려주었다. 몇 년 전부터 크고 작은 개보수 공사가 지속해서 진행되더니 양재천 산책로에 앉아 쉴 수 있는 벤치가 늘었고 물가에 선베드가 생겼으며, 천을 잇는 작은 다리 밑에는 잉어들이 이주해 왔다. 계절마다 다른 꽃을 심고 메타세쿼이아가 양쪽으로 길게 늘어선 길옆에는 맨발로 걷는 황톳길이 생겼다. 개보수 공사가 진행될 때는 불편하고 내가 사랑하는 이곳이 망가질까 불안했는데, 자연을 안락하게 관찰하고 가까이할 수 있게 되면서 남녀노소를 막론하고 더 많은 사람이 찾는 곳이 되었다. 가끔 어린이집이나 유치원에서 현장학습을 나와 무리 지어 걷는 앙증맞은 아이들을 만나기도 하고, 조깅하는 사람들, 아침 산책하는 동네 어르신들을 만난다. 양재천의 아침 풍경은 각자의 방식대로 자연을 즐기는 사람들로 더욱 풍성해진다.

좋은 것을 보면 나누고 싶은 마음이 생긴다. 양재천의 아침을 함께 나누고 싶어, 며칠 전, 양재천의 메타세쿼이아 길을 걸어서 아이의 등원을 시도해 봤다. 운이 좋게도 아이의 유치원이 내 출근길 중간에 있다. 아이의 작은 손과 내 손이 맞닿으니, 아이의 성장이 느껴졌다. 손이 작아 꽉 잡지 않으면 빠져버렸는데, 언제 이렇게 컸는지 이제 맞잡는 느낌이 들었다. 한쪽 어깨에 내 소지품이 든 가방과 아이의 유치원 가방을 메고 한 손은 아이에게 내어주고 걸었다. 걷다가 풀잎과 꽃을 만져보고, 나무를 안아보고, "나비다,

무당벌레다, 매미다."에 탄성을 지르며 이어진 질문 공세에 대답하느라 진땀을 뺐다. 그러다 내가 앞으로 걸어 나가면 아이는 나를 잡으러 뛰어온다. 그렇게 늘어진 시간을 조절하면서 도착한 유치원에서 선생님과 아이에게 작별 인사를 하고 다시 출근길에 오른다.

다음 날 아침, 아이에게 선택권을 주었다.

"유치원에 걸어서 갈까? 버스 타고 갈까?"

아이의 선택은 "걸어서"였다.

그렇게 걸어서 등원하게 됐다. 점점 더 등원 시간이 길어지고 있다. 아이는 급한 것이 없지만 순간을 즐기지 못하고 시간에 쫓기는 엄마는 여유가 없다. 걷다가 벤치에 앉아 손가락으로 'V'를 만들며 사진을 찍어달라는 아이를 보면 '풋'하고 웃음이 터져 나온다. 그러다 문득 '이런 시간이 얼마나 이어질까? 길어야 3년?' 초등학교 입학하면 상황이 달라질 테니까. 그리고 내가 그랬듯 엄마와 둘이 즐거웠던 기억은 평생 잊지 않고 가끔 꺼내어 보면 마음에 온기가 돌고 눈물이 맺힐 정도로 기분 좋은 보물이 될 테니까. 내 아이에게도 엄마와의 등원 길이 그런 보물이 되길 바라본다.

내 근처에 자연과 함께 숨 쉴 수 있는 양재천이 있다는 것, 그곳이 매일 걷는 출근길이 됐다는 것, 그리고 이젠 내 아이의 즐거운 등원 길이 되면서, 이곳은 내겐 아주 특별한 곳이 되었다. 매일 다채로운 자연의 변화를 느끼고 그 속에서 새로운 발견을 하며 활력을 얻는 출근길이 나를 풍요롭게 하는 빼놓을 수 없는 것이 되고 있다. 이런 평범한 일상도 자세히 관찰하고 깊이 있게 느끼면 소중하고 사랑스럽다. 모든 일상이 설레는 선물이 될 수 있다.

_김지현의 글

희미한 빛이라도
어둠을 이길 수 있다면

가끔 의문이 든다. 독서와 글쓰기 모임 대부분의 구성원은 왜 여성들일까 하는. 내가 함께했던 북클럽을 돌아볼 때도 늘 한 명의 남성만이 자리를 채웠고, 대부분은 여성이었다. 때론 이런 현실을 보며 좋은 책을 읽고 쓰고 떠들며 나눌 수 있는 공간에 남성들이 소외되는 것 같아 안타까운 마음이 들기도 했다. 그러나 다른 한편으로 이런 공간에 여성들이 더 득세인 것은 그동안 많은 영역에서 여성들이 제외되었기에 터져 나오는 함성이 아닌가 하는 생각이 들었다.

오랫동안 여성들의 목소리는 소외되어 왔다. 여성들이 이렇게 자유롭게 학교에 다니고 사회생활하고 목소리를 높일 수 있었던 시기가 100여 년뿐이 되지 않았다. 투표로 당당하게 정치적인 목소리가 반영된 것도 몇십 년의 역사뿐이 되지 않았다. 모든 자유와 독립의 역사가 그러하듯 지금 누리고 있는 여성의 권리는 거저 이루어진 것이 아니다. 그 사이에 여러 여성이 투쟁했고, 대가를 치렀다.

우리 할머니 세대에 공부한다는 것은 상상할 수 없는 일이었고, 아주 소수의 특권층만 가능했다. 내 어머니 세대만 하더라도 외삼촌 두 분은 그 시절 유명 대학을 졸업하고, 교수로 지내다가 은퇴하셨다. 하지만 나머지 일곱 명의 이모 대부분은 최소한의 학력만 가졌을 뿐이다. 나의 엄마는 그나마 옷 만드는 기술이 뛰어나셔서 그 기술로 집안을 돕느라 오히려 공부를 더 못하셨다. 아마 이런 비슷한 여성들의 이야기가 대부분의 집안에 공통으로 있을 것이다.

우리 집은 딸 셋에 막내아들 하나이다. 나는 장녀로 자라면서도 한 번도 내가 여성이라는 것에 좌절감이나 소외감을 경험한 적이 없다. 부모님이 바쁘시기도 했거니와 아들이라고 더 우대하지도 않으셨다. 대학을 졸업하고 일을 시작하면서도 마찬가지였다.

그러나 일터에서 연차가 올라갈수록 그 많던 여성들은 하나씩 사라졌다. 일 자체가 맞지 않아서이기도 하겠지만, 대부분은 결혼과 육아 때문이었다. 일 자체가 문제였다면 남성들도 똑같이 사라졌어야 맞기 때문이다. 수십 명의 남성이 있는 틈에 홀로 일터를 지켰던 시간이 많아지면서 여성이라는 존재, 여성의 삶에 관심을 두게 되었다. 왠지 모를 불편함의 근원을 무의식적으로 찾기 시작했다.

왜 남성들처럼 용기 있게 목소리를 발하지 못하는가? 왜 리더십 팀에는 남성들이 늘 더 많을까? 왜 여성에게만 육아와 가사노동의 짐을 더 많이 지우는가? 등의 의문이 수시로 들었고, 좌절하고 방황할 때마다 물어볼 곳이 없어 책으로 달려갔다. 개인의 문제인지, 사회적 구조적 문제인지 답이 보일 때까지 찾아 다녔다. 물론 모든 문제에는 두 가지가 엉켜 있다.

읽고 쓰는 단단한 여성이 되기 위하여

최근에 읽었던 《희미한 빛으로도》의 최은영 소설의 주인공들은 모두 여성이다. 일곱 개의 단편이 소개되어 있는데, 각 단편에는 세대를 넘나드는 여성들이 존재한다. 이 이야기를 통해서 할머니, 어머니, 현재를 살아가는 여성의 삶을 조금이나마 엿볼 수 있다. 이 책을 북클럽에서도 함께 읽고 토론했는데 (북클럽 회원은 모두 여성이다) 읽고 난 후, 우리 모두에게 진한 여운이 남겨졌음이 느껴졌다. 어머니 이야기가 나오니 나 또한 눈물이 흘러내렸다. 가정과 직장에서 말하지 못했던, 말하고 싶었지만, 무엇인지 희미해서 끄집어낼 수 없었던 그 무언가를 소설 속 주인공이 대신 말해 주는 것 같아서.

특히 첫 번째, 두 번째 〈희미한 빛으로도〉, 〈몫〉이라는 단편에는 읽고 쓰는 여성들이 등장한다. 두 번째 단편 〈몫〉의 이야기를 잠깐 해보고자 한다. 소설은 대학 도서관 입구에서의 해진과 정윤의 만남으로 시작한다. 두 만남은 서로에게 대학 시절을 기억하게 한다. 정윤은 해진이 담고 싶었던 선배였다. 해진은 선배 정윤의 글을 통해 그녀를 처음 알게 되었다. 정윤은 사회과생 학생으로 당시 당당하고 똑 부러진 여성이었다.

학교 편집부에서 발행한 정윤의 글을 읽고 해진은 이런 생각을 한다.

> "당신은 그런 글을 쓰고 싶었다. 한번 읽고 나면 읽기 전의 자신으로는 되돌아갈 수 없는 글을, 그 누구도 논리로 반박할 수 없는 단단하고 강한 글을, 첫 번째 문장이라는 벽을 부수고 앞으로 나아갈 수 있는 글을, 그래서 이미 쓴 문

장이 앞으로 올 문장의 벽이 될 수 없는 글을, 언제나 마음
깊은 곳에 잠겨 있는 당신의 느낌과 생각을 언어로 변화시
켜 누군가와 이어질 수 있는 글을."

그렇게 해진은 선배 정윤을 따라 편집부에 들어가고, 그곳에서 동기 희
영을 만난다. 편집부 회의에서는 함께 토론하며 이슈를 정하고, 이를 기반
으로 취재하며 글을 써 발행했다. 희영 또한 말과 글로 자기 목소리를 똑 부
러지게 하는 여성이었다. 그녀의 날카로운 문제의식과 유려한 문체는 돋보
였지만, 종종 회의를 긴장감이 돌게 만들기도 했다. 희영의 글은 탄탄했고,
그녀의 글을 통해 해진은 자신이 오랫동안 남성들의 시선으로 살아왔다는
것을 깨달았다.

그러나 희영은 3학년, 정윤은 4학년 때 편집부를 떠났다. 희영의 타인에
대한 공감력은 글쓰기 재능을 우선순위에서 뒤로 밀려나게 했다. 그녀는 읽
고 쓰는 것만으로 부채감을 털어버리는 사람이 되기는 싫다면서 기지촌 활
동가로 살아간다. 존경했던 정윤은 편집부 용욱과 결혼하고, 본인의 학업을
포기하면서까지 그의 유학을 위해 미국으로 갔다. 희진은 그녀의 선택에 대
해 실망했고, 유학하러 갔어야 한다면 정윤 이어야 했다고 생각했다.

끝까지 남은 사람은 해진이었다. 해진은 이들의 영향으로 조금씩 깨어나
고 읽고 쓰는 경이와 기쁨을 알아갔다. 해진은 이제 글을 쓰기 전의 사람으
로 돌아갈 수 없었다. 말로 글로 막연하고 덩어리진 생각들을 조금씩 종이
위에 풀어놓으면서 "몸이 뜨거워지는 경험"을 했다. 그녀는 "마음을 다해서
쓰고 싶다는 마음이 불처럼 당신 몸을 휘감고 아프게 하는 느낌"을 받았다.

소설 속 희영은 말한다. 당신도 정윤과 희영처럼 타고난 글재주가 있었
다면 이렇게 노력했을까 하고. 자기 한계를 경험했기에 오히려 그것을 넘나

드는 희열로 지금까지 오지 않았나 하고 말이다.

세 여성의 삶을 보며 나는 '정윤'과 비슷하다고 생각했다. 나는 어디에 있건 가장 목소리가 작은 사람이었다. 너무 희미해서 꺼져가는 빛과 같았다. 그러던 어느 젊은 날, 읽는 이들이 머무는 공동체가 빛처럼 내게 찾아왔고, 새로운 생각의 자극들은 나의 내면을 서서히 깨워 주었다. 당찬 선배와 동기들은 내게 동경의 대상이었다.

그러나 어느 순간부터 그들은 조금씩 내 시야에서 사라져 갔다. 어쩌면 나도 정윤과 같은 마음이지 않았을까 싶다. 잘 안되고, 끊임없이 좌절했기에 그 결핍과 열등감이 나를 더 읽고 쓰는 사람으로 만들어 주지 않았나 하는. 스스로에 의해서든 타의에 의해서든 늘 소외되었던 감각에서 벗어나 존재의 힘을 느끼고 싶어 더 읽고 쓰려고 하지 않았는지 말이다.

이제 읽고 쓰며 나를 세워갔던 시간이 쌓여 누군가에게 "함께 읽고 쓰자!"라고, "이 뜨거워지는 경험을 같이하자!"라고 손 내밀 수 있는 존재가 되었다. 희미한 빛이지만 그 빛들이 모이면 절대 약하지 않음을, 희미한 빛이라도 어둠을 몰아낼 수 있다는 조그만 희망을 믿으며.

_변은혜의 글

물 흐르듯
자유롭게

아들이 초등학교 때 '절교'라는 단어를 종종 사용하곤 했다. "엄마, 누가 누가 절교했대.", "걔랑 절교할 거야." 등등. 초등 아이들은 그 단어의 무게와 파장을 크게 생각하지 않고 놀이처럼 가볍게 절교하면서도 또다시 친해지기도 하니까 그때는 그러려니 하고 가볍게 넘겨 버렸다. 한편 아무렇지 않게 '절교'라는 입에 올리는 아들을 보며, 이 아이들이 나중에 커서 관계를 너무 쉽게 생각하며 함부로 대하지는 않을까 하는 걱정도 들었다.

관계는 꽃과 같다. 적적한 시간에 맞춰 햇빛에 놔두고 물을 줘야 한다. 햇빛이든 물이든 그 강도가 과하지도 덜하지도 않아야 한다. 세심한 관심을 보이지 않으면 어느새 시들어져 있다. 아무리 가까웠던 관계라도 시간과 정성을 쏟지 않으면 멀어져 버린다. 졸업하고 직장을 옮기고 결혼하며 자연스럽게 물리적으로 멀어져 버린 관계들이 있다. 그래도 젊은 시절 만났던 친구들은 아무리 오랜만에 만나도 그때 그 정서적 느낌으로 서로를 대하며 추억을 나누기에 즐겁기만 하다. 그러나 그런 관계도 정기적인 만남이나 소통이 줄어든다면 더 이상 꽃을 피우지 못하고 멈춰 버리다가 영원히 꽃을 피우지 못한 채 시들어버릴 수 있다. 멈춰 버리거나 시들어버릴 관계도 나쁘지 않다.

되지도 않을 관계에 너무 깊게 매여 있거나 아등바등하기보다 초등 아이들의 빠른 '절교 선언' 그리고 가능하다면 '빠른 화해 선언'도 쿨하고 좋아 보인다. 배우자를 바꾸려는 끝없는 시도, 모든 이에게 인정받으려고 애쓰는 마음, 질투 어린 시선에서 나오는 부정적인 모함과 피드백, SNS상에서 '좋아요'와 '공감'에 휘둘리는 마음 등은 참 사람을 피곤케 한다. 이 모든 노력이 사실은 비합리적임을 깨닫고, 불필요한 관계에 대해서는 빠르게 마음으로 잠시 절교를 선언하고, 상황에 따라 빠르게 화해한다면 조금은 삶이 편안해지지 않을까.

관계의 적절한 거리

2024 트렌드 중 하나의 키워드로 '각집살이'라는 단어가 눈에 띈다. 예전에는 별거라고 하면 이혼의 전 단계로 생각할 정도로 이에 대해 부정적이었다. 그러나 이제 각방살이를 넘어 각집살이가 뜨고 있다. 이는 부유하고 여유가 있는 부부만이 누릴 수 있는 결혼 라이프 스타일이다. 여러 채의 집을 가지고 있고, 집을 옮겨 다니며 살 수 있는 것만으로 많은 이들의 부러움을 사며, 선망의 대상이 되기도 한다. 개성과 취향을 존중하는 이 시대의 가치관이 결혼생활에도 나타나는 것이다.

과거 배우자 가족들과의 관계, 부부와 자녀 간의 관계에서는 개인의 선호보다 전통을 더 중시했다. 이는 서로의 경계를 허락 없이 마음껏 침범하는 밀착된 거리로 나타났다. 그러나 이제 개인의 개성과 취향을 존중하는 문화에서 드러나는 관계의 거리는 물리적인 공간에도 나타나고 있다.

물리적으로 멀어졌다고 해서 부부간 관계가 소원해지는 것은 절대 아니다. 오히려 조금 떨어져 자신에게 집중한 시간은 상대에게 줄 에너지를 얻게 한다. 서로를 착취하는 관계가 아닌 채우고 비우는 관계가 되는 것이다. 남편과 아내, 엄마와 아빠로서의 역할에서 잠시 벗어나서 남자와 여자로서, 그리고 한 인간으로 서 있는 시간을 충분히 갖는다면 이는 나쁜 아니라 서로를 좀 더 여유 있게 대하게 된다.

물 흐르듯이 자유롭게 관계를 유영하면 좋겠다. 다양한 이유로 멀어져 버린 친구와 선후배들과의 관계를 애써 유지하거나 그 관계만이 전부인 듯 살지 않아도 된다. 각자의 삶에 집중하다가 인생의 희로애락의 어느 시점에 늘어난 뱃살과 주름진 얼굴에도 열린 마음으로 서로를 환대할 수 있는 것만으로도, 언제든 함께 추억할 거리가 있는 것만으로도 내 인생에 주어진 특별한 선물이었다. SNS상의 불특정 다수와 나에게 애정 없는 이들에게 휘둘리는 불필요한 소진을 덜어내고 나와 결이 맞는 이들에게 좀 더 나의 에너지를 집중하여 나누며 살면 좋겠다. 나의 에너지를 빠르게 앗아가 버리는 관계에 대해 절절매기보다 빠르게 내려놓고, 흘려보내려 한다. 그리고 새롭게 다가오는 관계에 마음을 활짝 열고 내어주기에 인색하지 않으려 한다. 모든 꽃을 가꾸려 하는 것은 욕심이다. 인생은 짧고 관계의 기회는 언제든 무궁무진하다.

_변은혜의 글

질문하며
살기

나는 자유롭게 살고 싶어서 숲으로 갔다. 인생의 본질적
사실만을 직면하려고, 삶이 가르치는 것을 내가 배울 수
있는지 알아보려고, 그리고 임종의 순간에 내가 살았으나
산 것이 아니었음을 깨닫게 될까 봐 숲으로 갔다.

_헨리 데이비드 소로의 《월든》

    AI, 디지털 대전환의 시대다. 아이나 어른 모두 초등 1학년처럼 배움에
있어서는 같은 출발선에 서 있는 시대에 살고 있다. 배울 수 있는 능력이 주
요 대학의 자질이 되며, 100세 시대를 살고 있는 어른들 또한 평생 배움을
각오해야 한다. 이를 돕기라도 하듯, SNS를 통해 연결된 다양한 커뮤니티
가 쉴 새 없이 우리를 초대한다. 내 카톡 창에도 여러 개의 커뮤니티 단톡방이
나열되어 있다. 지금도 수 개의 공지들이 쉴 새 없이 올라온다. 나는 그 방

들을 나가지도, 들어가지도 못한 채 있다.

늘 새로운 배움을 추구하는 나는 혹 내가 모르는 것이 있지 않을까 하는 불안한 마음으로 몇 개의 커뮤니티 방을 기웃거리기도 했다. 새로운 배움은 삶의 경계를 넓혀 주었지만, 쉼 없이 돌아가는 시간 설계는 나를 생기 있게 하기보다는 갉아먹는 느낌이 가끔은 들게 한다. 어느 정도의 주도적인 시간 사용은 목표를 이루는 데 좋지만, 여백이 없을 정도의 분초를 다루는 삶은 오히려 자신을 지운다.

책을 읽다가 소로의 문장에 잠깐 정신이 번쩍 든다. 열심히 살아왔다고 생각했지만, 임종의 순간에 제대로 산 것이 아니었음이 판명 난다면 얼마나 허무할지 하고. 가끔 죽음을 생각하며 현재를 질문하는 행위는 매우 의미 있다. 소로처럼 자유를 찾기 위해, 인생의 본질을 더욱 알기 위해 지금 당장 숲으로 달려갈 수는 없지만, 매일 조금씩 읽고 쓰며 헛된 삶으로 결론짓지 않기 위해 노력한다.

2년 2개월을 숲에서 산 소로와 비슷한 실험을 한 약초 연구자가 있다. 《야생의 식탁》의 저자 모 와일드이다. 그녀는 1년간 마트에 가지 않고 오롯이 야생에서 채취한 재료로만 생을 유지한다. 코로나로 모든 것이 멈춘 시기에, 더 이상 기후 위기로 인한 지구의 고통을 참을 수 없어 실험을 감행했다는 그녀. "자연에 온전히 몰입하는 것이야말로 인간과 지구의 단절을 치유할 방법"이라고 그녀는 말한다. 그리고 책의 가장 마지막에 다음과 같은 두 문장을 남긴다.

"나는 궁핍과 고난을 각오하며 이 한 해를 시작했다.
하지만 내가 발견한 것은 오히려 풍요로움이었다."

소비와 단절된 채 그 어떤 것도 의지하지 않고 실험하기로 한 그녀는 일 년 동안 궁핍과 고난을 각오했지만, 자연에서 오히려 무한한 풍요로움을 경험한다. 체중이 30kg가량 줄었으며, 몸과 마음이 되살아났다. 한 해에 100~350종의 식물을 섭취하던 인간은 오늘날 일일 칼로리 섭취량의 절반 이상을, 밀, 옥수수, 쌀이라는 단 세 종류의 곡물에서만 얻는다고 한다.

현대인이 겪는 병들은 상당 부분 빈곤한 식단으로 인한 영양실조에 기인 했다. 자본주의와 소비주의는 오랜 기간 자연에서 모든 것을 얻고 누렸던 기억을 깡그리 지우고, 아주 적은 것만을 의지하며 겨우 생존케 한다. 이 불 균형은 지구를 파괴하고 이제 인류와 존재하는 모든 생명체를 위협하고 있 다.

죽음 앞에 당당하려면

가끔 생각한다. 읽고 쓰는 삶으로 삶을 성찰하고 질문하며 조금이나마 더 나은 삶을 향해 나아가려고 하지만, 이 또한 공허함에 그치지 않을까 하 는. 최은영 단편 〈몫〉에 나오는 희영의 다음의 말이 들려오기도 한다. 그녀 는 글쓰기에 탁월한 재주가 있었지만, 사회 활동가로서 살아가며 다음의 말 을 건넨다.

> "글이라는 게 그렇게 대단한 건지 모르겠어. 정말 그런
> 가... 내가 여기서 언니들이란 밥하고 청소하고 애들 보는
> 일보다 글 쓰는 게 더 숭고한 일인가, 그렇게 대단한 일인
> 가, 누가 물으면 난 잘 모르겠다고 답할 것 같아... (중략)
> 나는 그런 사람이 되기 싫었어. 읽고 쓰는 것만으로 나는

어느 정도 내 몫을 했다. 하고 부채감 털어버리고 사는 사람들 있잖아. 부정의를 비판하는 것만으로 자신이 정의롭다는 느낌을 얻고 영영 자신이 옳다고 생각하며 사는 사람들. 편집부 할 때 나는 어느 정도는 그런 사람이었던 것 같아. 내가 그랬다는 거야. 다른 사람들은 달랐겠지만."

소로와 모 와일드처럼 현실과 단절된 채 숲에서의 삶을 실험하지만, 그 삶은 현실보다 더 현실 같았다. 분업화와 파편화로 깨어진 삶이 아닌 두 발을 땅에 딛고 서서 생생한 대지의 기운을 받았던 그 영감이 전해진다. 한편으로 아낌없이 베풀었던 자연을 함부로 대해 여기저기 생채기가 나 곳곳이 쑤시고 아픈 지구의 앓는 소리 또한 들려온다.

그동안 현장에서 나름 활동가의 삶을 살아왔기에 스스로 지금의 삶을 안위하지만, 소로와 모 와일드, 희영의 글을 통해 몸과 마음, 지성의 조화로운 삶에 대해서 다시 생각해 본다. 정말 제대로 읽고 쓰고 있는지? 읽고 쓰는 삶이 몸을 배제한 채 허공을 맴도는 지성에만 머물고 있지는 않은지 말이다. 그러나 활동가로서의 삶도 내면이 뒷받침되지 않으면 금세 지치고 허무해질 수 있음을 알기에 읽기와 쓰기를 포기하고 싶지는 않다.

오늘도 쉴 새 없이 올라오는 여러 공지를 잠시 바라보지만 이내 창을 닫는다. 소화하지 못한 채 쫓기듯 듣는 강의들은 자신과 괴리된 채 그저 휘발되어 버림을 알기에. 그리고 내 것에 집중해 본다. 그저 자기만족적인 읽기와 쓰기가 아니라, 현실의 땅에 단단히 뿌리내린 읽기와 쓰기, 몸과 마음의 조화를 이룬 읽기와 쓰기, 내가 살아가고 있는 이 시대를 외면하지 않는 읽기와 쓰기를 하고 싶다. 그런 삶을 살아낼 수만 있다면 죽음 앞에 조금은 당당해지지 않을까 하고.

_변은혜의 글

독서에 관하여

아이들을 돌보는 13년 육아 동안, 내 마음대로 할 수 있었던 유일한 일은 독서였다. 아이들이 어렸을 적엔 낮잠 자는 아이 옆에서 종이 한 장 마음 놓고 넘기지 못하며 조심스레 글을 읽었다. 기쁨과 우울함이 번갈아 오가던 그 시절 나에게 책은 치료제였다. 그 순간만큼은 모든 것을 내려놓고 또 다른 나의 미래를 그려보며 가슴 속에 뭔가 일렁이는 희열을 느끼곤 하였다. 사방은 고요해지고, 따스하고 뭉클한 감정이 나를 가만히 토닥여 주는 그 느낌이 좋아 나는 책을 펼쳤다. 이렇게 나는 육아와 함께 본격적인 독서를 시작했다.

엄마의 미니 유언장

책을 읽으면서 만든 나만의 습관이 있다. 책 첫 장에 아이들에게 메모를 남기는 것이다. 마치 '엄마의 미니 유언장' 같은 느낌이랄까? 아이들이 우연히 책을 펼쳤을 때 엄마의 흔적이 위로가 되기를 바라는 마음으로 시작하였다. 책에서 위로받고, 엄마의 메모에서 또 한 번 위로받으며 다시 일어설 수 있는 용기를 얻길 바라는 엄마의 큰 그림이다.

최대한 나의 손때를 많이 남기려고 노력 중이다. 책을 읽으며 접고, 밑줄도 막 긋는다. 그리고 내 생각을 낙서처럼 기록한다. 먼 훗날 아이들이 '아, 우리 엄마는 이때 이런 고민을 하고, 이런 생각을 했구나.' 나의 흔적과 대화할 수 있기를 바란다. 물질적으로 많은 것을 남겨주진 못해도 책에 남긴 엄마의 메시지가 더없이 귀한 유산이 되리라 기대한다. 보물찾기하듯 엄마의 발자취를 찾아 책을 더욱 열심히 펼쳐볼 아이들을 상상하니 나의 입꼬리는 하늘 높이 치솟는다.

작가와 사랑에 빠지다

나는 작가와 사랑에 종종 빠지곤 한다. 책을 읽다가 좋은 글을 발견하면, 그 작가의 작품을 전부 찾아 읽었다. 한때 이지성 작가에 푹 빠져 그의 책을 모조리 섭렵하고 그가 추천한 도서까지 읽기 위해 무척 애를 썼다. 그러던 어느 날, 작가의 결혼 소식을 듣게 되자 깊은 절망에 빠졌다. 옆에서 바라보는 남편의 비웃음에도 아랑곳하지 않고 시련이라도 당한 여자처럼 몇 날 며칠을 슬픔에 잠겨 살았다. 배신감에 잠을 이루지 못할 정도였으니…… 작가에 대한 첫사랑이 참으로 뜨거웠나 보다. 학창 시절에도 연예인에 빠져본 적이 없었던 내가 전혀 일면식도 없던 작가에게 빠졌다는 것은 그야말로 신선한 충격이었다. 작가라는 '사람'을 좋아한 건지, 작가의 '생각'을 좋아한 건지 뚜렷한 경계는 없었지만 이는 책을 더욱 좋아하게 만드는 특별한 경험이었다.

다시는 작가에게 마음을 주지 않겠다고 다짐했지만, 결국 나는 다른 작가에게 빠졌다. ≪엄마의 말공부≫의 이임숙 소장님의 다정함에, ≪어떻게 말해줘야 할까≫의 오은영 박사님의 따스한 냉철함이 내 마음을 사로잡았다.

때론 가볍게, 때론 진하게 작가들과 사랑에 빠졌다. 지금은 정여울 작가의 작품에 매료되어있다. ≪나를 돌보지 않는 나에게≫란 책을 통해 그녀가 얼마나 풍부한 감수성을 지닌 사람인지 느낄 수 있었다. 작가만의 감성적인 문장들은 다른 어느 때보다 나의 마음을 사로잡았다. 그녀가 제시하는 내면의 상처와 그림자를 치유하는 방법은 마치 나에게 '너도 용기 내서 내면의 상처를 마주해봐'라고 소곤거리는 것 같았다.

이렇게 나는 한 권의 책에 꽂히면 작가와 사랑에 빠지게 되었고, 작가가 추천해주는 책을 찾아 읽으며 꼬리에 꼬리를 무는 독서를 이어가게 되었다. 책을 읽는 건 단순히 글자를 읽는 행위가 아니라, 한 명의 사람을 만나러 가는 과정이라고 생각한다. 사람을 만나고 사랑에 빠지는 것을 좋아하는 나는 그 사람의 깊은 사유와 생각을 글 위에서 만나기 위해 앞으로도 매일 책을 읽어갈 것이다.

마감 있는 책읽기

사실 책을 읽는 건 힘든 일이다. 나 역시도 책을 좋아하지만, 꾸준히 읽는 것은 어려웠다. 책 읽는 습관을 몸에 장착시켜야 했다. 어떻게 하면 책을 읽을 수밖에 없는 환경을 조성할 수 있을까 고민하던 중 '마감 있는 책읽기'를 선택했다. 온라인 독서모임에 가입했고, SNS를 통한 도서 서평단 지원은 2

주 안에 글을 읽고 내 생각을 리뷰해야 했다.

독서모임 리더의 다양한 책 선정 덕분에 평상시 내가 생각해 보지 못했던 사회적 이슈, 고전, 철학 등에 관련된 분야를 읽을 수 있었다. 솔직히 이해가 되지 않아 책을 덮고 싶은 적이 한두 번이 아니었지만 배운다는 자세로 꾹 참아왔다. 사람들과 만나 같은 책을 읽고 삶의 토대가 되는 여러 가치관을 공유했다. 고정된 틀이 깨지며 사고의 지평이 넓어지는 과정에서 오는 즐거움과 만족감이 컸다. 그 과정을 통해 책에 대한 이해도도 한층 올라갔다. 혼자서 조용히 읽던 책을 누군가와 함께 읽고 사유를 나눌 수 있는 매력에 점점 빠져갔다. 이렇게 일 년 넘게 독서 활동을 이어오면서 이젠 내가 독서모임의 리더가 되기 위해 공부하며 성장하고 있는 중이다.

도서 서평단 활동은 각 출판사에서 신간이 올라올 때마다 SNS에서 모집한다. 특히 유명한 작가의 책은 경쟁이 치열하다. 당첨이 되지 않을까봐 한번에 여러 출판사에 응모하여 5권의 책을 받아본 적도 있었다. 나의 간절함과 정성이 통했나 보다. 이 책을 꼭 읽고 싶은 마음을 꾹꾹 눌러 담아 진심으로 신청서를 작성했기에 가능했다.

독서모임이든 서평단 활동이든 모두 정해진 날짜까지 책을 읽어야 하는 마감이 있는 활동이다. 마감의 힘은 신비롭다. 안 읽히던 책도 읽게 만들고, 집중하게 만들어 마음을 한곳으로 모으게 한다. 혼자 읽기가 힘들다면 이런 방법을 활용해 보는 것은 어떤지 추천해본다.

오늘도 나는 '책을 펼쳐서 읽으면 반드시 이로움이 있다'라는 개권유익(開卷有益)의 고사 성어를 마음에 담는다. 어떤 책이든 읽는 것만으로도 이로운 것이 있음을 깨닫는다. 책의 권수나 완독에 집착하지 말고, 한 권의 책에서 딱 한 가지만 얻어 가자고 가볍게 생각하자. 이를 목표로 삼고 실천하고 노력하면 그것으로 독서는 충분하다.
_신정아의 글

글쓰기에 관하여

"엄마, 또 읽을 거 없어?"

올여름 아이들과 떠난 일본 오사카 여행의 여정을 새벽마다 '브런치 스토리'란 글쓰기 플랫폼에 기록하였다. 본인이 주인공이 되어 엄마의 글에서 만나니 재밌었나 보다. 글을 읽는 딸아이의 반짝이는 눈빛이 유난히 해맑았다.

독자는 나의 최고 스승이자 친구이다. 글을 쓰면서 독자를 의식하면서 쓰게 된다. 모든 사람에게 맞추려고 하는 것이 아니라 특정 대상을 정하고 글을 쓰라고 한다. 나 역시도 내 글이 단 한 사람에게라도 진심으로 가 닿기를 바라며 위로가 되기를 바라며 쓴다. 이번에는 그 한 사람이 바로 나의 사랑스러운 딸이었다.

22전략

나의 자기계발서 도서의 화룡점정은 자청의 ≪역행자≫이다. 그 책 덕분에 2년 동안 매일 2시간씩 책을 읽고 글을 쓰는 '22전략'을 알게 되었고 이를 실천하고 있다. 작년 8월부터 지금까지 독서와 글쓰기를 실천하고 있다. 이러한 목표 설정과 꾸준한 노력 덕분에, 목표를 세운지 5개월 만에 ≪감정 치유 글쓰기≫라는 전자책을 발간하고, 9개월 만에 ≪취향대로 삽니다≫라는 공동저서를 쓰게 되었다. 목표를 시각화하고 꾸준한 노력을 통해 예상치 못한 결과물이 나왔다.

나는 작가다

매일 쓰는 사람이 '작가'라고 한다. 그럼 나도 작가일까? 늘 나에게 질문하지만, 왠지 작가라는 타이틀이 어색하고 부끄럽기만 하다. 하지만 지금, 이 글을 쓰면서 '나는 작가다'라고 스스로에게 자신감을 불어넣고자 한다.

최근에 '생각한 대로 이루어진다.'라는 말을 내 눈앞에서 실감한 일이 있다. 자궁경부암 말기로 3개월밖에 못 살 것이라던 할머니는 3년이란 삶을 보너스처럼 얻게 되셨다. 할머니의 간절한 바람이 하늘을 감동 시켰을까? 타고난 기초 체력이 좋았던 이유도 있었겠지만, 할머니 스스로가 갈망하였던 결과라고 생각한다. 항암치료도 못 받을 정도로 심각했던 상황이었지만, 할머니는 열 번의 방사선 치료를 받고 불사조처럼 다시 일어나셨다. 이는 모든 사람이 믿을 수 없는 기적이었다.

지금 내 눈앞에서 일어난 일들을 지켜보면서, 나에게 불가능한 일은 무엇일까? 내 안에 있는 열정이 새롭게 불타오른다. 그동안 '나는 못 해, 나는 안 돼'라고 뒷걸음만 치던 내가 부끄러웠다. 할머니를 보면서 나에게도 기적이 일어나길 바랐다.

온전한 나의 노력이 필요할 때이다. 멈추지 말고 읽고 써야 한다. 포기하지 않고 지속해야 한다. 늘 배움의 자세로 부지런히 쓰다 보면 언젠가 할머니의 기적처럼 나에게도 믿을 수 없는 기적이 찾아올 것이라 믿는다.

글쓰기의 희로애락

내 글이 남들에게 관심을 받기를 원했고, 이왕이면 잘 쓴다는 칭찬도 받기를 원했다. 하지만 칭찬은커녕 어떠한 관심도 받지 못할 때가 훨씬 더 많았다. 오히려 스스로 타인과 비교하며 '이 길이 내 길이 맞는 걸까? 이렇게 계속 써도 되는 건가' 고민하며 작아지는 모습에 괴로운 적이 많았다. 그럴 때마다 나는 계속해서 마인드 컨트롤을 했다.

'잘 쓰려고 하지 말자, 잘 쓰려는 마음은 주저하게 만든다, 아무도 나의 글에 관심은 없다, 내가 무슨 글을 쓰더라도 사람들은 신경 쓰지 않으니, 부담감을 내려놓자'
이 문장들을 마음에 새기며 흔들리는 마음을 꼭 붙잡았다.

쓰기를 시작하면서 전에는 보이지 않던 것들이 보이기 시작한다. 일상의 모든 것들이 글쓰기 재료가 된다. 사람들의 행동, 사물 하나하나에도 의미 부여가 된다. 매사가 관찰이고 호기심이다. 덕분에 편견에 가려져 있던 나의 시야와 마음의 문이 조금씩 열리고 있다.
글쓰기는 밀당의 고수다. 절대 쓰지 못할 것 같은 글감 앞에서 누가 이기나 붉으락푸르락 마음의 널뛰기가 일어난다. '딱 한 문장만 적자'라는 마음으로 깜빡이는 커서를 밀고 나가다 보면 어느새 한 편의 글로 꽃피워져 있다. 구겨진 마음이 말끔하게 펼쳐진 희열을 느끼며 내일 또다시 자리에 앉는다.

준비가 완벽하게 된 후에 글을 쓰는 것이 아니라, 글을 쓰면서 완벽함을 향해 나아가는 것이다. 앞으로 어떻게 나아가야 할지, 내가 잘하는 것은 무엇이고 부족한 것은 무엇인지를 계속해서 배우고 나 자신을 알아가게 된다. 있는 그대로 자신을 받아들이며 성장해 가는 과정이 나를 더 좋아하게 만든다. 무엇보다도 가장 큰 보람은 희미했던 자존감이 강해졌다는 사실이다.

쓰기의 매력

김영하 작가는 글쓰기가 사람을 바꾸는 이유에 대해 이렇게 말했다.

"글은 우리 자신으로부터 해방시킨다. 글을 쓰면서 스스로 변화하기 때문이다. 글을 쓴다는 건 자기 과거의 어두운 지하실의 문을 활짝 열어젖히는 것과 같다. 어떤 상처나 두려움도 글을 쓰다 보면 그 감정 위에 올라서게 된다. 나약함, 비겁함이 글을 쓰면서 사라지게 된다."

나 역시도 일기장이 감정 쓰레기통이었다. 속상하고 우울하거나 누군가를 미워하는 마음이 생기면 내 마음이 풀릴 때까지 일기장에 모든 감정들을 쏟아부었다. 글을 쓰기 전에는 무한 루프에 갇힌 듯 똑같은 고민이 반복되었다. 그러나 글을 쓰면서, 내가 지금 무슨 생각을 하고 어떤 상태인지 제삼자의 입장이 되어 객관적으로 살펴볼 수 있게 되었다. 나의 문제를 회피하지 않고 직면하는 것은 꼭 필요한 일이다. 회피하면 당장이야 잊힐지 모르지만 언제든지 더 큰 문제로 다가올 수 있다. 회피는 해결책이 아니다. 내 생각과 감정을 가만히 바라봐 주고 글로 마음을 표현해야 한다. 괴로울 때 그 감정을 글로 쓰면 차분해지고 자연스레 내가 무슨 생각을 하는지 알게 된다. 나의 내면과의 거리 두기가 자동으로 이뤄지는 순간이다.

타인의 시선, 판단, 수동적 삶의 자세. 누구를 탓할 것도 없이 이 모든 것들은 나의 마음에서 왔다. 마음속에서 떠오르는 생각을 가감 없이 적어내면서 감정은 정화가 되었고 가벼워졌다. 마치 안대가 벗겨진 것처럼 더 밝고 눈부신 세상이 펼쳐졌다. 새로운 가능성이 보이기 시작했다.

글을 쓰며 쓰기의 매력을 조금씩 알아가고 있다. 여전히 초보 글쟁이로서, 독자의 마음을 움직이거나 아름다운 표현으로 감동을 주는 글쓰기는 어렵다. 그러나 내 삶을 글로 표현함으로써 누군가에는 희망과 위로를 건네주는 도구가 될 수 있다고 생각한다. 더 나아가 사람들을 글쓰기의 세계로 초대하는 모습을 상상해본다.

_신정아의 글

인생은 코어 힘

사라진 냄새

나의 포동포동한 볼살은 사라지고, 피부는 거칠어지며 점점 말라가는 모습이 해골처럼 보였다. 그동안 나에게 운동이라는 것은 동네 산책과 숨쉬기 운동이 전부였다. 솔직히 말하면 '말랐으니깐~ 날씬하니깐~'이란 허무맹랑한 이유로 운동을 안 해도 되는 줄 알았다. 운동은 그저 다이어트 목적으로만 생각했던 나에게 시련이 찾아왔다.

사춘기 아들의 티셔츠에 배어있는 남자 냄새를 더 이상 느끼지 못했다. 콩나물을 무쳐도 짠지 싱거운지 도무지 맛을 느낄 수도 없었다. 그렇다. 내 주변의 향기와 냄새는 모두 연기처럼 사라졌다.

부지런한 비염

비염은 게으름이 없다. 쉬지 않고 부지런히 나를 잘도 따르는 아주 성실한 녀석이었다. 아이를 낳고 체력의 한계에 부딪히며 만성 비염은 나를 축농증 환자로 만들었다. 다행히 약을 먹으면 증상은 좋아졌고, 약을 끊으면 다시 냄새와 맛을 느끼지 못하며 두통도 심해졌다. 동네병원에서 마지막으로 시도한 '히스타불린' 비염 주사도 별다른 효과가 없었다. 이제 나에게 남은 유일한 선택은 축농증 수술뿐이었다. 그러나 수술한다고 완쾌된다는 보장은 없었고, 무엇보다도 수술이 무서웠다.

후각 상실은 나만 느끼는 불편함이다. 젊은 나이에 후각을 잃어버렸다는 사실에 대한 타인의 걱정 어린 시선이 부담스러웠다. 그래서 조용히 나만 아는 '냄새 없는 세상'에 살기로 마음먹었다. 나이가 들면서 하나씩 잃어가는 것이 더 많다는 것을 깨닫게 되었고, 이런 상황에서 무방비하게 지내기보다는 내 몸에게 더 신경을 써야 했다. 운동은 선택이 아닌 필수가 되었다.

난생처음 퍼스널 트레이닝

2022년 10월, 말로만 듣던 퍼스널 트레이닝(PT)이란 곳에 처음으로 문을 두드렸다.

제일 먼저 인바디 측정을 했다. 예상대로 나의 모든 수치는 평균 이하였다. 가야 할 길이 험난해 보였지만 넘치는 의욕으로 무서울 것이 없었다. 몸은 정직했다. 그동안 굳어있던 세포들이 갑작스러운 자극에, 몸 안에서 반란을 일으키기 시작했다. 힘든 건 어쩔 수 없는 노릇인가 보다. 틈만 나면 시계를 훔쳐보며 시간이 어서 흐르기만을 기다렸다.

난생처음 신체에 자극을 주는 활동을 했다. 운동 강도가 올라갈수록 이마에 땀방울이 송골송골 맺혔다. 얼마 만에 만져보는 땀이던가. 내가 손수 빚어낸 땀방울들이 마치 내 자식처럼 소중했다. 수건으로 땀을 닦아내는 것이 아까울 정도였으니!

이전에 운동이 재밌다는 사람들이나 SNS에 운동 기록을 인증하는 사람들을 보며 이해하지 못했다. 그러나 지금은 땀에 흠뻑 젖은 옷을 보며 기뻐하는 오운완(오늘 운동 완료)을 외치는 사람이 되었다.

운동을 통해 놀라운 변화가 일어났다. 집 나간 후각이 다시 돌아왔다. 약을 먹지 않아도, 고슴도치처럼 얼굴에 한의사의 침을 꽂지 않아도 냄새를 맡고 맛을 느꼈다.

그동안 부모님이 가끔 챙겨주던 건강보조제 덕분이었을까? 아니면 꾸준한 운동 덕분이었을까? 모든 것이 복합적으로 작용하여 나타난 좋은 결과이지만, 나는 운동 덕분이라고 생각하고 싶다. 그동안 힘들게 노력한 것에 나만의 보상 같기도 하다.

인생은 코어힘

PT 수업을 받으면서 운동도 삶의 자세와 비슷하다는 것을 깨닫게 되었다. 콩나물시루에 물 붓는 것처럼, 눈에 띄게 체력의 변화를 느끼지 못했지만 나는 좋아지고 있었다. 같은 동작을 수없이 반복하면서 괴로운 신음은 절로 새어 나왔다. 스쿼트를 하면서 허벅지가 찢어질 것 같은 고통에 포기하고 싶었다. 하지만 "회원님, 할 수 있어요."라는 선생님의 한마디가 저력을 다하게 했다. 절대 못 할 것 같은 순간을 극복하면서 느끼는 성취감이 나를 오뚝이처럼 다시 일어나게 했다. 사람의 정신력의 끝은 도대체 어디일까? 위대함을 느꼈다. 죽을 것 같았지만 죽지 않았다. '한 개만 더, 한 개만 더'하며 쥐어짤 때 비로소 진짜 운동이 시작된다는 선생님의 이야기가 머릿속에 맴돌았다. 내 몸이 편안하고 힘들지 않을 정도만 하면 더 이상 체력은 늘지 않았다. 운동은 늘 나의 한계를 넘어서는 일이었다.

코어 근육은 우리 몸의 중심을 담당하는 근육이다. 코어는 핵심이라는 뜻으로, 몸의 중심부인 척추, 골반, 복부를 지탱하는 근육이다. 이 근육이 튼튼하면 바른 자세를 유지하는 데 도움이 되므로 코어운동은 매우 중요하다. 마치 몸 안에 자신만의 복대를 차는 것과도 같은 효과를 가지고 있다.

인생을 살면서 나만의 복대, 코어근육은 몸과 마음에 필요하다. 어제와 비슷한 오늘을 살지만 매 순간 다른 일들을 겪는다. 좋은 일도 안 좋은 일도 혹은 정말 견디기 어려운 일들도 생길 것이다. 내 안의 코어근육이 강해지면 어떤 상황이든 자신감을 가지고 이겨낼 힘을 얻을 수 있지 않을까?

오늘도 나는 운동화 끈을 단단히 묶는다.

_신정아의 글

나의 케렌시아

스페인어로 '케렌시아'는 피난처, 안식처를 의미한다. 투우 경기장에서 투우사와 마지막 결전을 앞두고 소가 잠시 쉬는 곳을 뜻하며, 최근에는 바쁜 일상에 지친 현대인들에게는 휴식처를 뜻하기도 한다. 오늘도 나만의 쉼표인 케렌시아에서 천천히, 꾸준히 나를 돌본다.

전업주부의 삶은 일과 쉼의 뚜렷한 경계가 없다. 의식적으로 분리하지 않으면 티 나지 않는 집안일로 계속 몸을 움직여야 한다. 아이들의 하교 후 말끔했던 집안은 금세 어수선해진다. 아이들 입맛에 맞는 간식을 챙겨주고 뒤돌아서면, 어느새 거실 바닥엔 도복으로 갈아입은 아이의 널브러진 옷, 싱크대엔 설거지거리가 수북이 쌓여있다. 식탁 위 과자 부스러기도 정리해야 되고, 저녁도 준비해야 한다. 무엇부터 할까? 나는 서재로 냉큼 들어와 컴퓨터를 켠다. 고요한 이 순간을 조금이라도 누리고 싶다. 이는 나의 즐거운 강박이기도 하다. 책상에서 타닥타닥 자판 두드리는 소리와 함께 창문 사이로 들어오는 선선한 가을바람을 온몸으로 맞이한다.

명랑한 집순이

결혼 후 집순이가 되었다. 자동으로 나의 우선순위는 언제나 아이들이었다. 아이들을 돌보고 남은 자투리 시간이 유일한 나만의 시간이었다. 아이들 낮잠 잘 시간에 같이 잠을 자면서 체력을 보충해야 한다는 친정엄마의 잔소리에도 아랑곳하지 않고 그 시간이 아까워 피곤한 몸을 일으켜 세웠다.

10분이라도 나만의 시간을 갖는 것, 고독을 즐기는 그 시간이 나에게는 충전이었다. 점점 혼자 있는 것이 좋았고, 그 시간에 내가 하는 일은 더 좋았다. 나는 홀로 시간을 만끽하며 진정한 집순이로 거듭나기 시작했다. 육아서를 읽기도 하고, 논어를 필사하기도 했다. 때론 감정의 찌꺼기들을 일기장에 쏟아내기도 하였다. 그저 혼자만의 공간에서 하고 싶은 걸 하는 게 좋았던 것뿐이다. 누가 시켜서는 그렇게까지 열정을 보이진 못했을 것이다. 그때그때 꽂히는 것에 관심을 보이며 읽고 썼다. 하루를 나만의 의식으로 무료하지 않게 보내는 나 자신을 대견해하며 살아온 것이다. 소소한 나만의 행위들로 혼자 좋아하고 만족했다.

《명랑한 은둔자》의 작가 캐럴라인 냅은 혼자 살고 혼자 일했고, 가족, 친구, 개와 소중한 관계를 맺으며 자기 앞의 고독을 외면하지 않았다. 자신의 강함과 약함을 있는 그대로 받아들이면서 삶의 명랑을 즐기는 냅에게 힌트를 얻었다. 타인을 의식하지 않고 혼자 있기 좋아하고 평범함을 사랑하는 내가 되어도 괜찮다는 토닥임. 냅은 혼자이기에 쓸쓸한 외톨이로 은둔하는 것이 아니라 즐겁고 명랑하게 혼자만의 시간을 즐기는 것이라고 말해준다.

나도 마음 놓고 명랑한 은둔자 아니 명랑한 집순이가 되어 달콤한 기쁨을 차곡차곡 쌓아간다.

장수탕 선녀님

나의 또 다른 케렌시아는 ≪장수탕 선녀님≫에 나오는 '장수탕' 같은 목욕탕이다. 어린 시절, 그곳은 엄마의 사랑을 독차지할 수 있었던 장소였다. 연년생 동생들과 사랑을 나눠 갖던 일상에서 나만 바라봐 주는 엄마와의 공간을 애정했다. 김이 모락모락 피어오르는 온탕에서 손가락이 쪼글쪼글해지고 숨을 헐떡이는 시간이 길게 느껴졌다. 초록색 때밀이 수건이 엄마 손에 장착되어 내 등짝을 울려도 꾹 참았다. 엄마와의 시간이 행복했기 때문이다. 지금은 어린 딸과 엄마와 그곳을 찾는다. 일상의 피로를 풀기 좋은 곳, 어떤 말이든 지우개처럼 술술 밀려 나오게 만드는 목욕탕은 인생의 쉼표가 되어주는 특별한 공간이 되었다. 이곳에서 우리는 언제나 처음처럼 듣고 말하는 모녀의 되돌이표 수다를 즐긴다.

엄마가 나에게 그랬듯, 아이의 종달새 같은 수다를 즐겁게 들으며 장단을 맞춘다. 엄마의 오버스러운 리액션을 기대하는 아이의 눈빛을 읽는다. 불에 구워지는 오징어처럼 비비 꼬는 아이의 등짝을 '찰싹' 때려가며 때를 밀어준다. 나는 어느새 진짜 아줌마가 된 것 같다.

바가지 하나로 상상의 날개를 펼치며 온갖 놀이를 하는 아이를 바라보는 그 시간, 삼대가 모든 것을 홀딱 벗어던지고 한마음으로 뭉칠 수 있는 그 공간에서 매번 새롭게 태어난다. 말끔하고 상쾌한 모습으로. 그곳에서 느끼는 다정한 온기로 새로운 내일을 시작할 수 있다고 우리들의 두 뺨은 발그레 말해 준다.

산책을 듣는 시간

책 중의 가장 좋은 책은 '산책'이라고 한다. 내가 가장 좋아하는 책도 산책이다. 복닥거렸던 하루를 산책으로 마감하는 날이면 후라보노껌이라도 씹은 것처럼 속이 후련해졌다.

운 좋게도 집 근처 호수 산책로가 있다. 잔잔하게 반짝이는 윤슬은 꼭 나를 위해 그곳에 존재하는 것만 같다. 마음이 괴로울 때나 기분이 좋을 때나 호숫가를 거닐며 마음의 휴식을 찾았다. 산책할 때는 일부러 음악도 듣지 않는다. 자연의 소리를 스펀지처럼 온몸으로 흡수하고 싶기 때문이다. 풀벌레의 속삭임, 바람에 흔들리는 갈대의 노래, 이름 모를 새들의 지저귐. 때로는 모르는 사람들의 대화까지 귀에 담는다.

산책길은 매일 다른 풍경을 선사해 준다. 5년째 같은 곳을 산책하지만, 매번 새로운 변화를 마음에 담아 여행하는 것 같다.

산책길에 만나는 바람은 눅눅했던 마음을 보송보송하게 말려주기도 하고, 때론 건조해진 마음을 촉촉하게 적셔준다. 어쩌다 푸른 잎사귀들 사이에 마지막으로 피어 있는 무궁화를 보는 날은 오래도록 시선이 그곳에 머문다. 누구든 자신의 때가 있고, 결국 그 시간은 오는 것이라고 그 꽃은 조용히 말해주는 것 같다. 함께 조급하게 생각하지 말고 천천히 활짝 피워 보자고 나도 달큼하게 화답한다.

혼자 산책하는 것도 좋지만 남편과 함께하는 산책도 좋다. 서로가 바쁜 일상으로 인해 흐트러진 우리의 감정이 산책을 통해 회복되곤 한다. 서로의 이야기를 나누며, 조각난 일상을 맞추며 연결고리를 되찾는 시간은 정말 소중하다. 산책은 항상 마음을 맑고 몸을 가볍게 만들어 주는 마법 같은 경험이다.

　나만의 케렌시아를 가지고 있다는 것은 큰 축복이다. 지친 몸과 마음을 달래며 휴식을 얻는다. 앞으로도 삶은 내 기대대로 흘러가지 않을 것이다. 그럴 때마다 좌절하지 말고 나만의 소박한 즐거움이 있는 케렌시아에서 잠시 쉬었다 일어날 수 있기를 기대한다.

_신정아의 글

삶이
나에게 준 힌트

'봄은 향기로 오고, 가을은 소리로 온다.'는 말이 있다. 아침저녁으로 선선하게 불어오는 바람소리, 깊은 밤 귀뚜라미의 합창 소리만으로도 가을이 성큼 다가왔음이 느껴진다.

아이들과 아옹다옹 시간을 보내오면서 계절이 바뀌는 줄도 모르고 살았다. 어느새 길가에 핀 이름 모를 들꽃이 눈에 들어오고, 살랑살랑 내 귓가를 간질이는 바람에 마음도 심쿵한다.

문득 지나온 나의 시간을 돌아보게 되었다. '앞으로도 엄마로만 살아야 하나?'라는 고민이 삶의 목적과 의미를 다시 생각하게 했다. 그리고 멈춰진 시간인 줄 알았던 지난 세월은 알고 보니 더 어른스러운 나로 살게 해주는 재정비의 시간이었다는 것을 깨달았다.

육아는 나의 힘

아이를 돌보는 것은 세상 어떤 것을 견주어도 이길 수 없는 막강한 '책임감'을 요구한다. 엄마는 마음대로 아파도 안 되었고, 아이의 발달 상황에 맞는 육아 공부도 시기별로 공부해야 했다. 설거지하는 엄마 바짓가랑이를 붙들고 놀아달라는 아이를 뿌리칠 수 없어 목이 터져라 그림책을 읽어주었고, 아이의 '콜록' 소리에도 내 잘못인 듯 가슴은 철렁했다. 아이들 덕분에 삶의 노하우를 하나둘씩 배워가며 엄마가 되어갔다.

수많은 육아 정보의 홍수 속에서 내가 바로 서지 않으면 쉽게 흔들릴 수밖에 없다. 내 삶에 중요한 것이 무엇인지, 어떻게 살아야 할지에 대한 가치관이 바로 서야 아이를 어떻게 키울지도 판단이 생긴다. '자연 속에서 자연스럽게 키우자'라는 남편과 나의 뚜렷한 소신이 없었다면 타인과의 끝도 없는 비교와 경쟁에 시달리며 살았을 것이다.

좋은 엄마라는 것이 따로 있는 것이 아니다. 나부터 좋은 사람이 되면 좋은 엄마는 자동으로 따라온다. 내가 아이에게 원하는 데로, 나부터 그런 사람이 되고자 했다. 나도 못 하는 것을 아이들에게 강요하는지, 나에게는 관대하면서 아이들에게는 엄격한 것은 아닌지 매번 자기 검열에 들어간다. 아이를 잘 키우고자하는 욕심이 아이들을 힘들게 하지 않는지 고민하며 나를 돌아보았다.

얼마 전, 아들이 키와 관련한 고민을 남겨둔 메시지를 보고 연락했다는 '키 성장 영양제 업체'의 상담 전화에 깜짝 놀란 적이 있다. '내가 너무 무심했나?' 하는 미안한 마음에 죄책감이 들었다. 예전에는 살이 쪄야 키가 큰다고 했지만, 요즘엔 살이 찌면 2차 성장이 빨리 오고 성장판이 닫힌다고 말

한다. 덜컥, 겁이 났다. 옆으로만 쑥쑥 자라나는 아들이 갑자기 눈에 들어오기 시작했다. 그리고 그 고민은 오롯이 엄마 몫이 되었다.

사교육 없이 아이를 키워보겠다던 내 의지는 물컹해지고 곧 중학생이란 핑계로 학원을 보내면서 과연 잘하고 있는 것인지, 자기 주도적인 아이로 키우고 싶은 나의 초심이 흔들리는 것은 아닌지 의문이 들었다. 아이들에게 더 좋은 세상을 보여주고 싶은 욕심에 이것저것 들이밀지만 아이는 점점 시큰둥해진다. 엄마 맘을 헤아려 주지 않은 아이에게 '버럭' 화를 참지 못할 때도 있다. "운동해라, 게임 그만해라, 그만 먹어라, 씻어라." 하루에도 수십 번씩 나오는 잔소리를 한숨과 겨우겨우 바꾼다.

아이가 어리면 어린 대로. 크면 큰 대로 나름의 고통과 행복이 찾아온다. 이런 시간을 통해 의지와 상관없는 일들을 겪으며 또 다른 성숙한 나를 만든다. 이렇게 차곡차곡 어른이 되어가나 보다.

사춘기 육아가 코앞으로 다가왔다. 처음이라서 두렵기도 하지만, 이번에도 아이와 나를 믿는다. 아동기 때의 밀착 육아와는 달리 이제는 아이와 나, 각자의 공간을 가지며 살아갈 생각이다. '엄마가 행복해야 아이도 행복하다'는 불변의 진리를 믿으며, 오늘도 '거리두기 육아'로 아이를 바라보고 나의 행복을 챙긴다.

K장녀의 기쁨과 슬픔

K팝, K영화, K방역처럼 K는 한국인만의 뛰어난 특성을 상징하는 긍정의 단어이다. 하지만 K-장녀라는 단어 앞에서는 그 위엄이 무너진다. 얼마 전 SNS에서 'K-장녀/장남'의 글을 읽으며 '피식' 웃음이 나온 적이 있다.

"쓸데없는 책임감이 크고, 밖에선 싹싹한데 집에서는 무뚝뚝하다, 겉으로는 어른스러운 척 하는데 속으로는 관심과 사랑을 애타게 기다린다, 예쁘다는 말을 들으면 당황한다, 타인의 행복에 큰 대리만족을 느낀다, 차분한 게 아니라 차분하게 미쳐 있는 것이다, 철없이 구는 것은 용납 못 한다."

그렇다, 위 내용을 공감하는 나는 K-장녀다. 대한민국 장남 장녀의 어깨에 짊어진 짐이 누구나 비슷한 것 같아 웃기면서 슬픈 양가감정이 마음속에서 일어났다.

집마다 차이는 있겠지만 우리 집은 역할 분담이 확실했다. 아버지는 바깥일로, 엄마는 모든 살림살이와 친지와의 관계, 육아로 바쁘셨다.

어렸을 적부터 엄마의 생활을 눈에 담고 살아서 그랬을까? 맏딸이라는 자리가 문제였을까? 태어날 때부터 이미 주어진 역할처럼 엄마의 정신적 지지자로 성장했다. 그 결과 엄마의 고민과 스트레스는 곧 나의 문제가 되었다. 나는 집안의 맏딸로 집안의 대소사를 챙기며 부모님의 눈과 귀가 되고, 동생들에게 모범이 되는 누나가 되기 위해 노력했다. 가진 것이 없어 더 나눌 수 없음을 안타까워했고, 내가 할 수 있는 범위 안에서 가족들에게 최선을 다해 지원하려고 했다.

항상 예고 없이 나를 찾는 부모의 기대에 부응하기 위해 구급대원 못지않은 순발력과 긴장감을 유지해야 했다. 갑자기 부모님을 모시고 병원에 가야 한다거나, 긴급하게 처리해야 할 은행 업무 등 가정에서 처리해야 할 일들을 부탁받을 때마다, 나는 언제나 "예스, 맘!"이었다. 이런 순간들은 책임감과 보람으로 가득 차 있었지만, 반면에 보이지 않게 쌓이는 피로를 무시할 수 없었다. 쓸데없는 책임감이 크다는 K-장녀의 무게가 느껴지는 순간들이었다.

엄마와 아버지의 불같은 성격 덕분인지 때문인지는 모르겠지만 나의 삶의 자세는 그분들에게 커스터마이징(주문 제작) 되어졌다. 한 예로, 엄마는 나와 동생들에게 항상 큰 목소리로 또박또박 이야기하라고 가르쳤다. 듣기 싫은 잔소리였지만 결국 우리 삼남매는 힘찬 목소리 덕분에 밝은 에너지를 유지하게 되었다. 또한, 시간개념이 확실한 아버지 덕분에 시간을 금처럼 여기고 규칙적인 생활 자세도 익히게 되었다. 때론 내가 감당하기 어려운 부분들을 요구하여 부담도 있었지만, 결국 그것들은 삶을 살아가는 이정표가 되었다. 이런 경험들이 나 자신을 올곧게 성장시키는 과정이었다. 좋은 것이 항상 좋은 것만은 아니고 나쁜 것이 꼭 나쁜 것만이 아니었다.

맏딸로서의 짊어져야 할 의무감이 버겁게 느껴진 날들이 모여 결국 나를 성숙하게 했고 진정으로 모든 것에 감사할 줄 아는 삶을 살게 했다. 견디고 희생했다고 생각한 시간이 알고 보니 더 나은 나로 발전하기 위한 디딤돌이 되었다니…….

나는 K-장녀의 의미를 새롭게 정의해 보려고 한다.

"K-장녀는 내 안의 나를 더욱 슬기롭게 성장시키는 자리이다."

_신정아의 글

늘 떠나고서야 알게 되는 경우가 많다. '지금'이라는
시간은 다시 오지 않는다. 팡이의 죽음은 '내일'보다 중
요한 것은 오늘 '지금 여기' 이 순간이라는 것을 마음 깊
숙이 깨닫게 했다.

세 번째 선물

말이 글이 되고,
글이 말이 되어

자네는
색깔이 없어!

입사 7년 차쯤, 어떤 선배가 흘리듯 한 말이 마음에 계속 남아 있다. "자네는 색깔이 없어." 선배의 말에 물음표 눈으로 그저 바라만 보았다. 무슨 말일까? 왜 그런 말을 했을까? 이후 몇 년간 마음속에서 그 말을 되뇌었다. 나는 스스로 평균에 수렴하려 하고, 잘 맞춰주는 성향의 사람이라고 말했다. 나는 환경에 잘 적응하는 사람이었고, 사회가 만들어 놓은 정답대로 잘 살아가고 싶은 사람이었다. 그렇다. 색이 없다는 말이 맞을 수 있다. 어떤 상황에서도 맞출 수 있을 정도로 내 색깔은 투명했다. 선배의 말은 분명 긍정적인 의미는 아니었을 것이다. 앞으로 자기 색을 가진 후배였으면 하는 바람의 조언이었을 것이다.

그렇지만 투명색의 내가 싫지만은 않았다. 편견 없이 해맑고 순수하게 사람을 대하고 느꼈다. 나를 어떤 색으로 가두지 않고 자유롭게 다양한 색을 넘나들었다. 호기심이 많은 나에게 두려움보다는 도전하게 했고, 그런 성향은 새로운 기회를 가져다주었다. 신입 때 아니면 할 수 없는 라디오 고정 출연자로 직업을 소개하는 업무, 현장을 취재하고 원고 작성·편집·교정하여 직장 월간지 만드는 일을 하기도 했다. 어떤 업무가 나의 경력에 이로울지, 업무량이 많아질지 등을 생각하기보다 주어진 일을 열심히 즐겁게 했다. 그렇다. 스물다섯 살의 나이에 투명함은 나에게 잘 어울리는 옷이었다.

어떤 선배가 "자네는 뭐가 그리도 항상 좋은가?"라고 물을 정도로 얼굴에는 항상 웃음이 가득했다. 관심과 사랑의 눈으로 말을 걸었고, 배울 게 많은 좋은 사람들이 주변에 가득했었다. 그렇게 행복만 할 줄 알았던 내 인생에 결혼, 출산, 육아의 여정은 행복과 별개로 감당하기 힘든 시간이었다. 정신없는 하루를 보내는 동안 어느새 마흔 살이 되어 있었다. 웃음 가득한 얼굴은 피할 수 없는 현실 앞에서 무표정으로 바뀌었다. 그토록 순수하고 찬란한 빛을 내던 내 어린 시절의 투명함은 발색력을 잃은 '지친 색'이 되어 있었다.

나의 성숙도를 생각할 때, 너무 이른 나이에 결혼했다. 결혼, 임신, 출산을 서른 살에 모두 마쳤고 30대는 일과 가정의 양립에 초집중했다. 결혼 전에 나는 갓 난 아이를 안아보거나 돌본 경험도 전혀 없었다. 그런 내가 남편 없이 육아했던 그때를 생각하면 지금도 숨이 턱턱 막힌다.

시부모님의 육아 도움에 대한 감사한 마음과 별개로, 그 과정에서 수많은 갈등 감정들을 감당해야 했다. 직장에서는 미혼 때만큼은 결과를 내놓을 수 없는 한계와 그로 인한 열등감과 무능함, 소통 부재로 오는 소외감 등을 견뎌야 했다. 그런 부정적인 감정들을 감당할 만큼 나는 성숙한 사람이 못 되었다. 너무나 힘들었다. 나는 그때를 '끝이 없는 길고 긴 터널 속에 갇힌 시간'이라고 말한다. 그때 나는 "나도 맘껏 일하고 싶어.", "나도 혼자 있을 공간이 필요해."라며 울었다.

마흔이 되던 해 여름, 내 직장 문제로 2년간 주말부부를 해야 할 상황이 생겼다. 초등학교 4학년과 6학년의 아이를 남편에게 맡기고 지방으로 갈 것을 생각하니 걱정은 말로 다 할 수 없을 만큼 컸다. 그런데 막상 주말부부가 되니 남편도 책임감 있게 아이들을 잘 돌봤다. 설사 걱정되는 상황이 닥쳐도 내가 할 수 있는 일은 별로 없었다.

혼자만의 시간이 많아지니, 이제야 내가 누구인지, 어디로 향하고 있는지, 내가 가는 방향이 맞는지 이런저런 생각이 꼬리를 물며 질문을 던져줬다. 그때까지 나는 나에게 큰 의미를 부여하는 사람도, 세월을 아쉬워하는 사람도 아니었다. 오히려 항상 현재가 가장 좋다고 말하는 사람이었다. 다시는 과거의 어느 때라도 돌아가고 싶지 않았다. 어릴 때 마흔 살 어른을 보면 '다 아는 어른'이라고 의심 없이 바라봤다. 의심 없이 바라봤던 그 마흔의 나이는 어느새 '내 나이'가 되어 있었다. 그러나 나는 '다 모르는 어른' 같았다. 부끄러워 누구한테도 말할 수 없었다. "어쩌지?" 우왕좌왕 정신을 못 차릴 정도로 불안했다.

그해 늦은 가을, 평생교육원 MKYU 김미경 대표의 유튜브 영상을 보게 되었다. 우리나라 1등 동기부여 강사 아닌가. 그녀의 말은 나를 일으키는 힘이 되었다. 무엇을 먼저 해야 할지 몰랐지만, 뭐라도 해야 했다. 빈 시간 틈틈이 책을 읽으며 나를 키우기 시작했다. 김미경 대표는 "나이 먹고 사람한테 혼나지 말아라. 책한테 혼나라."고 하셨다. 나는 책이라는 안전한 세상에서 많이 혼났다. 그렇게 서서히 책 속에 빠져 들었다.

육아책을 읽으면 아이들한테 잘못했던 나를 깨닫고 스스로 혼내고 반성했다. 재테크 책을 읽으면 그동안 나의 경제적 도전이 얼마나 무모했는지 느끼며 가슴 철렁했다. 고전을 읽으며 인간 내면에 대한 이해의 부족으로 나도 모르게 상처를 주기도 또 받았던 기억에 가슴이 아팠다. 어느 분야를 읽어도 그 분야의 어린이였던 나는 한동안 다양하게 혼나고 당황하고 아팠다. 그런데도 계속 책을 읽었다. 혼나고 아프기만 한 것은 아니었다. 책 속에서 나는 무엇이든 할 수 있을 것 같은 용기를 얻으며 가슴이 벅차기도 했다. 혼자 롤러코스터를 타고 위로 아래로 비틀고 풀고를 반복하며 책을 읽었다. 책이 나를 다시 일으켜 세웠다.

어린 지난날의 그 투명색이 이제 내 고유의 색을 찾아가고 있다. 다양한 분야에서 평균에 가까워지려는 노력보다는 선택한 분야에 집중한다. 나에 대한 배려 없이 일방적으로 사람에게 맞추려는 마음보다는 '나'를 살피고 사람들과 조화를 이루려 한다. 환경에 적응하는 사람보다는 자기 결정권이 반영된 환경에 나를 두고 싶다. 시선이 밖에서 안으로 향하면서 '나'가 중심인 세상에서 자유롭게 살려고 한다.

존 스튜어트 밀은 《자유론》에서 "남에게 해를 주지만 않는다면, 자유란 곧 각자가 원하는 바를 자기 방식대로 추구하는 것 그 자체"이고, "결과와 관계없이 각 개인이 자기가 원하는 대로, 자기 삶의 방식대로 살아가는 것이 인간에게는 그 무엇보다 중요하다."고 말했다.

지금 나는 내 색깔을 계속 찾고 있다. 그동안 만들었던 다채로운 색들을 조합하고 나에게 어울리는 색과 무늬를 찾는 시간이다. 항상 머릿속이 시끄럽고 정신없이 시간을 보냈지만, 나는 당시의 상황에서 최선의 선택을 해왔음을 알고 있다. 그 선택을 돌아보는 것은 '나'를 더 깊게 이해하고 또, 발견하는 시간이다.

나는 어느새 책 읽는 여자가 되어 있다. 상처가 두려워 관계를 단절했고, 열등감과 소외감에 방어기제는 철벽을 쌓았었다. 책을 읽는 시간이 쌓이면서 끊어졌던 관계가 시작되었고, 철옹성 같던 벽은 조금씩 무너지고 있다.

그렇게 삶을 대하는 태도가 바뀌고 있음이 느껴진다. 독서는 코어 힘을 키우는 강력한 영양제였다.

특히, 결혼하고 출산과 육아를 경험한 여성들의 여정에는 달콤함만 있지는 않다. 내 삶을 사는 것인지, 남편의 삶을 사는 것인지, 아이의 삶을 사는 것인지, 혼란스럽다. 그런 내 모습을 정면으로 보는 게 두려울 때가 있었다. 그러나 그 순간에도 우리는 성장한다. 우리는 지금도 최선의 선택을 하며 가정을 지키고, 직장에서 제 몫을 다하기 위해 애쓰고 있지 않나? 내 중심을 힘 있게 잡아 줄 그 어떤 것을 찾아보는 건 어떨까? 책이 나에게 그런 존재가 되었던 것처럼 말이다.

_윤미란의 글

글이
시작을 위한 점이 되었다

하루하루를 열심히 살아도 제자리인 것 같아 공허함과 허탈감, 약간의 우울감이 지속되던 지독히 외롭던 시기가 있었다. 어느 날 쌓인 일기장을 정리하며 뒤적이다 깨달았다. 나는 비슷한 고민을 주기적으로 했고, 성장 없는 고민을 수년간 반복하고 있었다.

"고민도 성장해야 한다." 고민이 성장하려면 어떻게 해야 할까?

2019년 유튜버 〈돌돌콩〉과 매일 확언 쓰기를 따라 한 적이 있다. 내가 되고 싶은 모습을 한 줄 한 줄 매일 쓰면서 상기했다. 그렇게 하는 것만으로도 마음가짐이 다른 하루를 시작하는 효과가 있었다. 그러나 1년 가까이 같은 확언을 매일 쓰는 것으로 내 삶은 달라지진 않았다. 미국에 거주하는 돌돌콩은 배우자와 의견 차이로 주택 매입을 못 했는데 확언하면서 주택을 매입했고, 연봉 조건을 높여 이직에 성공하는 등 꾸준한 성장을 이루었다고 한다.

확언에 대한 실행력을 높이기 위해 다이어리와 비공개 카페에 떠오른 아이디어, 하고 싶은 일, 해야 할 일, 고민했던 일을 기록했다. 서평을 잘 쓰는 사람이 멋있어 보여 나도 책을 읽고 서평을 써보았다. "내가 글을 안 써서 그렇지, 쓰면 잘 쓸 수 있지!"라고 생각했는데 근거 없는 자신감이었다. 한 줄 쓰기도 힘들었고, 초안이라도 글을 완성하기가 쉽지 않았다. 글 쓰는 시간은 상당한 시간이 소요되었고, 그 수준은 부끄럽기만 했다. 중간에 멈춘 미완의 글이라도 올려두었다. 책을 재독하고 글을 수정하기를 반복했다. 그런데도 한 건의 글도 공개로 발행하지 못했다. 돌돌콩은 성과를 내는데 나는 왜 결과를 만들지 못하는 걸까?

"역시 혼자는 힘들구나."

혼자 배우면서 뭔가를 시도하고 성과를 내는 것이 얼마나 힘든 일인지 절실히 깨달았다. 《북클럽사용설명서》의 저자 변은혜가 진행하는 챌린지가 인연이 되어 그녀가 운영하는 '단단 북클럽'에 참여하게 되었다. 북클럽에서 선정한 책을 읽고 의견을 나누었다. 의견은 단순히 책을 읽고 알게 된 지식이 아닌 자기를 통과한 것을 말하는 시간이었다. 여러 가지 이유로 생각을 잠시 미뤄둔 문제가 갑자기 튀어나와 울컥하는 경험을 하기도 했다. 날것의 '내 안의 생각'과 마주했을 때, 놀라고 당황하고 불편하기도 했지만, 그 경험이 오히려 터닝포인트가 되어 주었다.

독서력 향상을 위해 선택한 북클럽은 그렇게 치유의 공간이 되었다. 열등감과 피해의식으로 꽁꽁 묶여 있던 '내 안의 나'가 헐거워진 틈을 비집고 나오기 시작한다. 생각 나눔의 시간이 쌓이면서 삶이 편안해짐을 체감한다. 내 중심이 튼튼해지고 있다고 느끼니 멈출 수가 없다. 감사할 일이 많아지고 나누고 싶은 마음이 커진다.

변은혜 작가는 '북클럽사용설명서 챌린지'에서 독서만 해서는 안 되며, 글쓰기가 함께 가야 한다고 했다. 글쓰기를 할 수 있는 공간, '단단글방'에서 매일 글쓰기를 시작했다. 챌린지를 하면서 개설한 블로그에 공개 글을 발행할 용기가 생겼다. 글쓰기가 자신 있어서가 아니라 시간을 쌓는 과정을 남기고 싶었기 때문이다. 하루에 한 개의 글을 발행하기는 현실적으로 어려웠지만 천천히 내 안의 두려움과 친해지는 훈련을 하고 있다. 감사하게도 조금씩 자연스러워지고 있다. 이제는 나와 비슷한 과정을 거친 귀한 인연이 있는 커뮤니티 안에서 서로 응원하며 성장하고 있다. 역시 혼자는 한계가 있다. 손을 잡아 주는 안전한 사람들과 함께 가면 가능한 일들이 훨씬 많다.

이렇게 '독서와 글쓰기' 여정은 나를 알아가며 치유하고 성장하는 친구가 되어 매일 함께하고 있다. 독서와 글쓰기는 「좋은 습관 만들기」 첫 번째 프로젝트였다. 첫 프로젝트로 정한 것이 얼마나 다행이고 감사한지 모른다. 독서와 글쓰기가 모든 일의 기본이 됨을 알기 때문이다.

나에게 글쓰기이란 '스쳐 가는 생각을 잡아놓는 것', '시작점을 찍는 것'이다. '확언 쓰기' 영상을 보기만 했다면 아무 일도 일어나지 않았을 것이다. 다이어리에 쓴 확언은 매일 생각하게 했고, 행동하게 했다. 확언 쓰기는 멈췄지만, 그때 썼던 확언 중 '나는 좋은 습관을 가진 사람이다.'를 실행하고 있지 않은가. 2019년의 매일 확언 쓰기는 결과 없이 실패했다고 생각했다. 아니었다. 나는 매일 썼던 다수의 확언 중에 좋은 습관으로 선택한 '독서와 글쓰기'를 매일 하고 있었다. 내가 다이어리에 썼던 확언 글이 씨앗이되어 뿌리를 내리고 있었던 것이다. 그 씨앗은 자라면서 다른 목표를 만들었고, 자연스럽게 영역을 확장하고 있다.

글의 힘을 믿고, 시작점을 찍어보자. 그 점이 어떤 방향으로 움직일지 모르지만 계속 쓰고 생각하고 행동해 보자.

_윤미란의 글

말이 글이 되고,
글이 말이 되어

언제부터인지 모르겠다. 내 생각은 다른 사람과 좀 다르다는 의심이 생겼다. 그런 마음이 들던 어느 순간부터 내 생각을 솔직하게 말하기가 부담스러웠다. 내 생각보다 타인의 생각을 듣고 그것이 옳다고 믿고 행동하려고 했다. 사람마다 생각이 다른 것은 당연하다. 그런데도 나는 '도드라지지 말기, 모난 돌이 정 맞는다. 가만히 있으면 중간은 간다.'는 생각이 가득했고, 내 생각보다 다수의 생각을 따르는 것이 더 지혜롭다고 생각했다.

그렇다. 나는 자기 확신이 없었다. 내가 다른 사람들과 생각이 정말 다른가? 그 다른 생각이 잘못된 걸까? 객관적으로 알고 싶었다. 내가 타인과 어떻게 다른 생각을 하고 있는지, 다르다면 어떤 생각의 차이로 다른지 알고 싶었다. 그러나 두려웠다. '나의 얕은 지식이나 정보가 드러나지는 않을까?', '내 미숙한 생각을 타인이 알면 나를 비웃고 무시하지는 않을까?', '이상하게 생각하지는 않을까?' 하고 말이다.

나를 객관적으로 진단해 보고 싶었다. 내 생각을 솔직하게 말할 수 있는 안전한 공간이 필요했다. 그렇다고 안전한 공간을 일부러 찾았던 것은 아니다. 내 솔직한 말을 하려는 목적이 있었던 것도 아니었다. 처음에는 독서의 확장이라고 생각하고 북클럽에 참여했다. 그곳에서 나는 내면의 상처와 대면하며 치유하는 시간을 가졌다.

북클럽 멤버와 함께하는 시간이 쌓이면서, 사람과 공간에 익숙해졌고 자연스럽게 긴장이 풀렸다. 북클럽은 이제 내게 안전한 공간이 되었다. 솔직한 생각을 말할 수 있는 용기를 내보게 되었다. 북클럽 참여 횟수가 쌓이면서 내 생각이 남들과 크게 다르거나 틀리기보다 생각을 표현하는 게 서툰 사람이라는 것을 알게 되었다. 말로 생각을 표현하는 능력이 부족해서 때로는 오해가 되고 소통이 어려웠을 뿐이었다.

헨리 데이빗 소로우는 《월든》에서 다음과 같이 말했다.

"내가 숲속으로 들어간 것은 인생을 의도적으로 살아보기 위해서였으며, 인생의 본질적인 사실들만을 직면해 보려는 것이었으며, 인생이 가르치는 바를 내가 배울 수 있는지 알아보고자 했던 것이며, 그리하여 마침내 죽음을 맞이했을 때 내가 헛된 삶을 살았구나 하고 깨닫는 일이 없도록 하기 위해서였다. 나는 삶이 아닌 것은 살지 않으려고 했으니, 삶은 그처럼 소중한 것이다. 그리고 정말 불가피하게 되지 않는 한 체념의 철학을 따르기는 원치 않았다."

내 생각을 정하고, 그 생각을 잘 표현하기 위해 다양한 방법을 시도하는 것은 소로우가 숲 속으로 들어간 것처럼 나도 '인생을 의도적으로 살아보기' 위해서다. 내가 이끄는 삶, 주체적인 삶을 살고자 방법을 찾는 과정이다. 더 이상 체념의 삶, 자기 선택권을 포기한 삶은 살고 싶지 않다. 자발적으로 끌려다니는 삶을 선택했고 그런 삶이 얼마나 무기력하고, 비참하고, 아프고, 갈등이 심한지 이제는 알기 때문이다. 그런 갈등의 감정을 견디는 것보다 생각의 수고를 피함으로써 얻게 되는 편리함이 더 크다면 이전처럼 살아도 좋다. 나는 아니다.

서툰 표현을 어떻게 하면 또렷하고 자연스럽게 전달할 수 있을까? 말하고자 하는 중심 생각이 명확해야 한다. 그러나 타인을 지나치게 의식했던 나는 '상황이 불편하지 않다는 웃음과 미소', '상대방 입장에서 맞장구 치기' 등 좀 과장해서 말하면, 마치 방청객 같은 말하기를 하고 있었다. 나는 상대방을 존중하고 배려한다는 의도로 "나를 깎아내리며 상대방을 치켜세웠다." 나는 말을 못 하는 사람이었다. 생각을 솔직하게 말하는 사람이 못 되었다.

내가 말을 못하는 사람에 가깝다는 사실을 인정하기 전까지 나는 글보다 말이 편한 사람이었다. 지금은 말하기보다 글이 나를 안정시킨다. 글을 잘 써서가 아니라 적어도 글은 생각과 다르게 쓰지 않기 때문이다. 이제는 말하기 위해 생각을 글로 써본다. 어떤 주제에 대한 내 생각을 틈틈이 정리해본다.

줄리아 캐머런이 《아티스트 웨이》에서 제안한 모닝페이지와 일기장이 그런 공간이었다. 주제를 정하고 생각의 흐름대로 써 내려간다. 정리가 되지 않고 정기적으로 불안감을 주는 고민을 주제로 정하고 결론을 내겠다는 마음으로 글을 쓴다. 알고 보면 우리의 일상대화 주제가 예상을 뛰어넘을 만큼 광범위하지는 않다. 아직 타인의 시선에서 벗어나지 못하기 때문에 생각한 대로 말하기가 쉽지 않았다. 조금씩 생각을 정리하는 글을 쓰고, 반복해서 읽다 보면 생각과 다른 말하기를 줄일 수 있지 않을까?

독서와 북클럽을 통해 나에 대한 불신이 깨지기 시작했다. 생각의 차이와 사고의 방향을 직접 경험하면서 나에 대한 메타인지를 높일 수 있었다. 같은 책을 읽고 생각을 나누는 시간은 자기 확신의 영양분이 되어 조금씩 회복되기 시작했다. 나를 알아야 방법을 찾는다. 뭐부터 해야 할지 모른다면 독서가 답이다. 책을 읽으면서 내 생각을 정리하고, 정리한 생각을 말과 글로 표현하는 연습을 해보면 좋겠다.

김승호 회장은 《사장학개론》 강의에서 "여기에 모인 사람들은 사업 얘기만 한다. 다른 데에서 사업 얘기하면 이상한 사람 취급받는다. 같은 목적을 가진 사람이 모인 공간에서 그들은 얼마나 신나겠는가. 하루 종일 사업 얘기를 해도 끝이 없다."라고 했다. 어쩌면 나는 내가 추구하고 생각하는 방향과는 다른 사람들이 있는 공간에 나를 두었던 것은 아니었을까?

40대 이후부터는 만나는 사람을 내가 정할 수 있어야 한다고 했다. 사람들과의 관계에서 100% 완벽한 관계는 없다. 우리는 다양한 사람들과 설득, 타협, 협상, 인정, 수용, 거절의 과정을 거치며 성숙한 삶을 만들어간다. 나를 알기 전에는 내가 있어야 할 곳을 잘 찾지 못했다. 나를 안다는 것은 나를 존중해준다는 의미이기도 하다. 내가 편한 사람과 장소에 있도록 나를 배려하는 노력이 필요하다.

자기의 삶에 안주하는 편안함을 말하는 것이 아니다. 다만, 타인을 눌러 자기가 위로 오르려는 성향의 사람은 어디를 가나 꼭 있어서 하는 말이다. 곳곳의 빌런을 조심해라. 그 환경에 나를 두지 않도록 해야 한다. 그들은 중심이 튼튼하지 못한 먹잇감을 그냥 지나치지 않는다. 빌런과 지혜롭게 거리를 두어야 한다. 그리고 그들의 먹잇감이 되지 않으려고 노력해야 한다.

미세바람에도 폭풍우를 맞은 나무처럼 흔들리며 갈등했던 때가 있었다. 피해의식에 아무도 주지 않은 상처를 혼자 받고 아파했던 때가 있었다. 타인이 보낸 시기·질투를 피하려 나의 못난 부분을 부각하며 그들의 전략에 힘없이 넘어간 어리석을 때도 있었다. 나는 자기 확신이 없어 끌려다니는 삶을 살았다. 자기 믿음, 나를 사랑하고 소중하게 여기는 마음이 가장 절실했다. 남 뒤에 숨어서 나를 보호하려고 했다. 말이 글이 되고, 글이 말이 되면서 알게 되었다. 나를 가장 사랑할 사람도, 나를 보호할 사람도 나 자신이 우선이 되어야 한다는 것을. 그래야 비로소 내가 될 수 있다는 것을 말이다.

_윤미란의 글

진짜 생각을 위한
멈춤의 시간

나는 귀를 닫고 있었다. 나만의 우주에서 내가 알고 있는 것이 전부인 양 혼자 생각하고 판단했다. 다른 사람의 의견을 듣는 것이 오히려 혼란을 주고 시간이 더 걸리게 할 뿐이라고 생각한 적도 있다. 그들의 의견도 맞지만, 그런 것들을 모두 고려하면 실행할 수 없을 것 같은 조급함이 앞섰다. 나는 빠르게 시작하고 싶었다.

머릿속에 엉킨 생각이 가득했다. 타인과 함께 이야기하는 중에도 생각이 많았다. 타인의 얘기는 내 생각과 융합되어 대화의 요지를 벗어나 내 이야기로 흘러갔다. 나는 타인의 말에 오롯이 집중하기 어려울 때가 많았다. 오만가지 생각들이 머릿속을 가득 채우고 있지만 '진짜 생각'은 얼마나 했던 것일까?

부자나 성공한 사람들은 공통으로 청소와 정리 정돈에 신경 쓴다고 한다. 눈에 보이는 곳의 청소와 정리 정돈은 물론이고 보이지 않는 것을 포함

한다. 더러움은 부정적인 것을 끌어당기고, 정리 정돈은 자신의 삶을 스스로 통제할 수 있는 힘을 가져다주며, 청소는 잘못된 소비 습관을 돌이켜볼 기회가 되기도 한다. 마찬가지로 생각이 정리 정돈되지 않으면 부정적인 것을 끌어당기고, 자기 삶의 통제력을 잃기 쉬우며, 잘못된 행동 습관으로 이어질 가능성이 크다.

현실 문제해결이 언제나 우선이었던 바쁜 삶 속에서 독서와 글쓰기는 엉킨 생각을 정리하라는 메시지를 주었고, 나는 진짜 생각을 위한 '멈춤의 시간'이 필요했다. 기차 밖 풍경이 빠르게 사라지듯 진짜 생각이 필요했던 순간에도 그냥 흘려보냈다. 이제 속도조절기를 제대로 작동시켜야 한다. 기억은 머리가 좋고 나쁨이 아니라 관심의 정도가 아닐까? 내 관심이 필요하고, 원하는 곳에 잠시 멈춰 생각하는 마음의 여유를 가져야 한다.

과거에는 청소와 정리 정돈은 엄마의 몫이었지만, 지금은 전문가가 그 방법을 영상과 책 등 다양한 매체를 통해 정보를 제공한다. 우리는 가정 구성원의 생활 패턴에 맞는 제품과 방법으로 청소하고, 정리한다. 생각도 마찬가지다. 스스로 정리되지 않는 분야가 있다면, 관련 전문가를 찾아서 강의를 듣고, 책을 보는 등 다양한 방법으로 얽힌 생각을 정리하려는 수고를 기꺼이 해야 한다. 이 생각, 저 생각, 이 방법, 저 방법, 그 과정을 거치며 '자기 생각 지도'를 만들고, 가장 나다운 '내 삶'을 만들어야 한다.

진짜 생각을 위한 멈춤의 시간은 조그만 충격에도 힘없이 흔들리고, 아파하고, 외로워했던 이유를 조금 알게 해 주었다. 내 안의 중심이 부실한 것이 가장 큰 이유였다. '장두노미'라는 사자성어가 있다. "머리는 숨겼으나 꼬리는 드러나 있다."는 뜻으로, 진실을 숨기려 하지만 거짓의 실마리가 이미 드러나 보인다는 의미다. 진짜 생각을 미루고 피했지만, 허점투성이 상태는 온몸으로 드러났고, 그런 나는 스스로 또는 타인으로 인하여 흔들렸고, 아팠고, 외로웠다.

나는 함께 있어도 외로움을 많이 느끼는 타입이었다. 내 안의 코어가 튼튼하지 않으니, 혼자가 힘들었다. 외로움은 누가 준 것이 아니라 내가 만들었다. 현대인들에게 빠지지 않는 주제 중 하나가 관계이다. 외로움을 들여다보니, 나를 향한 사랑과 관심에 목말라 갈구하는 동안 정작 타인에게 무심했던 내가 보였다.

진짜 생각은 부정적인 생각에 잠식돼 있던 내가 세상 밖으로 나올 수 있도록 도와주었다. 쏟아지는 화살에 겁먹은 아이처럼 세상 문을 열지 못했다. 진짜 생각의 시간이 쌓일수록 내 바깥 풍경은 전쟁 같은 모습에서 햇살 가득한 평화로운 아침 풍경이 되었다. 점점 혼자여도 외롭지 않고, 상처가 먼저 보이는 '함께'가 아닌, 함께여서 행복이 배가 된다는 믿음이 커졌다.

그동안 중심이 튼튼하지 못해 두려움의 대상이었던 관계 맺기의 경계선은 조금씩 희미해지고 있다. 나만의 속도로 내 곁의 소중한 사람을 알아채고, 소리 없이 내 색깔의 배려와 사랑을 건넬 생각이다. 이제 더 이상 내 생각에 갇혀 움츠리는 내가 아니다. 안전한 곳에 나를 둘 것이고, 수다부터 깊은 내면 소통까지 넘나들 수 있는 '내 사람'을 알아채는 능력을 키울 것이다. 서로에게 좋은 사람이 되려는 이들과 깊고도 넓게, 넓고도 깊게 관계하며 지낼 것이다.

작가 김단은 《관계력》에서 이렇게 말했다.

"마음을 얻고 싶은 타인과 대화할 때 필요한 건 판단도 해결책도 아니다. 그들이 원하는 것은 그저 자신에 대한 호

기심과 호응뿐이다. 그것으로 충분하다. 타인에 대한 호기
심은 자신의 내면이 평온해진 상태에서 찾아온다는 사실
을 잊지 말자. 그러니 먼저 자신을 다스려야 한다."

내 중심이 튼튼하지 못해 평온하지 못할 때가 있었다. 책을 만났고, 나의 메타인지를 높이는 것이 우선이 되어야 함을 알았다. 상처투성이인 나를 만났고, 치유해 가며 나를 보듬었다. 나를 알아가고 성장 욕구가 커질수록 더 넓고 깊이 생각할 필요성이 느껴졌고, 더 많은 직·간접의 경험을 적극적으로 해보고 싶어졌다. 이제야 진짜 내 삶을 살아가는 기분이다.

나 자신의 내면이 평온하지 않으면 타인과 온전한 관계도 어렵다. 관계에서 가장 중요한 관계는 나와의 관계이다. 이 모든 것은 진짜 생각을 위한 멈춤의 시간이 가져다 준 선물이다.

_윤미란의 글

칠흑 같은 긴 터널에서도
빛나는 열정

신혼 초부터 남편이 타지에서 근무해야 했기에 주말부부를 해야 하는 환경이었다. 결혼 전부터 시부모님이 육아를 돕겠다고 말씀하셨고, 결혼 후에 육아와 가사에 대해 많은 도움을 주셨다. 그렇다 보니, 자연스럽게 남편과 '가사 분담' 시스템을 만들 수 없는 환경이 되었다.

남편은 시부모님의 도움을 핑계로 가사 일을 하려 하지 않았고, 시부모님의 육아 도움에서 독립했을 때도 남편은 집안 일을 하지 않았다. 지금 남편은 주방 일을 제외한 세탁물 정리와 분리수거, 아이들 저녁 잠자리 단속을 주로 담당함으로써 자연스럽게 그 경계가 만들어졌지만, 아이들이 어릴 때는 가사 분담의 경계가 없었다.

이때 남편과 가사 분담 문제로 자주 다투었다. 반복되는 다툼에 지쳤고, 부질없게 느껴지는 부정적인 감정들을 끌어안고 살고 싶지 않았다. 가사는 오롯이 내 몫이 되었고, 나는 잘 해내고 싶었다. 직장은 소속 부서에 한정된 분장업무만 하면 되지만, 가정주부는 육아, 교육, 재무, 요리, 청소, 정리 정돈, 양가 대소사 챙기기 등 가정경영의 총괄책임자이면서 각 역할을 모두 수행해야 했다.

입사 3년 차 직장인으로서 일도, 주부로서 일도 모두 처음 하는 일이 대부분이었고 당연히 익숙하지 않았다. 정신과 육체가 합동으로 긴 터널 속 암흑의 시간을 보냈다. '이 또한 지나가리라'를 수도 없이 되뇌며 수행하는 마음으로 매일을 살았다. 내가 견딜 수 있었던 힘은 '지금 힘들어도 열심히 하면 익숙해져서 편해질 날이 올 것'이라는 믿음이었다.

직장에서 내 일에 최고의 성과를 이뤄내면 좋겠지만 욕심을 부릴 만큼의 에너지는 없었다. 다만, 업무시간에 충실하며 최선을 다하다 보면 언젠가 나도 내가 하고 싶은 일을, 내가 하고 싶은 만큼, 욕심껏 할 날이 올 것이라 믿었다.

가정에서 아이들이 어릴 때 좋은 습관을 들이면 중·고등학교 때 자기 일을 스스로 하리라는 믿음, 지금 타이트하게 지출을 관리하면 노후에 경제적으로 안정되리라는 믿음, 자주 요리하다 보면 익숙해져 뚝딱뚝딱 맛있는 음식을 만들어 내리라는 믿음, 청소와 정리 정돈 방법과 도구들을 적용해서 실행하다 보면 우리 집도 깔끔한 집을 유지하리라는 확신에 찬 믿음이 있었다.

모든 일을 시작하기 전에는 가장 좋은 방법이 무엇인지 탐색하는 시간이 필요하다. 핑계지만 그때는 가장 좋은 방법을 찾을 시간도 마음의 여유도 없었다. 한 가정을 유지하기 위해 나에게 닥친 일도, 직장에서의 일도, 모두 새로웠고 버거웠다. 코앞에 떨어진 문제에 대한 최고의 해결책을 그때그때 찾을 수밖에 없었다. 절실하면 초능력이 발휘되기도 한다. 초집중, 초몰입의 상태로 내 몸 전체에 일과 가정의 안정에 주파수를 맞추고 초긴장 상태를 유지한 채 살았다.

시끄러운 머릿속과 정신없는 일상으로 만성피로 상태였지만 일기를 가장한 가계부를 쓰고, 매년 계획뿐인 목표라도 다이어리에 기록했다. 쓰다 말기를 반복했지만 내 눈은 목표를 노려보고 있었다. 뭔가를 쓰는 일은 시끄러운 머릿속을 정리하는 수단이 되었고, 정신없는 일상에 나름의 체계를 가지고 있다는 안도감을 주었다.

나는 '글씨', '말씨', '솜씨'의 '씨'를 중요하게 생각한다. 씨앗을 잘 뿌려야 한다. 그래서 내가 쓰는 글, 매일 하는 말, 일을 하는 수단이나 수완이라고 부르는 솜씨를 무의식중에도 염두에 둔다. 지나고 보니 내 삶의 여정이 막연하고 무모한 듯했지만, 몸으로도, 글로도 열심히 살아온 것 같다.

하루를 열심히 살다 보면 내가 살고 싶은 삶을 사는 날이 올 것이라는 확고한 믿음으로 열정 가득 '우당탕' 실행했던 흔적이 사방에 흩어져 있다. 매년 쓴 다이어리가 비밀스럽게 드레스룸 한 면을 차지하고 있고, 각종 파일과 추억들이 컴퓨터와 USB, CD, DVD, 사진첩 등 다양한 모양으로 흩어져 있다. 닥친 현실 문제를 초집중해서 해결하고 여기저기 흔적을 남긴 것이다. 아쉽게도 그 막막한 터널 속에서 시스템까지 만들어 적용할 여력이 없었다. 이제라도 할 것은 해야겠다.

나는 문제해결력과 집중력은 좋지만 아쉽게도 기억력이 좋지 않은 편이다. 순간 집중해서 해결하고 잊어버린다. 성격상 자료수집하고 판단 근거를 치밀하게 고민하고 선택했을 것인데 난 왜 잘 기억하지 못하는 것일까? 내 여정을 다시 되밟아 기록하고 의미를 찾아야 한다. 삶의 문제를 해결하면서 쌓인 지식과 지혜, 미래를 위한 고민과 계획들은 이제 시스템으로 만들어야 한다. 더 이상 맨땅에 헤딩하기는 싫다.

흩어진 흔적을 모으고 분류하고 있다. 의식과 무의식이 만든 내 패턴을 찾고 계속 가져갈 것과 수정할 것을 구분해야 한다. 삶이 단순하지 않듯 흔적들도 다채롭다. 정신없이 빚은 다양한 구슬들을 확인하고, 색깔과 크기, 용도에 맞게 분류한다. 나의 '싱크탱크'가 될 시스템이다. 아카이브 시스템을 구축하는 초입 단계. '내 안의 나'와 '현실 속 나'를 발견하게 될 것이다. 그 간극을 이해하고 좁혀갈 것을 알기에 과정이 설렌다.

내 생활방식을 파악하기 위해 흔적을 살피고 날마다 의식적으로 기록한다. 흩어진 흔적을 토대로 아이들이 좋아하는 음식, 소비패턴, 도서 리스트와 독서 노트, 완료한 프로젝트, 향후 계획하는 프로젝트, 루틴 등을 분류하고 있다. 하루아침에 끝날 일이 아니니 차분히 파악하여 가장 나답게 내 방식대로 잘 활용될 시스템으로 만들어 보려고 한다.

《내면소통》의 저자 김주환은 이렇게 말했다.

"나 자신은 내 기억의 덩어리이고, 그 기억은 일화기억의 집적물이다. 그리고 일화기억의 본질은 경험에 관한 내 스토리텔링 그 자체다. 좀 더 정확히 말하자면, 우리는 '이야기'로 바꿔서 저장할 수 있는 것만을 내가 한 '경험'으로 기억한다. 이런 의미에서 '나'를 이루는 모든 경험과 기억의 본질은 이야기다. 그렇기에 내가 나의 내면에서 끊임없이 만들어내는 이야기의 방식과 내용을 바꾼다면 나는 얼마든지 나 자신을 바꿀 수 있다"

가장 나다운 방식의 정보저장시스템은 내 스토리텔링 그 자체가 될 것이다. 이는 내면 소통의 과정이며 나 자신을 바꾸는 과정이 될 것이다. 애쓰며 자연스럽게 만들어진 '나만 눈치채지 못한 귀한 재능의 씨앗'을 발견하는 시간이 될 것이다. 치열했던 현실을 되짚어 다양한 관점에서 생각지 못한 보물 에피소드도 쏟아져 나올 수 있다.

　　누구나 매일 새로운 하루를 만난다. 나에게 주어진 시간, 상황, 환경, 사람들이 의미 없이 나와 닿은 것이 아니다. 귀한 스토리가 나도 모르게 흘러 갔지만 되짚어 귀한 의미를 찾아가는 과정이 '아카이브 시스템'이다. 그동안 '현실의 나'가 '씨앗'의 존재를 몰라 홀로 외롭게 컸다면 이제부터는 '그 귀한 씨앗'의 존재를 알아주고 사랑해 주며 멋지게 성장하도록 기대 가득한 시선과 돌봄을 더해 보고자 한다. 그 시간은 이제 겨우 만난 '내 안의 나'와 '현실 속 나'를 그 어느 때보다도 행복하고 소중히 여기게 해 줄 것이다. 이 는 앞으로 나아갈 큰 힘도 가져다주리라 믿는다.

_윤미란의 글

만 원의 행복

　만 원짜리 지폐 한 장을 어떻게 사용했을 때 가장 뿌듯하고 행복할 수 있을까? 이 돈은 생각하기에 따라 적은 금액일 수도 있지만, 큰일을 하는 데쓰일 수도 있다. 이를 의아해할 수도 있지만 나는 그것을 경험했다. 만원의 힘은 새로운 것을 시작할 수 있는 출발점이 되고, 바닥을 다져주고 울타리가 된다.

　초등학교 동창 모임은 어린 시절을 추억하고, 먹고, 마시고, 이야기하는 즐거움이 있는데 여기에 한 가지 더, 타인과 나눔을 실천할 수 있게 한 것이 이 돈의 힘이자 매력이다.

　지금부터 9년 전이었다. 초등학교 동창 모임에 처음 나갔는데 모임 장소가 노인 무료 급식소를 20년째 운영하는 동창의 식당이었다. 그 당시 20년이었으니 지금은 30년을 향하고 있다. 그 식당은 일 년 중에 하루도 쉬지 않고 어르신들에게 무료로 점심 식사를 제공한다. 친구는 해장국집을 운영하면서 식당과 연결된 공간에서 무료 급식을 한다. 이곳은 식사할 수 있는 테이블과 음식을 만드는 주방이 있으며 가장자리에는 급식에 필요한 여러 물건이 있다. 그중에 가장 눈에 들어온 것은 한쪽 벽에 쌓아 올려진 20kg의 쌀이다. 이렇게 많은 쌀이 있지만 2~3일에 한 포대씩 소비가 된다고 한다. 나는 무료 급식소를 알고부터 몇 차례 밥 퍼주는 봉사를 하면서 밥 한 끼의 힘이 얼마나 대단한지 실감했다.

급식소 점심시간은 열두 시였고, 열한 시 오십 분부터 배식하는데 깜짝 놀랄만한 풍경을 목격했다. 식사 준비하는 봉사자들이 도착하는 아홉 시 삼십 분이면 어르신들은 이미 출입문 앞에서 차례대로 앉아서 기다리고 있었다. 처음에 나는 이 광경을 보고 열두 시 식사 시간인데, 아홉 시 삼십 분에 벌써 와 계신 이유가 궁금했다. 이곳에서 식사하는 어르신들은 하루에 100명 내외인데 한 번에 식사할 수 있는 인원은 60명이다. 40명 정도는 처음 60명이 식사하고 주변을 정리하는 동안 기다려야 하기에 어르신들은 먼저 식사하는 60명에 들어가기 위해 아홉 시 삼십 분 급식소 공간 문이 열리기 전에 줄 서 기다린다는 친구의 설명을 듣고서야 이해가 되었다.

또 한 가지는 어르신들은 눈을 뜨고 아침이 되어도 크게 할 일이 없어서, 며느리 눈치가 보여서, 또는 집에 혼자 있기 무료해서, 여러 가지 이유로 집에서 일찍 나오는 것이라고 한다.

급식소 공간에 문이 열리면 어르신들은 한바탕 자리 쟁탈전이 벌어진다. 빨리 자리를 차지하여 1차 식사 인원에 들어야 하는 목표가 뚜렷하기 때문이다. 이런 과정에 어르신들끼리 실랑이를 벌이는 장면도 볼 수 있는데 급식소를 운영하는 친구가 냉정하게 정리한다. 그렇게 하지 않으면 어르신들의 편안한 식사 분위기를 해칠 수 있다고 한다.

이곳에서 느낀 또 한 가지 놀라움은 식사 봉사를 하는 분들이다. 요일마다 조를 이루어 일사불란하게 밥을 하고 반찬을 만들고 어르신들에게 배식 후 뒷마무리까지 척척 호흡을 맞춘다. 지리적으로 거리가 멀어서 가끔 얼굴을 내미는 나 같은 사람은 역할이 그리 많지 않다. 그들은 이미 체계적으로 봉사하고 있어서 내가 할 수 있는 일은 밥을 푸는 것. 배식하는 것 정도다.

메뉴는 밥과 된장국 그리고 소박한 반찬 세 가지다. 어르신들이 밥을 더 달라고 하는 경우가 있어서 밥을 다 드셨을 때만 더 주는 규칙을 정했는데, 어떤 여자 어르신이 밥을 받아서 바로 된장국에 풍덩 말아버리고는 빈 공기를 내밀며 밥을 더 달라고 했다. 내가 생각한 것보다 밥 한 끼는 강한 힘을 가지고 있었다. 어르신 중에는 급식소에서 한 끼가 하루 전체의 식사일 수도 있다는 이야기를 들었을 때는 마음이 먹먹했다. 어르신의 자리 신경전과 밥 확보는 치열할 수밖에 없었다.

나는 많은 어려움을 극복하고 긴 시간 급식소를 운영하는 친구에게, 밥 한 끼의 힘으로 하루를 살아가는 어르신들에게 조금이라도 도움이 되고 싶었다. 개인적인 후원도 중요하지만, 오랫동안 이곳에 조금이나마 보탬이 되고 싶은 마음이 들었다. 어떻게 해야 할지 하는 고민을 하다가 떠오른 것이 '만원'이다. 혼자 후원하는 것도 좋은 일이지만 계속 이어지기 어려울 수 있다. 열 명이 '만원'씩 모으면 십만 원, 스무 명이 모으면 이십만 원이다. 지금 생각해도 그때 그런 생각을 한 내가 참 기특하다.

그래서 내가 가장 먼저 한 행동은 나와 같은 생각을 하는 친구 한두 명에게 이야기를 전하는 것이었고, 그 친구들도 좋다고 했다. 두 번째는 각자의 친한 친구 중에 함께할 수 있는 친구들 한두 명에게 전하는 것이다. 이런 제안에 긍정적으로 반응하는 친구들이 생각보다 많아서 기쁘기도 놀랍기도 했다. 지방에 사는 친구들은 거리상 봉사를 직접 할 수 없지만 만원으로 나눔을 할 수 있다는 일을 의미 있어 했다. 동참하는 친구들은 세 명이 여섯 명이 되고, 열 명, 스무 명으로 늘어났다. 서른 명 정도 되었을 때 모임이 형성되고, 오십 명이 모였을 때, 50만 원으로 급식소 후원이 시작되었다.

'만 원의 행복'이라는 이름으로 좋은 일을 한다는 소식이 전해지자, 이 모임에 들어오고 싶어 하는 친구들이 많아졌고, 지금은 70명이 9년째 급식소 후원을 하고 있다. 매월 후원금과 한 해에 두 번 치루는 경로잔치, 김장 나눔도 함께 한다. 한 사람의 '만원'은 미미할 수 있으나 70명의 '만원'은 '나눔과 우정'을 실천하는 단단한 모임으로 성장했다. 고향을 기반으로 모인 전국에 사는 친구들이 의미 있는 일을 실천하는 뿌듯함은 어떤 모임에서도 느낄 수 없는 자부심과 소속감을 만들었다.

내년에 '만 원의 행복' 10주년을 맞는데, 나누는 일을 시작하고 실천해 온 나와 친구들을 칭찬한다. 70명 친구로 후원 모임을 만들고, 총무로 회장으로 지나온 4년, 평회원으로 5년의 세월을 돌이켜보면 힘들었던 것보다는 좋았던 일들이 훨씬 많다. 만원의 힘이 얼마나 막강한지 알게 되고, 이 돈이 모여서 어르신들의 밥 한 끼를 해결하는 데 보탬이 되고, 친구 사이의 우정도 돈독하게 되었다.

나의 성공 경험을 이야기할 때, '만 원의 행복'에 대한 이야기를 한다. 성공은 꼭 경제적인 것만 있지 않다. 이 모임을 통해서 여러 친구의 입장을 살펴볼 수 있는 마음, 멀리서 오거나 처음 모임에 참여한 친구가 소외되지 않도록 살필 수 있는 통찰력과 리더십을 배웠다. 처음 시작할 때, 함께 뜻을 모아 주었던 친구들이 고맙고, 너무도 친한 사이지만 "모임이 잘되면 들어갈게."라는 말을 해서 나를 맘 아프게 했던 절친도 지금은 모두 '만 원의 행복' 울타리에서 인생 2막을 살아가고 있다.

_이상임의 글

'지금 여기' 소중함을 알려주고 간
나의 '팡이'

　나와 십육 년을 함께 살았던 반려견 이름은 '팡팡'이다. 아프지 말고 팡팡 건강하게 뛰어놀라는 의미에서 붙여진 이름이다. 줄여서 '팡이'라고 불렀다. 팡이가 무지개다리를 건넌 지 3년이 되어간다. 며칠 전에 팡이가 꿈에 나왔다. 평소에 보고 싶고 그리웠지만 꿈에서 만난 것은 처음이다. 꿈 장면이 선명하게 떠올라서 초록 검색창에 '죽은 강아지 꿈'이라고 쳤다. 꿈의 해석은 '죽은 강아지가 행복하게 있는 모습은 길몽이고, 더러운 모습이라면 본인에게 사고를 당할 수도 있다.'라고 나왔다. 강아지가 지저분해 보이지는 않았는데, 행복해 보이는지는 가늠되지 않았다. 다만 깨끗하고 편안해 보이는 모습이어서 다행이라고 생각했다. 늘 옆에 있을 때는 소중한 것을 잘 모른다, 그래서 "있을 때 잘해!"라는 노래도 있지 않은가. 팡이를 보내던 마지막 날의 미안한 마음을 잊지 않고 사과하는 마음에서 핸드폰 메인에 기억하기라는 디데이 숫자로 이어가고 있다.

팡이가 우리 집에 오게 된 것은 둘째 아이가 초등학교 4학년 때이다. 아들은 친구 집에 놀러 갔다가, 그 이웃집에 어미 개가 새끼를 여섯 마리 낳은 것을 보게 되었다. 그 집 주인아주머니가 "잘 키울 수 있으면 한 마리 가져가도 좋다."고 했다면서 아들은 내게 강아지 입양 허락을 받으러 왔다. 당시 나는 강아지를 좋아하지 않았기에 당연히 안 된다고 말했다. 싫어했다기보다는 손이 많이 가는 것이 귀찮기도 하고 한번 들이면 평생을 책임져야 하는 게 자신이 없었다. 나의 어린 시절에는 마당에서 키우던 개가 있었는데, 나는 개를 아주 덤덤하게 대하고 이뻐하지 않았던 것으로 기억한다. 그냥 관심이 없었다.

아들은 공부를 우수하게 잘하는 것은 아니었지만, 초등학생이라서 시험 대비 공부를 가르치면 시험은 잘 보는 편이었다. 아이가 강아지를 키우고 싶어 하던 그때는 수학 경시대회를 3일 앞두고 있었다. 시험 대비로 공부를 가르치려면 최소한 3일 정도의 시간이 필요한데, 반려견 키우는 것을 허락하지 않자, 아들은 강아지 데려올 때까지 공부하지 않겠다며 계속 울기만 했다. 이렇게 울면서 시험 대비 3일 중에 하루를 그냥 흘려보냈다. 나는 아들의 시험점수를 조금이라도 높여보겠다는 의지로, 이틀째 울고 있는 아들에게 강아지 입양을 허락했다. 그런데 문제가 생겼다.

"엄마 때문에, 내가 제일 처음에 데려오고 싶었던 강아지는 다른 사람이 데려갔어."

"그리고 어제는 아줌마가 그냥 데리고 가라고 했는데 오늘은 오천 원 내고 데려가래!

내가 허락하지 않고 하루를 보내는 사이 아들 마음에 제일 처음 들어온

하얀색 털을 가진 강아지는 누군가의 집에 입양되었고, 두 번째로 황색 털의 주인공 '팡팡이'가 우리 집으로 왔다. 꾸물대는 생명체를 마주하니 감동스럽기도 하고 잘 키울 수 있을지 겁이 났다. 아무런 준비 없이 가족이 된 팡이는 아들의 침대 구석에서 거실 쪽으로 나오지 않았고 아들은 정성을 다해서 보살폈다. 아이들이 학교에 가고 없으면 팡이는 거실로 조금씩 나오기 시작했다. 나의 발아래에서 꿈틀대는 것이 처음에는 거추장스러웠는데, 어느 날인가부터 나는 팡이에게 정을 주고 있었다. 내가 기쁘거나 슬펐던 날들, 힘들었던 날들을 십육 년 동안 팡이는 같이했다.

우리 가족 네 명이 모두 강아지를 좋아한 것은 아니었다. 애들 아빠는 털이 날리고 똥오줌 냄새가 난다고 반려견과 함께 살아가는 삶을 그리 달가워하지 않았다. 그래도 아이들 둘이 워낙 좋아하니까 어쩌지 못했다. 당시 중학교 2학년이던 딸애는 사춘기가 유독 심해서 늘 불만 있는 얼굴을 하고 있었고, 엄마와도 잘 소통하지 않았다. 어느 날 딸애가 방바닥에 엎드려서 강아지를 바라보고 어르고 놀아주는 얼굴을 살짝 보았는데, 딸아이가 가장 예쁘고 사랑스러웠던 다섯 살 때 표정이 나왔다. 나는 그것을 보고 안도감을 느꼈다. '아, 곧 괜찮아지겠구나!'라고…. 그렇게 사춘기를 심하게 앓던 딸이 지금은 외항사에 입사하여 승무원 교육을 받고 있으며 자신의 꿈을 하나씩 이뤄가고 있다. 우리 집에서 팡이의 역할은 이렇게 위대했다.

우리 가족은 반려견에 대한 상식이 부족한 상태로 입양했지만 사랑을 듬뿍 주고 하나씩 배워가면서 건강하게 키웠다. 팡팡 뛰어놀라는 이름처럼 건강하게 살아가던 강아지도 열 살이 넘으면서는 여기저기 조금씩 아픈 곳이 생겼다. 그래도 고마운 것은 결막염 수술 이외에는 크게 아픈 데 없이 오랫동안 우리 곁에 함께 있어 준 것이다. 강아지 수명이 십오 년 전후라는 것을 알기에 팡이가 열한 살, 열두 살, 나이를 먹을 때마다 조금씩 마음이 무거웠다. 아프기라도 하면 '이게 마지막인가?' 가슴 철렁하면서 괜찮아지기를 여러 번 반복하면서 열여섯 살이 되었다.

몸이 붓기도 하고 먹는 것을 잘 먹지 못하는 모습을 보면서 동물도 나이가 들면 사람과 똑같구나!'라고 생각했다. 그런 일이 반복되면서 나는 '팡이가 숨을 거두면 어떻게 해야 하지?' 하는 두려움이 있었다. 그러던 어느 날 "이번 주 넘기기 힘들겠는데요."라는 수의사 말을 들었을 때는 하늘이 무너지는 것 같았지만 마음의 준비를 하고 있었고, 최선을 다해서 곁을 지켰다. 그렇게 한 달이 지나고 몇 번의 고비를 잘 넘기면서 이번 겨울은 나와 함께 지낼 수도 있겠다는 희망을 품었다. 실제로 떠나기 이틀 전, 팡이의 생글생글한 건강한 모습을 영상으로 남기기도 했다.

팡이가 세상을 떠나는 마지막 날은 금요일이었다. 나는 그날 일정이 많았다. 아픈 반려견이 걱정은 되었지만 세상살이에 집중했다. 나의 일이 모두 끝나기를 기다려준 팡이의 마음을 알아채지 못하고 같은 지붕 아래 있으면서도 마지막 모습을 보지 못했다. 그날 퇴근 후 진행된 줌 강의가 끝난 시간은 9시 20분이었다. 그때부터 팡이 옆에 찰싹 붙어 있으면 후회가 없었을까, 자는 듯한 팡이 모습을 보고 외국에 있는 딸에게 전화를 걸어 목소리를 듣게 했다. 여기까지는 참 좋았는데, 혹시라도 팡이가 떠나면 어떻게 할 것인지 두려운 마음에 딸과 이야기하기 위해 다른 방으로 건너간 찰나에 "엄마"하는 아들의 목소리가 들렸고 급히 갔으나 팡이는 잠자는 듯 고요했다. 팡이를 우리 집에 올 수 있게 했던 아들이 곁을 지켜 주어서 그나마 다행이었다. 하지만 한 지붕 아래 있으면서 반려견의 마지막을 지켜 주지 못한 나를 자책했고, 미안한 마음이 오랫동안 자리했다. 나는 그날 퇴근하면서 '이번 주말에는 일정이 없으니, 팡이 옆에서 많은 시간 같이 있어야지'

하는 생각을 했는데, 그날 떠났다.

늘 떠나고서야 알게 되는 경우가 많다. '지금'이라는 시간은 다시 오지 않는다. 팡이의 죽음은 '내일'보다 중요한 것은 '지금 여기' 이 순간이라는 것을 마음 깊숙이 깨닫게 했다. 과거에 매여, 미래를 준비하느라, 현재를 바삐 보내다가 이 순간 내 곁에 머무는 가까운 이들을 놓치지 말아야겠다.

_이상임의 글

나의 말 그릇

사람마다 외모와 성격이 다르듯 말하는 습관도 다르다. 성격 심리학을 공부하면서 수행했던 과제 중에 기억나는 게 있다. 성격 특질과 관련된 단어를 친한 사람들에게 제시하고 '나'와 비슷하다고 생각하는 단어를 네 개씩 고르게 한 후, 이것을 취합하여 유사점과 차이점을 정리하는 것이다.

단 주변 사람의 집단은 달라야 한다는 단서가 있어서 나는 여고 동창, 초등학교 친구, 딸에게 질문했다. 성격 특질과 관련된 단어는 많이 있지만 내가 제시한 것은 '불안한, 쉽게 당황하는, 외향적인, 열정적인, 관습적인, 부주의한, 시비를 잘 거는, 충동적인, 매력적인, 사교적인, 경박한, 대범한, 혼란스러움' 등이다.

이 중에 내가 생각하는 '나'의 성격 특질은 '불안한, 열정적, 관습적인, 혼란스러움'이라고 생각한다. 내가 미션을 주었던 세 명이 답한 것을 정리해보면 공통으로 나온 것이 '대범한', '열정적'이다. 주변 사람들은 내가 나를 생각하는 것과는 다르게 보고 있다는 것을 알 수 있었다. 나머지 특질은 조금씩 달랐지만 '충동적인'을 고른 지인이 두 명 있다. 이런 특질 때문에 나도 모르는 사이 욱하는 기분으로 상대를 기분 나쁘게 한 적이 있는지 돌아보게 된다.

《말그릇》이라는 책이 있다. 사람마다 말하는 그릇과 크기가 있다면 나의 말 그릇 크기는 어느 정도인지 생각해 본다. 이것을 길이로도 무게로도 측정하기에는 어려움이 있으니, 나의 말하는 습관을 천천히 되새겨 본다. 누구나 말로 인한 상처를 받기도 주기도 할 것이다. 이런 상처는 소통을 자주하는 가까운 사이에서 일어난다. 내게는 자녀가 두 명 있는데 딸보다는 아들과의 소통에서 기분 상하는 일이 종종 생긴다. 말하는 습관이나 태도, 받아들이는 사람의 기분 상태에 따라 같은 말에도 더 상처받을 수 있다.

아들은 교통수단으로 오토바이를 타고 다닌다. 엄마로서는 위험하다는 생각 때문인지 오토바이를 타고 다니는 아들이 늘 걱정이다. 8월 말쯤에 오토바이 검사 하라는 우편물을 받았다. 우편물을 받은 전후 한 달 동안 검사를 받지 않으면 과태료를 내야 하므로 기한 전에 검사받으라는 이야기를 아들에게 여러 번 했다.

" 9월에는 추석 연휴가 있어서 오토바이 검사를 9월 중순 전에 해야 한다."

아들은 "알았어요."하고 대답한다.

그런데 어쩌다 보니 9월 20일이 넘었다. 나는 아들에게 재촉했다.

"과태료 내지 않도록 빨리 검사해야지? "

여러 번 재촉에도 행동하지 않던 아들은 추석 연휴 하루 전에 검사하러 갔다. 그런데 대기자가 많이 있어서 10월 12일에야 검사받을 수 있다고 예약하고 왔다. 예약한 날짜를 보니 한 달이 넘어가는 날짜여서 순간 불쑥 말이 나갔다.

"그럼 한 달 넘는 거잖아?"
"그래서 여기 적혀 있잖아. 과태료 2만 원"

순간 오가는 대화가 서로의 기분을 상하게 했다. 과태료 납부는 속상하지만, 아들이 성인이면 알아서 하도록 해야 하는 데 말 한마디로 서로 기분이 상했다. 아들의 처지에서 생각해 보면 이렇게 대기자가 많은 것을 보고 본인도 조금은 놀랐고 기분이 상했을 텐데 엄마가 퉁명스럽게 이야기하니까 더욱 기분이 나빴을 것이다. 이 일로 아들과는 며칠 동안 이야기를 하지 않게 되었다.

사소한 사건에도 민감하게 반응한 적이 있는 나를 돌아보면서 내 말 그릇의 크기는 간장 종지처럼 작은 것은 아닌가 생각하게 된다. 다른 사람들에게는 너그럽고 따뜻하다는 말을 들으면서 정작 가까이 있는 가족에게는 어색한 사이를 연출하게 된다. 상대방의 기분을 짐작하고 이야기해야 했는데 순간 참지 못한 나를 자책한다. 며칠이 지나서 아들과 기분이 나빴던 지점을 서로 이야기하고 이전의 관계로 돌아왔지만, 말하는 횟수는 줄어들게 되었다.

친자매처럼 지내는 친구 한 명은 어떤 이야기를 내게 말하고는 말끝에 "무슨 말인지 알지?"하고 확인하는 버릇이 있다. 나는 이 말을 들으면 내가 이해력이 떨어져 보이나 하는 생각으로 기분이 살짝 나빠진다. 그 친구는 자신에게 이렇게 말하는 습관이 있는지 모를 것이다. 나는 친구에게 이것을 이야기해 줄까 하다가 괜히 친구의 기분을 상하게 할까 봐서 하지 않았다. 평소에 그 친구의 따뜻한 마음이나 행동을 보면 누구를 무시하는 친구는 아니라는 것을 알 수 있기 때문이다. 이런 경험을 통해서 자신만의 말 습관이 있다는 것을 이해하게 된다.

나는 '천천히 해도 괜찮아, 잘하고 있어.' 이 말을 들을 때 기분이 좋다. 이 말이 좋아진 것은 이유가 있다. 평소에 동작이 느린 탓에 어떤 일을 할 때 빠르게 하지 못한다. 큰애가 초등학생일 때, 아이 친구 엄마 몇 명이 모여서 김밥을 싼 적이 있는데 다른 사람이 두 개 쌀 때 나는 겨우 한 개를 싸기도 힘들었다. 또한 운동을 마치고 옷을 갈아입고 집으로 갈 때도 아무리 빨리 갈아입는 것 같아도 나는 늘 꼴찌로 요가원을 나왔다. 그래서 지금은 아예 집에서 요가복을 입고 운동하러 가고, 끝나고도 운동복에 겉옷만 걸치고 온다. 지금은 요가원을 꼴찌로 나서지 않는다. 뭐든 늦게 하다 보니 빨리 하는 사람이 부러웠고, 천천히 해도 괜찮다는 말을 들으면 위로가 된다.

김유나 작가의 《말 그릇》 프롤로그에 이런 말이 나온다.

"살면서 보고 듣고 느낀 모든 것들이 뒤섞이고 숙성돼서 그 사람만의 독특하고 일관된 방식으로 나오는 게 바로 말이다. 그렇게 만들어진 언어는 그 사람의 내면과 닮아있다."

말은 그 사람의 내면과 닮았다고 한다. 그동안의 내 말 그릇이 종지만큼의 크기였다면 말 습관을 돌아보며 내면을 잘 가꾸는 사람이고 되고 싶다. 말하는 방법이나 기술도 중요하지만, 마음속 깊숙한 곳의 나를 들여다보는 시간이 필요하다.

나이가 들수록 지갑은 열고 입을 다물어야 한다는 농담을 자주 듣는다. 평소에 말수가 많은 편은 아니지만 아이들에게는 같은 말을 두 번 이상 할 때가 있다. 이럴 때는 '아차' 하는 생각이 든다. 친정엄마도 내게 같은 말씀을 많이 한다. 특히 딸을 사랑하는 마음으로 "빨리 먹어라." 하는 이야기를 많이 한다. 그래서 불편할 때도 있었는데 나 또한 아이들과의 소통에서 그런 '아차'의 순간들을 경험한다. 내면 깊은 곳에서 숙성되어서 나오는 말을 할 수 있는 사람이 되기 위해 나의 말 그릇을 키워가야겠다.

_이상임의 글

자기 삶에
주인으로 살아가기

나는 누구인가? 라는 질문에 답을 해야 한다면 어떤 대답을 해야 할까? 만약 이 질문에서 나이, 하는 일, 목표나 취미 같은 것은 말하면 안 되는 규칙을 정해 놓았다면 자신을 표현할 수 있는 것이 그리 많지 않다.

내가 강의하고 있는 여성의 생애 설계프로그램에는 강의 초반에 1분 자기소개 시간을 갖는다. 이 시간에는 자기표현을 부담스러워하는 사람도 있고, 이야기가 다른 쪽으로 길어지는 경우를 경험한 바 있어서 키워드를 명확하게 제시한다.

예를 들어 이 교육과정을 신청한 동기나 교육을 마치고 어떤 활동을 계획하고 있는지 제시할 때는 자연스럽게 자기소개를 하기 쉽다. 여러 과정의 참여자를 만나면서 자신을 꽃으로 표현한다면 어떤 꽃이 어울리는지, 왜 그 꽃이 어울린다고 생각하는지 이야기한 경험도 있다. 음식과 관련된 교육의 참여자에게는 자신을 음식으로 표현한다면 어떤 음식으로 소개하고 싶은지 질문하면 다양한 대답으로 서로를 알게 된다. 이렇게 자신을 소개하고 표현하는 시간은 관계 형성에 도움이 되고 자신과 비슷한 사람들의 이야기에 위로받기도 한다. 그렇지만 이런 제시어로 자신이 누구인가를 표현하기에는 부족함이 있다.

얼마 전, 매체를 통해서 최진석 교수의 〈자기 주인으로 산다는 것〉이라는 강연 영상을 보았다. 인생 2막을 다시 설계하고 싶은 내게 방향을 제시해 주고 도움 되는 내용이었다. 강연에서 기억에 남는 것은 "자기 주인으로 산다는 것은 기준의 수행자가 아닌 생산자가 되는 것"이라는 내용이다.

다른 사람이 준 임무를 수행하는 삶을 살기보다는 내 삶을 창조하는 생산자가 되어야 자기 삶의 주인으로 살아갈 수 있는 것이다. 삶의 기준을 외부 기준으로 삼아서 사는데 습관이 된 사람은 기준의 생산자가 되는 것을 두려워하기 때문에 외부의 기준으로 사는 것이 습관이 되고, 그것을 자신의 기준인 것처럼 생각하기 쉽다고 했다. 강연을 듣고 나는 삶의 기준을 어디에 두고 살아가는지, 내 삶의 기준은 무엇인지 돌아보게 되었다.

지금 생각해 보면 나에게 결혼은 취집이었다. '취집'이라는 단어는 1997년 IMF가 시작되면서 취업 대신 시집간다는 의미로 생긴 신조어다. 나는 취업 대신 결혼이라는 단어가 생기기 전에 사회초년생이었고 아침마다 출근하는 것이 싫었고 안정된 울타리로 들어가서 살고 싶었다. 그래서 당시 결혼 적령기보다는 조금 이른 나이에 결혼했다. 가정을 꾸리고 살아간다는 게 생각한 것보다는 어렵고 고단했지만, 어느 정도 시간이 흐르면 모든 것이 좋아질 거라는 희망이 있었다. 나이 들어가면서 나의 환경과 비슷하거나 더 어려웠던 사람들의 삶이 안정되어 가는 것을 보았다. 그런데 내게는 험난한 일들이 끝없이 찾아왔다. 절망적일 때가 많았고 이런 일이 연속해서 일어날 때는 미래에 대한 희망이 조금씩 희미해졌다. '내 삶은 왜 이럴까?' 하면서 비교하는 습관도 생겼다.

한때 나는 '비교'로 스스로 힘들었고, 아이들과의 관계를 해친 적이 있다. 삶의 기준을 외부에 두고 사람들이 '나를 어떻게 생각할까'를 중요하게 생각했다. 이렇게 살다 보니 정신적으로 피로하고 자존감은 낮아졌다. 내 아이들을 다른 집 자녀들과 비교하게 되고 부족한 것에 초점을 맞추다 보니 미워질 때가 있었다. 그런데 아이들은 친구 엄마와 나를 비교한 적이 단 한 번도 없었다. 아이들의 마음속으로는 했을지언정 입 밖으로 낸 적은 없다. 그때 나를 돌아보면 아이들에게 미안하고 부족한 엄마였다. 지금은 아이들이 성인이 되어 각자의 길을 향해 잘 가고 있다. 생각해 보면 지금까지 큰 병치레 한번 하지 않고 성장한 아이들이 고맙다. 앞으로도 아이들의 삶에 끼어들기보다는 응원하는 엄마가 될 것이다. 내 단점보다는 장점에 방점을 찍으며 살 것이다.

나는 현재, 프리랜서의 삶을 살고 있다. 이 중에 십 년 넘게 해 온 일은 학생들의 독서지도다. 책을 좋아해서 이 일을 선택했다기보다는 나이가 들어도 오랫동안 할 수 있는 일은 무엇이 있을까 찾다가 선택한 것이다. 독서지도사로 활동하면서 다양한 책을 접했고 아이들과 토론하면서 가장 많이 성장한 사람은 아이들이 아닌 '나' 자신이다. 다양한 책을 읽으며 변화하고 성장하는 내 모습이 좋았고 아이들과 소통하면서 그들의 생각에 공감하는 여정도 재미있었다. 이 일을 하면서 나의 부족함보다는 장점을 살피게 되었고, 지금의 '나'를 발견했다. 현재는 인생 2막에 내 삶의 주인으로 살아가기 위해 여러 가지 활동을 하고 있다.

여러 가지 활동 중 여성을 위한 생애 설계프로그램인 커리어나비 강사가 있다. 이 과정에서도 가장 많이 성장한 사람은 바로 '나'라는 것을 느낀다.

인생을 설계하고 작성하는 시간이 있는데 참여자들은 한번 듣고 실행하는 것을 나는 매년 수정하고 설계하기를 반복한다.

강의를 위한 준비로 작성한 인생 설계도가 내 삶에 잘 적용되고 있다. 이것을 작성할 때 가장 처음으로 하는 활동이 Why에 대해 답하는 것이다. 인생 설계도에서 Why는 자신이 살아가면서 '이런 사람으로 살아가겠다'라는 다짐이고 삶의 방향을 설정하는 자신과의 약속이다.

강의 참여자들이 작성하기 쉽도록 자기 선언서를 제시하는데 가장 먼저 적게 하는 문장은 '나를 사랑하고 신뢰한다'이다. 내가 '나'를 친절하게 대해야 다른 사람들도 나에게 친절하게 대한다는 의미가 담겨 있다. 강의하면서 참여자에게 하는 이야기를 되새기면서 나 또한 참여자들과 함께 성장하고 있음을 발견한다.

사이먼 사이넥의 《나는 왜 이 일을 하는가 2》에서는 당신만의 Why를 찾으라고 한다. 이 책에는 우리는 흔히 무엇을 할지, 어떻게 할지는 많이 생각하지만, Why에 대해서는 생각하지 않는다는 내용이 나온다. 자기 삶에서 주인으로 살아간다는 것은 자신만의 Why에 스스로 답하는 것이다. 다른 사람이 써 놓은 훌륭한 문장이나 이야기는 참고할 수는 있겠지만, 내 삶의 주인으로 살기 위해서는 다른 사람의 기준이 아닌 나의 기준이 필요하다.

특히 여성들은 결혼과 출산, 양육하는 동안 자신의 꿈이나 전문성을 잠시 내려놓는 시기를 경험한다. 아이들이 성장하여 새롭게 무엇을 하려고 할 때는 이미 나이도 많아지고 사회적인 트렌드와 멀어진 자신을 발견하고 '자신을 보잘것없는 사람'이라고 생각하기 쉽다. 엄마라는 역할은 가족을 칭찬하고 주변 사람에게 박수 쳐 주는 일에 익숙해 있다. 나 또한 나를 칭찬하는 것보다는 주변 사람들을 응원하는 삶을 살아왔다.

어느 날, 산책하다 발견한 문구, "이제는 [   ]가 빛날 차례다."의 괄호 안에 '내'가 빛날 차례라는 해답을 넣었다. 자기 삶의 주인으로 살아가기 위해 매일 책을 읽고, 글을 쓰는 것도 중요하다. 잊지 않아야 할 것은 빛나는 나를 만들기 위해 어떤 사람으로 살아갈 것인지, 나를 표현할 수 있어야 한다.

_이상임의 글

100세 시대,
무엇을 준비해야 하는가?

N잡러는 두 개 이상의 복수를 뜻하는 'N'과 직업을 의미하는 'Job'과 사람에게 붙이는 접미사 '~러'가 합쳐진 신조어로 여러 직업을 가진 사람을 뜻한다. 나는 강의, 컨설턴트, 독서 코칭 등 세 가지 일을 하고 있기에 'N잡러'라고 할 수 있다. 군인 독서 코칭 하러 연천의 부대로 가는 길에서 처음 접한 광경을 보면서 놀란 적이 있다. 대중교통으로 부대에 가기 위해서는 소요산역까지 지하철로 이동하고 그곳에서는 대광리역까지 버스로 간다. 거기가 끝은 아니다. 버스에서 내리면 군부대에서 나를 픽업하여 전방 부대로 들어간다. 오가는 길이 멀고 고단하지만, 다양한 사람들의 삶의 모습을 볼 수 있는 건 또 하나의 경험이다.

종점인 소요산역까지 가는 지하철 안은 대부분이 노인들이다. 소요산역에서 대광리까지 가는 버스는 한 시간에 한 대씩 운행하기 때문에 그 차를 놓치면 독서 코칭 시간을 맞출 수 없어 아주 난감해진다. 지하철에서 내려서 뛰어야 하는 경우가 많은데 앞으로 나갈 수가 없을 만큼 어르신들이 길을 꽉 채워 걸어가셔서 틈새를 찾기가 어렵다.

독서 코칭을 마치고 집으로 돌아오는 지하철도 대부분이 노인들이다. 언젠가 엄마와 이모가 소요산에 간다고 한 이야기가 생각나면서 어르신들이 걸어가는 모습에서 엄마가 걷고 있는 모모습을 상상했다. 많은 어르신이 시간을 메우기 위해 무료 지하철을 타고 종착역인 소요산 주변에서 시간을 보내다 늦은 오후에 집으로 돌아간다는 사실을 알던 날이었다. 이런 상황이 나의 엄마, 이모의 상황이고 내가 될 수도 있다는 생각이 들었다. 이런 광경을 보고 100세 시대를 살아가는 우리에겐 어떤 준비가 필요한지 생각해 보게 된다.

배움

나이 들어도 오랫동안 일하고 싶어 하는 사람들이 많다. 어르신 일자리가 있긴 하지만 정말 단순한 일거리들이다. 동네를 돌면서 휴지를 줍는 일, 초등학교 앞에서 등하교 시간에 녹색기를 드는 일. 지하철 역사에서 서 있는 일 등이 있다. 이런 일자리도 할 수 있으면 다행인 게 현실이다. 노인 일자리 자격조건이 쉽지 않기 때문이다. 나이 들어가면서 학력도 경력도 빛이 바랜다.

평생 현역으로 살아가는 것을 꿈꾸는 사람들이 많다. 나도 그중 한 명이다. 그동안 결혼하고 '남편이 나를 책임져 주겠지!' 하는 기대감이 있어서인지 적당히 자기 계발하는 프리랜서로 활동했다. 어쩌면 일을 취미처럼 생각했던 거 같고 그렇게 활동하는 내 삶에 적당히 만족스러워했다. 지금의 나는 일하는 데 있어 어느 때보다 최전선에 나와 있다. 길어진 인생 후반의 삶에 대해 무엇이라도 준비해야 하기 때문이다. 나의 준비 방법은 다양한 배움의 경험을 쌓는 것인데 어떤 때는 내가 교육 쇼핑을 하나 할 정도로 교육을 많이 듣고 있다.

지금은 배움으로 끝나지 않고 내 것으로 만들기 위해 노력한다. 책을 읽는 것은, 쓰기 위해서라는 이야기가 생각난다. 여기서 쓰는 것은 꼭 글 쓰는 것만을 의미하지는 않는다.

나는 프리랜서의 삶이 만족스럽지만 나이가 더 들기 전에 직장인으로 살아보고 싶다는 생각을 한 적이 있다. 그런 생각을 하게 된 이유는 한국 여성은 남성보다 6년 정도 수명이 길어서 노후에 혼자 살게 되는 시간이 10년 정도 된다는 기사를 접한 이후부터였다. 노후에 혼자 남은 나를 지켜 줄 사람은 누구인가를 질문했을 때, 그 사람은 나밖에 없다는 생각을 했다. 나는 취업하기에는 나이가 많지만, 틈새시장이 있을 거라고 기대하면서 작년부터 국가자격증을 두 개나 준비했다. 내가 하는 강의와 관련된 자격증이기도 해서 최선을 다해 공부했다. 일 년이 넘는 시간 동안 틈틈이 시간을 투자해서 작년에 1차 시험에 합격하고, 올해 2차 시험을 봐서 합격선이라고 생각하고 발표를 기다리고 있었다. 그런데 이게 웬일인가? 재시험을 봐야 한다는 문자를 받았다. 시험을 주관하는 기관에서 답안지를 파쇄하는 실수를 하여 시험을 다시 보게 되었다. 살다가 뉴스 기사에 내가 속해 있는 경험을 했지만 아슬하게 합격했다.

올해 내가 가장 잘한 일은 국가자격증 두 개 취득과 글쓰기 실행이다. 자격증만 있으면 취업은 당연하다고 생각했는데 현실은 그렇지 않았다. 그래도 공부하면서 성장하는 나를 느낄 수 있고 이 자격으로 프리랜서의 일하는 영역은 넓어졌다. 그동안은 책을 읽기만 해도 만족스러움이 있었는데 커뮤니티를 통해서 읽는 것은 쓰기 위함이라는 리더의 이야기가 나를 움직이게 했다. 독서지도 경험이 무색할 만큼 읽는 것도, 쓰는 것도 부족하지만 백세시대 이것만큼 필요한 덕목은 없다고 생각한다. 사람마다 좋아하는 것, 잘하는 것은 모두 다르지만, 배움을 통한 새로운 준비는 꼭 필요하다.

공간 & 커뮤니티

오래 산다는 것이 축복만은 아닌 현실이 되었다. 수명은 길어졌지만, 퇴직하는 나이는 빨라졌기 때문이다. 수명의 변화로 노후의 삶이 더 길어졌기 때문에 무엇을 어떻게 준비해야 하는지 관심이 커졌다. 퇴직 후의 삶을 준비하는 곳으로 서울시에는 50플러스 캠퍼스가 있다. 베이비붐 세대가 퇴직하기 시작하면서 이후의 삶을 의미 있게 보낼 수 있도록 지원하는 인생 후반의 학교라고 할 수 있다. 이곳에서는 중장년들의 여가생활, 창업, 재취업을 지원하는 교육프로그램이 많다. 꼭 서울 시민이 아니라도 컨설턴트와 상담을 통해서 자신에게 필요한 교육이나 여가생활, 커뮤니티에 대한 도움을 받을 수 있는 곳이다.

나는 이곳에서 컨설턴트로 3년을 활동한 경험이 있다. 사회공헌 일자리로 한 달에 57시간을 활동할 수 있으며 활동비도 지급된다. 프리랜서로 활동하던 내게는 안성맞춤의 활동이었고 동년배를 만날 수 있는 것은 경험의 기회였다. 서울 시민이라면 50플러스 재단, 사회공헌 일자리에 관심을 가져보는 것도 좋다고 생각한다. 다만 아쉬운 것은 이 일자리는 일하는 시간이 한정되었기 때문에 생계를 책임져 주는 데는 한계가 있다. 하지만 퇴직자들에게 징검다리 일자리로 새로운 기회를 엿볼 수 있다. 이곳에서 만난 동년배들은 커뮤니티를 결성하여 취미를 함께 즐기고, 공부하는 사람들이 많다.

교육이나 상담은 서울 시민이 아니어도 참여할 수 있지만 일자리는 서울 시민으로 한정된다는 것을 참고하면 좋다.

이곳에서 만난 중장년들은 평생 현역으로 살기 위한 준비로 고군분투한다. 백세시대를 살아가는 우리에게 수명이 길어지면서 좋은 것도 있지만 걱정거리도 늘었다. 수명의 변화에 따라 커리어 형성도 달라졌다. 예전에는 학교를 졸업하고, 취업하고, 은퇴하고 나면 노후의 삶이 그리 길지 않았다. 그런데 요즘은 교육, 일, 여가의 삶이 동시에 일어나는 시대를 살아간다. 나는 학교 졸업 후에도 끝없는 배움으로 평생 교육 시대에 맞게 살아가고 있지만 미래를 생각하면 종종 불안하다.

백세시대를 잘 살아가기 위해서는 건강한 몸과 마음은 기본이고, 배움과 사람, 함께하는 커뮤니티가 중요한 역할을 한다. 나 또한 커뮤니티 속에서 백세시대를 살아가고자 한다.

_이상임의 글

독서를 통해 위인들을 만났고 그들을 닮아가려는 마음이 공부로, 그리고 관심과 몰입이 좋은 결과로 나타났다. 이런 선순환은 공부의 끈을 어느 순간에도 절대 놓지 않게 했고, 이는 훗날 결혼하고 출산하고 양육하는 삶의 여정에서도 내가 원하는 길, 내 꿈을 찾으려는 끊임없는 발버둥으로 이어졌다.

기록으로 '일상'을
더 깊이 있게

'쓰다'보면
어떻게든 되겠지

첫 번째 떠오르는 생각

첫 번째 떠오르는 생각.
최초로 떠오르는 생각이 제일 솔직하다.

언어로 가공해서 내놓기도 전에
뇌리에 찌릿하고 드는 느낌.
그런 느낌을 무시하지 말자.

또 다른 내가 지금 여기가 아닌 시공간에서
보내는 신호일지도 모르니까

어설픈 언어로밖에 표현이 되지 않아도 괜찮다.
얼기설기 서툰 표현이야말로
나 자신과 소통하려는 노력.

그리고 그 증거물인 기록.
지금은 어설퍼도 계속 갈고 닦으면 점점 수월해지겠지.

멈추지 말 것

긴 호흡의 프로젝트를 할 때는
'멈추지 않는 것'이 나만의 룰이다.

매일 쓰기로 했다면, 안 되면 한 줄이라도 쓸 것.
결과물이 형편없어도, 일단 시작과 끝을 정확히 맺을 것.

그날의 할당량을 채울 것.
한 번 멈추고 나면, 다시 시작하기가 여간 어려운 게 아니다.

나중에 뒤돌아보면 몇 번의 멈추고 싶은 날 쓴 글들이
대나무의 마디처럼 단단해 보일 때가 종종 있다.

어떤 특권의식

내 의지대로 안 되는 게 많다는 걸 잘 안다.
점점 더 그렇게 느끼고 있다.

하지만 글쓰기는 내 의지가 100%다.
'신데렐라의 12시'처럼 매일 마감 시간 전에
마법같이 하나의 글을 써내는 연습.

사색하고 몰입할 수 있는 시간을 매일 가질 수 있다.
그래서 글을 쓸 때는 마치 내가 큰 특권을 가진 느낌이 든다.

아침에 쓰는 글

아침에 일어나자마자 글을 쓰면 덜 방어적이기 때문에 더 솔직한 기록을 남길 수 있다고 한다. 나는 평소 얼마나 방어적인가 궁금해진다. 아침에 쓴 기록과 밤에 쓴 기록을 비교한다면 아침에 쓴 건 더 허심탄회하고 저녁에 쓴 건 좀 더 자기 분석적인 걸까?

내가 느끼는 아침 글쓰기의 장점은 뭔가 해냈다는 기분을 제일 먼저 느끼게 해준다는 것이다. 작은 성취감을 아침에 맛보고 긍정적인 느낌으로 하루를 산다. 매일 할 수 있다면 더 좋다. 그래서 오늘도 아침에 글을 쓴다.

작가들의 호연지기

　작가들은 강하다. 두 번째 세 번째 계속해서 자기 이야기를 써서 발표할 수 있는 작가들은 확실한 자기만의 색깔이 있다. 발표한 작품은 내놓은 시점부터 영원히 존재한다. 동시대 뿐 아니라 작가 사후의 독자들도 가감 없이 오리지널 그대로 만나게 된다.

　철학자 니체는 시대를 훨씬 앞서나갔던 사람으로, 《차라투스트라는 이렇게 말했다》를 쓸 때 자신의 책이 동시대 사람들에게는 인정받지 못할 걸 잘 알고 있었다고 한다. 그는 자기의 저서가 100년 후 시대의 사람들에게나 이해받을 수 있을 거라 했다.

　'나는 그때 여기 없겠지만, 일단 내 생각을, 내 이야기를 남겨놓고 죽는다. 그것뿐이다.'

　니체의 저력이 느껴진다. 평가에 연연하지 않고 일단 '남기고 싶은 아이디어를 내가 쓴 언어로 기록해 놓겠다.'고 하는 강단에 소름이 돋는다.

　작품을 탄생시키겠다는 사명감. 그것만이 글 쓰는 사람의 유일한 동력이다. 후대에 니체의 글에서 울림을 느낀 독자들에 대한 당시 사람들의 혹독한 평가는 흥미로운 에피소드가 되었다. 오히려 니체의 대단함을 더욱 돋보이게 해주었다고나 할까.

　'책으로 나온 이상 내 품을 떠났다'는 표현을 쓰는 작가들이 있는데, 정말 좋은 표현이다. 용기를 내어 자신의 이야기를 써내기까지가 인간으로서 할 수 있는 일이다. 그 후의 일은 하늘의 일로 맡기는 호연지기. 그런 작가들이 멋있다.

영웅은 없다

열 살 아들 S가 글쓰기 숙제로 골머리를 앓고 있다. 소설 《보물섬》의 여러 등장인물 중 제일 히어로다운 한 명을 고르고, 그 인물의 어떤 점이 영웅다운지를 써가야 한다.

문제는 S는 이 소설 속 그 누구도 영웅 같지 않다고 느꼈다는 것이었다. 나는 대충 주인공이 영웅 캐릭터겠지, 친구들도 그렇게 생각할 것 같은데 그렇게 써서 가면 되겠다고 했다. S는 엄마의 이런 얼렁뚱땅 조언에 대로하며, 자기 생각을 쓰는 글쓰기에 신념도 없는 그런 거짓말을 할 수는 없다고 했다.

"맞아. 맞지만 그냥 마감까지 내고 점수만 받으면 되는 거야."

나는 때 묻은 어른 중 한 명인가보다. 점수를 위해 대충 아무거나 쓰라니, 곱씹을수록 실망스러운 조언이었다. 그렇지만 달리해 줄 말도 없어 그냥 알았다고 하고 나와서 커피를 마셨다. 씁쓸한 건 나의 대충스러움인지, 글쓰기 숙제할 때마다 대나무 같아질 S와의 대면이 두려워서인지 모르겠다.

_조은아의 글

'독서 후 글쓰기'로
삶을 음미하다

단식의 심오함

헤르만 헤세의 '싯다르타'를 읽고 있다. 사문이었다가 속세로 돌아온 싯타르타에게 나이 든 부자 상인이 물었다.

"당신이 할 줄 아는 것이 무엇인가?"
"나는 사색할 줄 압니다. 나는 기다릴 줄 압니다. 나는 단식할 줄 압니다."

"단식할 줄 알아서 뭐 하게? 살 빼게?" 궁금한 찰나에 소설 속의 사업가가 나를 대신해서 질문해 주었다.
"단식으로 배고픔을 참을 수 있다는 것은 먹기 위해 아무 일이나 하지 않아도 된다는 뜻이고, ... 따라서 조급해하지 않고 곤궁해지도 않으며 그것을 웃어넘길 수 있습니다."

뭐야, 이 뒷골 묵직해지는 여운은! 헤르만 헤세 만세!

멀리 안 갑니다

멀리 가는 여행을 좋아했었는데, 요즘은 시차가 네 시간 이상 나는 곳은 그냥 마음을 접는다. 몸이 힘들어서! 운전해야 하면 두 시간 이상은 아주 많이 고민하게 된다. 대신 집에서 즐겁게 지내는 데서 더 많은 만족감을 느끼게 되었다. 예전의 나 같았으면 귓등으로 흘려들었을 '홈캉스'만의 매력에 새롭게 눈을 뜨게 된 것이다.

일단 집을 호텔처럼은 아니지만 정리를 잘해 놓을수록, 홈캉스의 질은 높아진다. 또 가족 구성원들의 아침 기상 시간과 주 활동 시간이 다 달라도 집에서의 여행은 워낙 장기간이라, '몇 박 며칠 안에 꼭 봐야 할 관광명소를 정해진 시간에 봐야 하니까 서둘러!'라며 보채지 않아도 된다.

그리곤 동네에 안 가본 길이나 가게를 가 본다. 같은 동네에 10년을 살았어도, 항상 안 가본 곳은 있기 마련이다. 늘 다니는 길 바로 옆길로만 들어가도 완전히 다른 곳에 온 것 같은 기분이 들 때가 있는데, 그럴 때 정말 기분이 묘해진다. 그리고 새로운 가게가 마음에 들 때는 동네라 자주 쉽게 올 수 있으니까 좋다.

무엇보다도 집에서 하는 여행의 최고 장점은, 일상을 늘 여행하는 기분으로 살 수 있다는 점이다. 가장 가까이 있는 사람과 물건을 새롭게 바라보며 소중함에 감사할 수 있게 된다. 그리고 쓸데없이 너무 진지해지거나 끊임없는 걱정을 끌어안고 사는 습관이 여행 중이라 생각하면 조금은 옅어지는 것 같기도 하다.

"무엇보다 돈이 한 푼도 들지 않는다는 점을 이 여행의 미덕으로 꼽고 싶다. 눈여겨볼 대목이 아닐 수 없다. 넉넉지 못한 사람들은 그 점을 높이 치고 반길 것이다. 이뿐만 아니라 그들과 다른 부류에 속하지만, 돈이 한 푼도 들지 않는다는 바로 그 점에 더 환호하는 이들이 있다. 그들이 누구냐고? 누구긴, 바로 부자들이다. 병약한 이들에게도 안성맞춤인 새로운 여행법이 아닐 수 없다. 날씨와 기후의 변덕을 걱정할 필요가 없다. 이 여행법은 소심한 사람에게도 좋은데, 도둑을 만날 걱정도 없고 낭떠러지나 웅덩이를 만날 걱정도 없기 때문이다."

_그자비에 드 메스트레의《내 방 여행하는 법》

무엇이 베스트냐고 묻지 않는 것

'이게 최선입니까?'

효율성과 결과가 제일 중요하다고 믿었던 가까운 과거의 나는 항상 나 자신에게 이렇게 물었다. 너무나 오랫동안 해 오던 강력한 사고방식이었기 때문에, 아마 무의식에서 잠자는 동안에도 계속 물어봤을 것이다. 내 작동 방식은 늘 '최고'에 '최단 시간'에 도달하는 것이었다. 낭비 없는 삶을 지향했다.

하지만 '베스트 오브 베스트'의 끝은 결코 최고가 아니었으며, 왠지 모르지만, 화가 난 내가 지쳐 쓰러져 있었다. 하루는 책 제목이 눈에 띄는 에세이를 읽다가 금쪽같은 작가의 생각을 만나게 되었다.

"무엇이 베스트인가라는 생각 자체도 가능하면 하지 않으면서 사는 게 편하다. 밤낮없이 일에만 파고들던 느긋하게 살아가던 본인이 좋아서 선택했다면, 라이프 스타일에 우열 따위는 없다고 보는데. 사는 방식을 비롯해 만사에 무엇이 베스트인가하는 문제는 그저 환상이라는 느낌이 든다. 있다고 믿으면 있는 것이고 없다고 믿으면 없는 것이지. 내게는 그게 그거다."

_오하라 헨리,《나는 일주일에 이틀만 일하기로 했다》

그렇다. 나는 '베스트'라는 이름의 환상을 좇으며 살고 있었다. 신기루를 좇아가다 목말라서 힘들고 짜증이 났다. 좋고 나쁜 것, 흑백논리에 빠진 나는 있지도 않은 선을 여기저기 그어놓고 그중 낫다고 생각하는 한쪽의 선을 넘어가기 위해 헛된 노력을 했던 거다.

이 책을 만난 후로 나는 좀 더 과정을 즐길 수 있게 되었다. 글쓰기 할 때도 이런저런 스타일의 글을 좋고 나쁨을 따지지 않고 '그냥' 써 볼 수 있게 되었다. 베스트를 따져가며 살 때보다 훨씬 마음이 가볍고, 실행력도 높아진 듯하다. 안도감이 든다.

루미의 시

잘잘못에 대한 생각을
넘어선 저 멀리에
들판이 있다.
나, 그대를 그곳에서 만나리   _잘랄레딘 무하마드 루미

내 그릇의 크기로 해결 안 되는 인간관계가 있다. 좀 더 고차원의 들판으로 가고 싶지만, 과거의 내가 놓아주지 않는 것 같다. 미련 떠는 이를 욕하지만 나도 별반 다르지 않다.

800년의 시공간을 뛰어넘어 나를 구해준 루미의 시. 오늘도 생각나서 슬쩍 들여다본다. 루미는 어떤 일을 겪은 후에 이 시를 쓰게 된 걸까 궁금하다. 잘잘못을 넘어선 저 멀리에 나도 가고 싶다.

깔끔한 공간과 글쓰기

> "물건을 많이 쌓아둔 사람들은 처시마 수도사들과 달리 풍요로워 보여도 세상에 대해 느끼는 기쁨은 줄어든다."
>
> _도스토예프스키, 《카라마조프가의 형제들》

기쁨이 줄어들면 글 쓸 거리가 없어질 것 같다. 우울감이 몰려오면 비극적인 글감이야 많이 떠오르겠지만, 건강한 삶의 방식은 아니다. 깔끔하게 정리 정돈된 집에서, 매일 쓰고 싶은 글을 쓸 수 있다면 좋겠다. 상상만 해도 행복한 기분이 든다. 시각적인 어수선함에 빼앗기지 않는 집중력은 나를 무아지경의 몰입 속으로 데려갈 것이다. 버릴 것은 버리고, 수납할 것은 수납한 후에 편안한 조명과 기분 좋은 향을 공간에 입히자. 그 공간 안에서 일어날 놀라운 몰입의 결과에 스스로 놀라고 싶다.

_조은아의 글

기록으로 '일상'을
더 깊이 있게

운동, 미루지 않기 위하여

운동화를 신기까지 열 발짝인데 그 열 걸음이 떼어지지 않는 날이 있다. 사실 많다. 유튜브에서 운동 영상을 보며 홈트레이닝이라도 하려 하면, 평소에는 잘만 누르던 리모컨을 묘하게 못 본 척하고 싶어진다. 지금 당장 잠깐 몸 편하고 싶은 근시안적 마인드는 스멀스멀 나를 소파로 안내하고 만다.

이렇게 3일 이상 운동하지 않으면, 대번에 표가 난다. 바지 입을 때 허리 부분이 묘하게 불편하면 괜히 짜증이 나서는 서둘러 거울을 본다. 거울 속에는 둥그스름해진 내 얼굴이 머쓱한 듯 스스로를 바라보고 있다. '알면서 왜 물어?' 그렇다. 운동 3일 안 하면 나의 중부지방은 놀라울 정도로 빨리 넓어지고, 운동하면 나온다는 호르몬이 나오지 않아서인지 욱하는 성질머리도 함께 살쪄버린다.

인정할 건 빨리 인정해야 길을 찾을 수 있다. 나는 전문가와 1대1 코칭 운동이 잘 맞는 타입이란 걸 뒤늦게 깨달았다. 적당한 '오구오구~'가 큰 차이를 만들어 주었다. 여태껏 스스로 알아서 잘하는 '착한 어린이' 타입인 줄 알았는데, 크나큰 착각이었다. 비용이 들더라도 꾸준히 조금씩 할 수 있도록 도와주는 프로그램을 찾고 나서, 식단까지 같이 관리하니 효과가 더욱 좋았다.

한가지 유의할 점은 어느 날 하루 운동이 잘 된다고 오버해서 너무 많이 해버리면 안 된다는 것이다. 딱 정해진 양만큼, 살짝 아쉬워야 내일 또 운동하고 싶어질 테니까 말이다.

'자축'이라는 삶의 기술

"생일 자축! 나이만큼 햄버거 패티 넣기!"

검색하다 우연히 본 인증샷에 실소가 터졌다. 나이가 들수록 지나가면 그뿐인 자신의 생일. 백발 할머니가 되어 사진 속 패티 43장을 보며, '아, 이 사진은 43살 때구나' 하고 호호 웃을 나를 상상해 보니 기분이 좋아진다.

생일뿐만 아니다. 자축할 일쯤이야 매일 만들 수 있다! 심지어 어디 아픈 데 없이 하루가 저물 때면, 나는 거울을 보고 "축하한다. 오늘도 별 탈 없이 잘 지나갔어." 하고 내 어깨를 툭툭 두어 번 쳐준다. 나이가 들수록 사람은 '휴먼 터치'가 중요하다고 해서 혼자 만든 자축 의식이다.

정신 줄을 놓고 있으면 뭉툭해지기 마련인 일상이다. 인생의 마디마디를 살맛 나게 해 주는 '자축'에 대해 좀 더 이야기해 보자. 자축은 결과 만능

주의에 지친 영혼을 보듬어 주고, 인생의 과정을 즐겁게 헤쳐 나갈 수 있게 도와주는 유용한 삶의 기술이다. 자동차에 윤활유를 넣으면 부드러운 주행이 가능해지는 것처럼, 우리의 삶도 '자축'으로 유연하고 재미있게 흘러갈 수 있다.

일단, '자축'은 혼자 할 수 있는 좋은 습관으로, 남에게 검사받거나 인정받지 않아도 괜찮다. 그래서 나에게 솔직해질 수 있다. 다들 짜장면 먹는다고 나의 최애 '짬뽕'을 포기하지 않아도 된다는 말! 무조건 내가 하고 싶은 대로, 어떤 크기의 성취라도 마음껏 축하할 수 있다.

제대로 된 자신의 축하를 받으면, 성취를 위해 지어야만 했을지도 모를 '자본주의 미소'가 아닌 '진짜 미소'를 짓고 있는 나와 만날 수 있게 된다. 진정한 뿌듯함을 느낄 때만 볼 수 있는 '진짜 미소'는 자신감 수직상승의 일등공신이다.

게다가 건강한 자신감에서 나오는 긍정적인 에너지는 다른 사람에게도 좋은 영향을 준다. 그럼 당연히 인간관계가 좋아질 테고, 새롭게 생긴 인맥으로 말미암아 멋진 일을 할 기회가 생길지도 모른다. 인생의 선순환이 일어나는 것이다!

이제 자축을 왜 하는지는 알겠는데, 아무리 생각해도 자축할 거리를 못 찾겠다고?

자세히 관찰해야 자축할 거리를 찾을 수 있다. 대충, 빨리 봐서는 찾을 수가 없다. 어쩔 수 없이 일상의 속도가 빠르다고 해도, 뇌 속 관찰 센서의 줌을 최대한으로 당겨보자. 소소한 일상의 결속에서 아름다운 부분, 재미있는 부분, 나를 웃게 하는 부분을 찾을 수 있다면. 축하합니다! 찾으셨네요!

그리고 자축은 작게 자주 할 것! '행복은 크기보다 빈도'라는 말은 들은 적이 있다. 자축은 셀프 케어의 한 방법으로, 자주 할수록 행복을 느끼는 시간이 늘어날 것이다. 생각해 보라. 10년에 한 번 성대한 파티를 열 만한 성취라니! (절레절레~) 내 이야기는 아닌 듯싶고, 이번 생에서는 안 될 것 같은데 하는 생각이 든다. 대신 매달, 매주, 아니 매일 무언가를 해낸 나를 소소히 축하하는 쪽은 할 수 있을 것 같다.

'3층으로 이동 시 엘리베이터 대신 계단을 이용하면 건강한 간식 한 봉지 개봉하며 자축하기'는 어떤가? 감정을 참는 병이 있는 사람은 "나 지금 화났다!"라고 말할 수 있는 날은 '치맥+영화관람'으로 스스로를 토닥토닥해 줄 수도 있겠다. 자신을 위한 이런 의식은 온전히 세상을 내 방식대로 느끼며 살아갈 수 있게 해 줄 것이다.

실험실에서 호기심 충만한 과학자가 현미경으로 작은 세포 하나를 들여다보고 있다. 다른 사람들이야 과학자가 현미경으로 무엇에 저리 몰두하는지 알 리 없다. 오직 그 과학자만의 세계가 있다. 우리 각자도 마찬가지 아닐까?

마음의 현미경으로 내 일상을 세세히 관찰하는 것, 그리고 매 순간 나만의 의미와 재미를 찾아내어 축하해 주는 것. 그럴 때 사는 맛은 이런 거구나 느낄 수 있다. 타인이야 내 세계를 전혀 모르겠지만 말이다.

패스트푸드 대신 한 접시 요리(one dish meal)

요즘 사람들은 바쁘다. 패스트푸드는 너무 편하다. 빨리 준비되고, 맛도 있다. 그만큼 건강에도 좋다면 매일 먹을 텐데 실상은 그렇지 않다. 그럼 빨리 준비되고 맛도 괜찮으며 건강에도 좋은 음식을 몇 가지 생각해 두고, 필요할 때 요긴하게 적용해 보면 어떨까?

물론 시간이 허락하고 요리를 잘 한다면 슬로우 쿠킹은 시간을 즐겁게 보낼 수 있는 좋은 삶의 기술이지만, 그런 경우가 아니라면 내가 좋아하는 '한 접시 요리' 리스트를 만들어 보자!

'내가 좋아하는 한 접시 요리' 리스트는 다음과 같다.

1. 샐러드 가게에서 파는 '연어 케일 시저 샐러드'
2. 집에 있는 걸로 휘리릭 만드는 '현미밥, 계란 후라이 2장, 김' 트리오
3. 채를 썬 양배추를 사서 그대로 볶은 후에 쇠고기 몇 점, 감자나 고구마를 곁들인다.
4. 마파두부 덮밥(마파두부는 중국집에서 간 돼지고기 넣은 걸로)
5. 채소 오믈렛 (이건 집에서 만들 수도 있고, 살 수도 있다)

'한 접시 식사'는 한 끼 내 뱃속으로 들어가는 모든 음식을 한눈에 볼 수 있어 과식을 막아준다. 그리고 설거짓거리가 확실히 줄어드는 것도 큰 장점이다. 각자 자신이 좋아하는 음식들로 구성된 '원디쉬 밀 리스트'를 만들어 보자. 한 개도 좋고 두 개도 좋다. 갑자기 맥도날드 빅맥 세트가 미치도록 먹고 싶을 때, 지금 만든 리스트를 보고 '빠르고, 맛있고, 또 건강한' 한 접시 식사하는 습관을 들여보자!

_조은아의 글

쓰지 않았다면 다 날아가 버렸을
'생각' 조각들

뿌리 내리는 삶

'소유〈경험'이라는 공식을 철석같이 믿고 산 30대의 나였다. 그런데 요즘 새로운 곳을 가는 것, 배우는 것, 맛보는 것 이 모든 것이 조금 시들해졌다. 한여름 귀청 떨어질 듯한 매미 울음소리가 뚝 그치고 오는 살짝 선선한 날씨 같은 그런 느낌이다. 어? 뭔가 이전과 좀 다르네하는 느낌.

이제는 조금 더 뿌리내리는 삶에 관심이 간다. 지금 나에게 중요한 건 정신적으로 만족감을 느끼는 것. 40을 찍고, 체력이 한풀 꺾이니 이런 생각이 드는 건 어쩔 수 없다.

한편으로는 미친 듯이 세상의 모든 것에 호기심을 가졌던 이전의 나에게 고마운 마음이 든다. 그때의 나는 젊은이로서, 그 시절에 해야 했을 본분을 후회 없을 정도로 해주었다고 생각한다. 다시 돌아간다 해도 아마 비슷하게 살아내겠지 싶다.

41번째 가을을 보내고 있는 지금, 인생의 사이클상 이렇게 느끼는 것이 지극히 필연적이라는 생각이 든다.

원래 그런 건 없어요

무언가를 바랄 때는 조심하라. 바람이란 잔혹하고 용서할 줄을 모른다. 그것을 입 밖으로 꺼내는 순간 당신은 혀를 데고 다시는 그것을 주워 담을 수 없다. _앨리스 호프먼

'이런 건 기본 상식인데 좀 알아서 해주지. 딱 보면 모르나?'

'내 생각', '나의 바람'의 동의어로써 '기본 상식'이란 단어를 쓰기 시작할 때부터, 저 하늘 높이 떠 있는 '기대'라는 연은 자기 멋대로 펄럭펄럭 날기 시작한다. 주변 사람들에게 이 연은 굉장히 위태로워 보이지만, 어떻게 땅으로 데리고 내려올지 막막함을 느끼게 되는 경우가 많다.

그렇다. 기대는 '기본 상식'이 아니다! '나만 그렇게 생각하고 있는 것'의 집합체일지도 모른다. '원래 그런 것'도 세상에는 잘 없다. 자신의 기대가 큰 줄 모르고 '지극히 간단한 걸 원할 뿐'이라는 식의 하소연은 인생을 힘들게 하는 지름길일 뿐. 반복되면 주변 사람들과 대화가 줄어들게 되고 점점 더 혼자만의 버블 속에 갇히게 돼버린다.

기대가 적을수록 마음이 편안해진다. 세상과 타인은 나의 기대에 부응하기 위해 존재하는 것이 아니다. 타인의 기대 때문에 불편한 기억이 있다면, 역지사지로 내 기대가 나뿐만 아니라 타인에게도 불편함을 줄 수 있다

는 사실을 자주 상기시킬 필요가 있다.

아무것도 당연한 건 없다. 누군가가 우연히 내 기대를 알아준다면 참 감사한 일이고 특별한 일이다. 하지만 그렇지 않다고 해도 지극히 자연스러운 현상이다. 너무 심한 기대는 괜한 실망을 부추겨서 스스로를 괴롭힐 뿐이다. 대부분의 일상은 황당하고 막연한 기대를 하지 않을 때 더 즐거워질 수 있을 것이다.

'진정한 나'라는 허상에 대하여

아무리 생각해 봐도 '진정한 나', '진짜 나'라고 할 수 있는 딱 한 가지의 모습을 쉽게 말할 수 없다. 누군가가 나에게 '당신은 어떤 사람인가요?'라고 물을 때는 난감해지고 만다. 내 속에서 나오는 답은 '지금 당신이 느끼는 딱 그만큼'이다.

그러니까 두 번째 사람이 나에게서 첫 번째 사람과는 전혀 다른 모습을 찾아낸다면, 그것 또한 내 모습 중의 하나일 것이다. 완전히 반대되는 두 가지 모습을 본다 해도 누가 맞고 틀린 게 아니라, 둘 다 맞다는 뜻. 상반된 두 개의 모습이 내 안에 다 있을 수 있다는 말이다. 따라서 진짜 '내 모습 한 가지'를 찾는다는 건 전제부터 잘못된 것일지도 모른다.

아직도 진정한 나를 찾지 못했다고 슬퍼하지 않아도 괜찮다. 나는 수시로 변하고 어떤 페르소나가 어떤 사람 앞에서 나올지, 그건 순전히 우연의 영역이다. 수많은 우연이 모자이크처럼 작품이 된 것이 인생이자 나의 모습이 아닐까?

그러니 살아 있는 동안은 알 수 없는 것이 '한마디로 표현할 수 있는 진정한 나'인 것이다. 살아있는 사람에 대해서는 전기를 쓸 수 없다. 또 죽고 나서도 누가 쓰느냐에 따라 평가는 제각각일 것이다. 그래서 '진정한 나'라는 말은 나에게는 개념만 존재하고 실체는 없는 그런 것이다.

내 단점이 장점이 되는 곳

나의 단점을 잘 알게 되어서 좋은 점이 있다. 그에 맞추어서 살 수 있다는 것. 단점을 고쳐서가 아니고, 내 단점이 장점이 되는 지점에 나를 데려다 놓으면 된다. 그렇게 하기 위해서는 두 가지가 필요한데, '타인과 비교금지' 그리고 '에고 박살 내기'이다.

그렇게 할 수만 있다면 꽤 마음도 편해지고, 인생도 물 흐르듯이 흘러가게 된다. 다만 늘 위의 두 가지를 생활화하지 않으면, 언제든 또 단점을 안주 삼아 내적 신세 한탄을 하는 비련의 주인공을 다시 만날 수 있다.

오늘도 나의 단점이 장점으로 쓰일 만한 곳이 없나 서성인다. 멀티를 못하겠다면, 할 수 있는 한 가지를 잘하는 장인으로 차별화한다. 스몰토크가 안 되면, 말수가 적은 신중한 사람으로 사는 것도 꽤 좋다.

'A가 B보다는 아무래도 좋잖아요' 같은 편견 리스트는 철저히 머릿속에서 지우는 훈련을 계속하는 게 도움이 많이 된다. 모든 것은 180도 돌려볼 수 있다.

방구석을 폄하하지 말지어다

'모든 문제는 방구석에서 가만있지 못해서 생긴다'고 수학자 파스칼은 말했다. 연구실에서 수학 연구로 역사에 길이 남은 인물이라 그런지 남긴 명언도 역시 남다르다.

파스칼의 엄마도 여느 엄마들처럼 제발 방구석에만 있지 좀 말고 나가 놀라고 했을까? 아니면, 우리 집 자식은 남다른 면이 있으니, 숫자랑 놀게 내버려 둬야지 하셨을까?

안되는 걸 평균만큼 올리려고 애쓰고 싶지 않다. 타인에게도 그냥 그 사람이 편안해하는 걸 계속하라고 하고 싶다. 나에게는 조금 의아한 구석이 있을지라도, 그 사람이 제일 좋아하는 '방구석'에서 자연스러운 모습을 보고 싶다.

포기의 법칙

나는 포기가 빠른 편이다. 나중에 포기한 것이 그리워지면 다시 돌아가기도 한다. 그러면 나를 다시 받아주는 곳도 있고, 아닌 곳도 있다. 몇 번이나 그만두었다 다시 만나는 것들도 있다.

하지만 뭔가를 포기할 때는 그것이 왜 싫었는지를 철저히 분석한다. 그리고 다음번에는 그 싫은 부분이 보완된 새로운 버전의 경험을 고안해낸다. 그게 나만의 규칙이다.

그렇게 하면 내가 한 모든 포기는 그 다음번의 더 나은 경험을 위한 자양분이 된다. 그럴 때 나는 내 인생의 깊이가 1cm 더 심오해졌음을 느낀다.

_조은아의 글

반항의 진정한 깨달음
10대 이야기

맏딸의 책임

나는 맏딸로 태어났다. 아빠는 첫 아이가 아들이기를 은근히 기대하셨는데 내가 태어나서 실망하셨고 엄마 말씀에 의하면 내가 먹어야 하는 분윳값도 안 주신 적도 있다고 하셨다. 내게는 남동생 두 명이 있는데 아빠는 장남에게 많은 관심을 보이셨고 기대하셨다. 나는 아빠의 기대를 받는 남동생한테 질투를 느꼈고 부모님의 인정과 사랑을 받기 위해 부모 말을 잘 듣는 착한 온순한 딸로 자랐다.

아빠는 공무원이셨고 내가 중학교 2학년 때 지방으로 발령이 나서 내려가야 했다. 아빠의 폐가 갑자기 안 좋아지셔서 다른 이의 도움이 필요하다고 판단했고 엄마와 막냇동생은 아빠와 같이 지방으로 이사 갔다. 나와 첫째 남동생은 본가인 대전에 남아 각각 중학교와 초등학교에 다녔다. 나는 마치 소녀 가장과 다름이 없었다. 매일 청소와 빨래를 하고 남동생 도시락을 매일 쌌는데 남동생은 어린 나이에 철이 없어 내 말은 청개구리처럼 안 듣고 오락실에 가서 종일 게임만 했다. 엄마가 일주일에 두 번은 오셨지만 살림과 남동생 돌보기는 내게 너무나 버거운 짐이었다.

그런데도 나는 열심히 학교생활을 했다. 어느 날 내 생활을 글로 쓴 적이 있다. 국어 선생님께서 내 글을 읽으시고 교내백일장에 내보라고 하셔서 나는 그 백일장에서 '장려상'을 받았다. 어린 시절 나를 암울하고 힘들기만 했던 맏딸의 책임이 자신의 삶을 주체적으로 일으켜 세울 힘이 되어 주었다. 나에게 글쓰기는 시련과 고난을 이겨내며 또 다른 힘으로 승화하는 매개체이다. 글은 무에서 유를 창조하는 것이 아니라 인간의 진솔한 삶의 경험이 이야기나 소설로 승화될 때 사람들에게 감동을 준다.

외톨이

나는 어렸을 때 외톨이였다. 친구를 사귈 수 없었다. 나는 공무원 아빠로 인해 1~2년에 한 번 주기적으로 이사를 해야 했기 때문이다. 그러다 보니 친구를 사귈만하면 헤어졌고 점점 이 경험이 많아질수록 아무리 친해졌던 친구와도 관계가 이어지지 못했다. 결국은 친구를 사귀려고 애써 노력하지 않았고 이런 선택은 내 발목을 잡았다. 어느 순간 친구들의 장점이나 인기를 질투하는 성격이 돼버렸고 이러한 점 때문에 친구를 사귀는 행위 자체를 꺼리게 됐다.

어린 시절 친구를 사귀는 경험은 성인의 인간관계에 영향을 미친다. 독립적인 것도 필요하지만 어릴 때부터 타인의 입장에서 생각하고 배려하는 즐거움과 성취감을 맛볼 기회를 많이 가져야 한다. 특히 직장생활에서 상사, 동료, 부하직원과의 관계에서 원만한 상호작용이 이루어져야 업무 효율도 올라가고 자아실현도 할 수 있기 때문이다.

반항의 진정한 깨달음

나는 어릴 때 착하다는 소리를 많이 들었다. 집과 학교에서 부모님과 선생님 말씀을 잘 따랐기에 유순한 아이처럼 보였을 것이다. 하지만 겉모습과 마음속은 달랐다. 나는 '착함'이라는 가면을 쓰고 주변 사람들의 요구가 내 생각, 의지와 다르더라도 타인의 뜻을 들어줌으로써 '인정'을 받으려 했다. 그런데 어느 순간 자유롭게 말하고 행동하려는 자유의지가 꿈틀대면서, '왜 그렇지?, 왜 그래야만 하는 거지?'라는 질문을 묵혀두지 않고 겉으로 표출하기 시작했다.

특히, 고3 시절 아빠는 내게 "여자는 교사라는 직업이 제일 좋으니, 교대에 가라."고 하셨다. 그러나 나는 '교사'란 직업에 아무런 매력을 못 느꼈고 내 적성과 달리 여자니까 교대에 가라는 부모님의 말씀을 온몸으로 거부하고 반항했다. 그래서 나는 oo 대학교 전산학과를 입학하여, 한 학기를 다녔다. 하지만 나는 곧 '아, 이 길은 내가 갈 길이 아니구나'를 절실히 깨달았다. 11월 대입학력고사를 4개월을 남겨놓고 나는 죽을힘을 다해 필사적으로 시험을 준비하여 oo 대학교 간호학과에 입학했다.

세월이 흘러 지금 내가 교수가 된 것을 보면, 아빠는 단지 여자라서 교대에 가라고 한 것이 아니라 누군가를 가르치는 직업이 내 적성에 맞는다고 직감하셨다. 나는 어리석게도 어른들의 말씀에 강하게 반항하여 먼 길을 돌고 돌아, 이제야 온 것이다. 정말이지 나는 내 길을 찾기 위해 엄청나게 많은 시간과 노력을 들이고 시행착오를 거쳤다. 그런데도 이 모든 쓰라린 과정을 후회하지는 않는다. 이제라도 내 꿈을 찾았고 원하는 일을 하고 있기 때문이다. 또한 그 당시에 부모님 말씀대로 억지로 교대에 갔어도 끝까지 공부하여 졸업했으리라는 보장이 없기 때문이다. 수많은 좌절과 절망 속에서 기도하며 포기하지 않았기에 내 꿈을 이룰 수 있었다.

공부란 내게 어떤 의미가 있을까?

부모님께서 '맹모삼천지교'를 의식하셨는지 모르겠지만 우리 집 근처에 도서관과 과학관이 있었다. 요즘처럼 컴퓨터나 인터넷이 보편적으로 사용되지 않아서 나와 내 동생은 방과 후나 방학 동안 대부분의 시간을 도서관과 과학관에서 보냈다. 도서관에 가면 우선 책 냄새가 너무 좋았고 두 번째는 조용하게 책을 읽어서 좋았다. 공무원 월급은 넉넉하지 않았기 때문에 부모님께서는 나와 내 동생들에게 매월 한 권의 책만 사 주셨다. 그것으로 충분하지 않았고 도서관에 가면 마음껏 다양한 책을 읽었다. 그리고 과학관에는 볼록거울, 오목거울 등 신기한 과학 도구들이 많았고 방학 때마다 과학 캠프에 참여하여 많은 관찰과 실험을 하였다.

우리 집에는 세 종류의 전집류가 있었다. 세계 위인전집, 과학동아 시리즈, 세계 문학전집이 그것이다. 그중에서도 나는 세계 위인들의 청소년, 중년, 노년의 실제 삶을 그린 세계 위인전집에 꽂혀 반복해서 읽었다. 특히, 아인슈타인, 슈바이처, 퀴리 부인은 내 본보기였다. 계속 읽다 보니 그들이 내 나이에 어떻게 살았는지, 중년의 나이에는 어떤 업적을 쌓았는지, 노년에는 어떻게 생을 마감하게 되었는지 알게 되었다. 나는 그들을 존경하면서 그들처럼 동화되고 싶은 마음이 강렬하게 솟아났다. 그래서 마치 내가 그들이 된 것처럼 세상을 보고, 느끼고, 생각하며, 행동하려고 했다. 특히, 자연의 섭리, 인간 세상의 수많은 문제를 대할 때 '이건 왜 그럴까? 어떻게 하면 문제를 해결할 수 있을까? 좋은 방법이 없을까?'하고 과학자인 양 집요하게 파고들었다.

이러한 사고의 습관은 수학과 과학 과목에 관심을 쏟고 관련된 지식과 경험을 더 많이 하려고 노력하게 되었다. 그렇게 공부에 더욱 몰입하니 자연스럽게 성적이 올라갔다. 수학, 과학 과목뿐 아니라 다른 과목에도 재미를 느꼈고 공부가 그리 어렵게 느껴지지 않았다. 결론적으로 공부는 기쁨과 성취감을 느끼게 해주는 '삶의 비료'와 같은 대상이었다.

중3 수학 시간에 선생님 말씀 하나하나를 놓치지 않으려고 초집중하였을 때 선생님께서 "유진아, 멀리서 보니까 네 눈에서 광선이 나오고 네 머리에서 김이 모락모락 난다."라고 말씀하셨다. 너무 집중한 모습이 그렇게 비친 것이리라 생각된다. 이처럼 공부한 끝에 중3 기말고사에서 '전교 석차 1등, 반 석차 1등'이라는 성적을 거두었다. '이건 기적이다. 내게 이런 일이 일어나다니!' 나 자신도 믿기지 않을 정도로 너무 놀랐다. 부모님께서도 매우 기뻐하셨고 자랑스러워하셨다. 나는 공부에 대해 크고 작은 성공을 쌓아서 공부만큼은 자신 있었다.

'공부란 내게 어떤 의미가 있을까?'를 묻는다면 '새로운 것에 도전하여, 배우고, 깨닫고, 작고 큰 성취를 하는 것'이라고 정의를 내릴 수 있다. 공부란 내 삶의 원동력이고 나를 지탱하게 해 주는 힘이다. 어린 시절 타인과의 관계를 깨지 않고 순응하려고 유순하고 착한 척 살았지만, 자아가 형성되고 자유의지가 생기면서 아닌 것은 'Say No'라고 말하게 되었다.

현재의 내가 되도록 영향을 미친 요인들을 살펴보면, 독서를 통해 위인들을 만났고 그들을 닮아가려는 마음이 공부로, 그리고 관심과 몰입이 좋은 결과로 나타났다. 이런 선순환은 공부의 끈을 어느 순간에도 절대 놓지 않게 했고, 이는 훗날 결혼하고 출산하고 양육하는 삶의 여정에서도 내가 원하는 길, 내 꿈을 찾으려는 끊임없는 발버둥으로 이어졌다.

요즘 '평생 공부'라고들 한다. 현재 75세인 우리 엄마는 고등학교 국어, 영어, 수학을 공부하신다. 처음에는 '치매를 예방하려고 공부하시나?'라고 생각하였다. 엄마는 인생의 마지막 도전을 하시려고 준비 중이셨다. 그것은 oo 과학기술대학교 문헌정보학과에 입학(특별전형)하여 졸업하고 도서관 사서 자격증을 따는 것이다. 도서관에서 전문 사서로 일도 하고 봉사도 하겠다는 포부를 밝히셨다. 나는 엄마께 응원의 손뼉을 쳐 드렸다. 우리는 공부할 나이를 한계 짓지 말고 건강이 허락한다면 영원히 공부할 수 있다. 공부를 통해 현재의 나보다 더 새로운, 멋진 삶으로 확장될 수 있다고 굳게 믿는다.

_천유진의 글

도전하는 청춘
20대 이야기

순수한 열정

나는 간호대학에 재학 중에 컴퓨터와 간호학회 동아리에 가입했다. 컴퓨터 동아리 'Chips'는 의대생과 간호대생으로 구성되었다. 의대 본과 3학년 선배는 매우 똑똑해서 혼자 컴퓨터 책을 보고 지식을 습득하여 후배들에게 알기 쉽게 설명하였다. 나는 한 학기 동안 전산학 기초 교과목을 이수하였기에 동아리에서 다루는 내용들이 낯설지 않았고 재미있었다.

반면 간호학회 동아리는 간호대학생들이 정치, 경제, 사회 등 관련 책을 함께 읽고 토론하는 동아리였다. 나는 우연히 간호학회 동아리와 아주 밀접한 '의대 학생회' 선배들을 만났다. 의대 학생회 선배들은 순수하였다. 의대생이라고 목에 힘주거나 잘난 척하지 않았다. 그들은 우리나라 정치, 경제, 사회문제에 관심을 가지고 열심히 토론하며 정의감에 불타서 대자보를 써서 학생회관 벽에 붙이고 학생들 앞에 나가서 당당하게 주장하였다. 나는 몇 번 학생회 일을 도와주다가 그들의 순수함과 열정에 이끌려 아예 학생회 임원까지 하게 되었다.

가장 기억에 남는 일은 매년 개최되는 한국대학생연합 총궐기대회에 참가하는 것이었다. 매년 5월 무렵에 전국 대학생들이 모여 대학 등록금 문제뿐 아니라 최근 정치, 사회적 이슈를 다루었다. 특히, 나는 하루의 일정이 끝난 후 전국의 간호대학생들이 모이는 자리에 참여하여 학교별 근황이나 문제를 함께 이야기했다. 우리는 처음 만나서 낯설었지만, 같은 배를 탄 동지로서 위로하고 격려하고 감싸주고 싶은 마음이 절로 생겼다. 수도권, 강원도, 경상도, 전라도에서 온 학생들과 밤새도록 먹고 마시고 떠들고, 웃고, 울며, 공감하며 소중한 추억을 만들었다. 간혹 자기 생각을 논리정연하게 말하는 학생들을 보면 신선한 자극이 되었다. 행사를 마치고 집으로 돌아갈 때는 그새 정이 들어 헤어지기 못내 아쉬웠다.

최근 고등학생들이 학교를 자퇴하고 검정고시를 치른 후 대학에 진학하지 않고 공무원 시험을 준비한다고 한다. 하지만 내 경험에 비추어 보면 '대학교 4년'이란 시간은 결코 시간 낭비가 아니다. 학교 내에서 다양한 동아리 활동과 동시대의 타학교 대학생들, 해외 대학생들과 상호 교류를 통해 세상을 보는 견문이 많이 넓어질 수 있기 때문이다. 이것은 험난한 사회에 진출하기 전에 돈을 주고도 얻을 수 없는 값진 경험이며, 이는 진정한 사회인으로서 역할을 잘 해낼 수 있는 밑거름이 된다.

풀잎 사랑

어느 가을날, 대학 축제 기간이었다. 학교 광장에서 다양한 행사들이 펼쳐졌다. 광장 한쪽의 천막 아래에는 학생들이 축제를 즐기면서 먹을 수 있도록 떡볶이 등 길거리 음식을 팔았다. 나도 이에 동참하여 파전과 막걸리 판매대에서 파전을 열심히 만들었다. 나는 평상시에 요리를 거의 안 했고 난생처음으로 전을 부쳤지만, 많이 만들다 보니 처음보다 점점 모양이나 맛이 괜찮다는 평이었다. 파전을 앞뒤로 뒤집어 가며 저녁 내내 만들었고 불티나게 팔렸다. 나는 축제를 즐길 수는 없지만 돈을 벌어 그 수익금으로 좋은 일에 쓴다고 생각하니 뿌듯하였다.

그런데 얼굴색이 검은 편이고 곱슬머리의 아저씨 같은 남자가 파전과 막걸리를 주문했다. 알고 보니 그는 의대 예과 1학년 과 대표라고 했다. 신입생들보다 나이가 열 살 더 많았고 다른 학교에 다니다 늦게 의대에 들어왔다고 했다. 나는 파전을 만들어 주면서 몇 마디 이야기를 나누었다. 나는 그가 너무 신기했다. 그는 의대생 하면 흔히 떠올리는 모범생 이미지가 전혀 아닌 소위 '날라리 스타일'이었다. 그는 노란색의 튀는 재킷에 빨간색 넥타이를 매고 넓은 통의 검은색 바지를 입었다. 오늘 축제 사회를 보았는데 무대 위에서 낯가림 없이 거침없이 말하고 목소리도 좋았다.

일주일 지난 후 같은 동아리 동기한테서 연락이 왔다. 그가 나와 만나고 싶다고 했다. 나는 당황하였다. 나는 속으로 '왜지? 축젯날 별로 말한 것도 없었는데...' 그는 내 이상형도 아니었고 전혀 매력을 느끼지 못했다. 나와 만나자는 제의에 잠깐 고민하다가 만나보겠다고 하였다. 왜냐하면 첫인상이 전부가 아닐 수 있고 또 다른 면이 있지 않을까 하는 호기심이 생겼기 때문이다.

그의 겉모습은 매우 화려했지만, 가정환경이 좋아 보이진 않았다. 아버지가 경찰이시고 어머니는 돌아가셔서 아버지가 홀로 자신을 키우셨다고 했다. 어두운 면을 가리기 위해 겉모습을 매우 화려하게 치장하는 것 같았다. 의대 들어오기 전에는 다른 학과를 다녔고 사회생활도 다양하게 했다고 했다. 뭔가 계기가 있어 의대에 들어가야겠다고 마음먹은 후 4수를 했다고 했다. 암기 하나는 끝내주게 잘했기에 의대에 들어올 수 있었다고 말했다.

그를 만나면 주로 밥을 먹고 노래방을 가고 산책했다. 특히 노래방을 자주 간 것 같다. 그는 흥이 많아 노래와 춤추는 것을 좋아했다. 반면에 나는 이문세, 이승철의 조용한 발라드를 좋아했고 춤은 잼 병이었다. 나는 외모를 치장하는 것을 별로 안 좋아해서 화장도 잘 안 했다. 그런 내가 그를 만나러 갈 때는 화장도 하고 스커트도 입었다.

나는 그를 몇 개월 만나면서 '이런 게 연애라고 하는구나. 그런데 이게 사랑일까?'라는 질문이 생겼다. 안 보면 보고 싶고 생각나고 애틋한 사랑은 아니었다. 당시 나는 3학년이었고 전공 공부에 임상실습을 해야 하는데 그는 신입생 1학년이라 놀러 가고 싶어 했다. 또한 서로 취향이 다르기에 결국은 헤어졌고 마음이 아팠지만 서로 응원하기로 했다.

최근에 대학 동기를 만나 이야기하다 그의 소식을 들었다. 의대 본과에 올라와서 여러 번 낙제를 한 모양이었다. 지금은 수련의 과정 거쳐 병원을 개원했다고 한다. 한때 좋아했던 나의 첫 인연이여 행운을 빌어요!

서울로 가자

'사람은 나면 서울로 보내고 말은 나면 제주로 보내라.'라는 말이 있다. 훌륭한 사람이 되기 위해서는 좋은 환경이 갖추어진 서울로 가야 한다는 생각 때문에 쓰인 말이라 한다. 나는 대학 시절 전국 대학생 모임을 통해 서울로 취업해서 살아보자고 다짐했다. 지방에 살면 '우물 안에 개구리'처럼

이 세상이 전부인 양 살아갈 테니 우리나라에서 가장 큰 상급종합병원에 취업해서 다양한 환자 사례들을 경험해 보고 숙련된 전문 간호사로 성장하고 싶은 마음이 컸다.

나는 현대 정주영 회장이 설립한 '서울아산병원'에 취업했다. 부모님께서는 딸이 서울에서 혼자 자취하는 것을 무척 걱정하셨고 상경을 끝까지 반대하셨다. 그러나 첫 출근 전날에 아빠는 내게 하숙집을 구해주셨다. 자식 이기는 부모 없다고 아빠는 나의 강한 의지를 꺾을 순 없었다. 나는 하숙집과 병원을 왔다 갔다 하며 신규 간호사로서 업무를 배우고 익히는 데 집중하였다.

나는 백혈병 환자 병동에서 근무했는데 중증의 환자들을 돌보면서 매우 정신없이 바쁘게 지냈다. 업무가 끝나면 녹초가 돼서 쓰러져 잠만 잤다. 서울엔 진짜 사람이 많고 정신을 바짝 차리지 않으면 코 베어 가도 모를 정도로 하루하루가 변화무쌍했다. 병원 생활이 각박하고 힘들었지만, 같이 입사한 동기들이 대부분 지방에서 올라왔기에 기쁨도, 즐거움도, 슬픔도 함께 나누었다. 야간근무 3일을 끝내고 아침에 퇴근하면 조조영화를 보려고 영화관에 갔지만 다들 피곤하여 자느라 영화 줄거리도 모른 채 끝난 게 다반사였다. 휴일에는 대학로에 가서 연극도 보고 이대 앞에 가서 옷 구경도 하고 파스타집에 가기도 하면서 자유롭게 지냈다.

서울 생활은 부모님 곁을 떠나 독립하면서 더 굳건해지는 계기가 되었다. 서울 생활이 그럭저럭 익숙해지니 스멀스멀 '이대로 간호사의 삶에 만족하면서 살 것인가? 다른 선배들처럼 대학원에 가야 할까?' 등 질문들은 나를 괴롭혔다.

삶과 죽음

간호사는 인간의 생명을 지키고 새로운 삶을 만들어 내기도 하지만 관조자로서 생명의 죽음을 목격하기도 한다. 이런 측면에서 간호사는 삶과 죽음 그 경계선 위에 서 있는 직업인 것 같다.

나는 백혈병 환자를 간호하면서 다양한 사연들을 가진 환자들을 간호했다. 형제자매가 아홉 명이지만 자신에게 맞는 골수가 없어 조혈모세포이식을 받지 못하는가 하면 타인 골수 이식 공여자를 기적적으로 만나 조혈모세포이식을 받고 완치 판정받은 환자도 있었다. 또한 신장 190cm로 병원 침대에 누우면 발이 튀어나올 정도로 건장한 체격을 갖춘 경찰관이 갑작스럽게 백혈병 진단을 받은 경우도 있었다. 그리고 가장 기억에 남는 건 10대 여학생이 임신한 상태로 산전 진찰을 하다가 검사 도중에 백혈병 진단을 받은 절망적인 사례도 있었다.

'백혈병'이란 질병은 평소에 감기와 같은 작은 질병에 걸린 적 없고 너무나 건강했으나 급작스럽게 발병하기도 한다. 최신의 현대 의학으로도 원인은 분명하지 않다고 한다. 다양한 환자 사례를 보면서 인간이면 누구나 죽지만 아무도 언제 생을 마감할지 알 수 없기에 '지금, 이 순간'을 후회 없이 가장 기쁘고 즐겁고 행복하게 살아야 한다고 생각했다. 건강을 잃으면 내가 진정으로 하고 싶은 일을 할 수 없기 때문에 평소에 건강관리를 잘해야 한다. 즉, 내 건강 수칙은 책 읽기, 운동하기, 명상하기이다. 나는 생존하기 위해, 건강을 유지·증진하기 위해 이것들을 꼭 실천하려고 노력하고 있다.

대학 4년 동안 학교에서 교양이나 전공교과목 및 임상실습을 통해 배운 것도 중요했지만 동아리와 학생회를 통해 만난 선배, 후배, 풋사랑, 전국의 순수한 간호대학생들이 모두 내게 커다란 자극과 가르침을 주는 스승이었다. 그들과 함께 이야기하고 함께 활동하면서 '나란 진짜 누구인가'를 조금 알게 되었고 나 자신과 대화하면서 내 삶의 방향을 어디로 지향해야 할지 깨닫게 해 주었다.

부모님 곁에서 편안하게 살 수도 있었지만, 군이 힘하디힘한 서울로 올라오는 것을 선택한 나! 병원 생활에 적응하면서 삶과 죽음의 경계선에서 '지금, 이 순간을 즐겨라.'는 깨달음, 그리고 '나는 이대로 간호사로서 삶에 만족하면서 살 것인가?'라는 질문은 내 안에 끊임없이 갈증을 일으켰고, 그 갈증에 응답한 청춘의 도전은 지금도 이어지고 있다. 갈증과 불편한 질문을 외면하지 않을 때 도전으로 가득한 삶을 마주하게 된다. 도전은 또 다른 도전을 낳고, 꼬리에 꼬리를 물고 나와 우리를 성장하게 한다.

_천유진의 글

두 아이 엄마의 공부
30대 이야기

엄마가 된다는 것

어렸을 때 나는 쌍둥이를 낳으면 좋겠다고 상상했다. 한 번에 둘을 낳으면 출산의 고통이 한 번으로 끝나니 좋을 것이라는 단순한 생각에서였다. 결혼하고 1년 반 만에 임신하였고 산전 진찰을 받으러 갈 때 엄청 불안하고 긴장했었다. 그래서 매일 아침, 저녁으로 성당에 들러 '건강한 아기를 잘 낳게 해주세요.'라고 기도했다. 나는 맏며느리이고 시아버님이 집안에서 제일 첫째이셔서 첫째 아기가 아들이면 좋겠다고 생각했다. 임신 5개월 무렵, 의사 선생님은 정밀 초음파를 보시더니 '아기 옷은 파란색으로 준비하세요.'라고 말씀해 주셔서 태아의 성별을 알았다. 아들은 역시나 배 속에서 발길질을 마구하고 움직임이 큼직큼직해서 잠잘 때도 깜짝깜짝 놀랐다.

임산부가 주야간 환자를 간호한다는 것은 참으로 고되었다. 근무가 끝나고 집에 돌아가면 다리가 전체적으로 붓고 특히 발등이 코끼리처럼 부어 눌러도 나오지 않았다. 거의 마지막 달이 될 무렵, 출산 예정일이 다가왔지만, 아기는 골반으로 내려오지 않았다. 의사 선생님은 아기가 골반으로 내려오도록 쪼그리고 앉아서 걸레질하기, 계단 오르기 등 운동을 많이 하라고 지시하셨다. 나는 집 근처에 있는 넓고 넓은 올림픽공원을 많이 걸었다. 출산 예정일을 10일 훌쩍 넘겨도 아무런 조짐이 보이지 않았다. 의사 선생님의 유도 분만 제안으로 입원하기로 한 날 새벽에 이슬이 보였다. 나는 부리나케 출산 준비 물품을 들고 병원으로 갔다.

진통의 강도가 점점 세지고 회수도 10분에서 1분 간격으로 잦아들면서 너무 고통스러워 소리를 많이 질렀다. 나중엔 목소리가 쉬었다. 오전에 입원했으나 진통은 열두 시간 넘게 지속되었고 다음 날 새벽 4시 59분이 되어서야 출산하였다. 이렇게 뼈아픈 고통을 겪어야만 새로운 생명을 탄생시킬 수 있구나! 우리 엄마가 이렇게 아프고 나서 나를 낳으셨구나! 부모님께 감사드리고 나도 '엄마'가 되었다는 사실에 감격했다. 세상의 어떤 일도 두렵지 않게 되었다.

첫째 아들이 세 살이었을 때 하나만 낳고 기를지, 아니면 둘째 아이를 낳아야 할지 많이 고민하였다. 시댁 및 친정 부모님께서는 직장 다니랴 육아하랴 힘들지 않냐며 그만 낳으라고 하셨다. 그런데 나는 첫째 아들에게 살면서 서로 의지할 수 있는 동생을 선물로 주고 싶었다. 일 년 뒤 두 번째 임신하였다. 첫 아이 출산보다 진통 시간이 훨씬 줄어져서 여섯 시간 만에 출산하였다. 동생이 태어나면 첫째 아이가 대부분 퇴행의 행동을 보이거나 동생을 괴롭힌다고 들었다. 하지만 첫째 아들은 동생을 많이 이뻐했다. 지금도 동생 말이라면 뭐든지 예스라고 하고 동생한테 화 한번 안 낸다. 두 아들은 외모나 성격이 서로 다른 것 같지만 공통적인 면이 많았다. 먼 훗날 세월이 흘러서 '결국 남는 건 형제뿐'임을 깨닫고 기쁜 일이나 슬픈 일이 있을 때 서로 의지하고 도와주면서 잘 살았으면 좋겠다.

나는 남자가 아니고 여자로 태어난 것이 자랑스럽다. 한 생명을 잉태하고 낳을 수 있다는 것은 축복과 은총이 가득한 일이다. 즉, 엄마가 된다는 것, 아이들이 내게 '엄마'라고 부를 때면 가진 것 없어도 마음이 풍요로워진다. 요즘 딩크족들은 아이를 낳지 않고 부부만 산다는데 개인적으로 자식을 낳고 키워야 비로소 진정한 인간이 된다고 생각한다.

영국 출장을 다녀와서

출산 후 면역력이 떨어진 탓인지, 산후조리를 못 한 탓인지 자주 감기에 걸렸다. 한 번 감기에 걸리면 열흘 이상 만성 비염으로 병원에 다니며 약을 먹었다. 근처에 시어머님이 계셔서 육아 및 집안일을 많이 도와주셨지만 하루 종일 병원에서 일하고 집에 가면 온전히 쉴 수 없었다. 특히, 야간 근무는 내 건강 상태를 악화시켰다.

그래서 간호사 면허와 임상 경험을 바탕으로 할 수 있는 일이 없을지 찾아보다가 보건복지부 산하 공공기관에서 많은 인력을 채용한다는 공고를 보게 되었다. 서류와 면접을 거친 후 최종 합격하여 공공기관에 입사하였다. 병원에 비해 행정 업무가 많고 생소한 용어들과 업무들이 많았지만, 오전 9시~오후 18시까지 근무하고 공휴일에 가족과 함께 보낼 수 있어서 매우 만족했다. 무엇보다 전체 직원의 80%가 여성이고 간호사 출신이어서 업무나 육아에 대한 정보도 같이 나눌 수 있었다.

입사 7년 차쯤 되었을 때 회사에서 '근거문헌활용지침(EBRM,

Evidence-Based Review Manual)'*을 통해 환자 중심의 근거 기반 의사결정이 이루어진 회의 사례를 모아 EBRM 마스터를 뽑는 경진대회가 개최되었다.

나는 그동안 일하면서 만들었던 몇 가지 사례를 제출하였고 공모된 사례 중에서 '최우수상'이라는 영예의 수상을 하게 되었다. 나는 참여하는 데 의미를 두려 했는데 좋은 결과를 얻게 되어 매우 기뻤다. 더욱 좋았던 것은 포상으로 영국 리즈대학교(University of Leeds)에서 개최되는 Cochrane library Workshop에 참여할 기회가 제공되었다는 점이다.

이것이 첫 해외 출장이었다. 경진대회를 주최한 부서 직원 두 명과 함께 영국 런던으로 향했다. 우리는 나이대가 비슷하여 소위 '죽'이 잘 맞았다. 런던에 일찍 도착하여 짐을 풀고 시내 관광을 하였다. 이층버스를 타고 시내 탐방을 했고 영국 National Gallery에 가서 많은 예술작품을 보았으며 템스강 사우스뱅크에 있는 대관람차 런던 아이(London Eye)도 구경했다. 너무나도 꿈같은 일탈이었다.

다음날 우리는 런던에서 기차를 타고 두 시간 거리에 있는 Leeds로 향했다. 세계 각국에서 학생들, 교수들, 관련 연구소 사람들이 많이 왔다. 통계학자의 강의를 들었고 소규모로 그룹별 토론하는 시간도 가졌다. 나는 영어에 대한 울렁증이 있어서 강의를 들을 때 몇몇 단어만 들리고 무슨 말인지 알 수 없었다. 토론 시간에 어떤 인도 의사가 말하는데 발음이 어찌나 인도식 영어 발음인지 우스꽝스러웠다. 어쨌든 리스닝 & 스피킹 공부를 안 해서 힘든 기억이 난다. 집에 돌아가면 영어 공부를 열심히 해야겠다고 생각했다.

* 건강보험심사평가원에서 운영 중인 각 위원회에 과학적인 정보, 문헌에 의한 근거를 제공하기 위한 문헌 활용 매뉴얼

대단원의 영국 출장을 마치고 돌아와서 나의 부족함을 처절하게 느꼈고 대학원에 가서 공부를 계속해야겠다고 결심했다. 마침 새로 부임하신 원장님은 oo 대학교 보건대학원 교수님이셨다. '나는 기회는 이때다!' 생각하며 대학원 석사과정에 지원했다. 첫 도전은 탈락이었다. 실망감에 이대로 접어야 하나 잠시 마음이 흔들렸지만 다시 한번 용기를 내서 지원한 결과 36세라는 늦은 나이에 대학원 석사 과정에 합격하였다.

나는 근무를 마치고 수업을 듣기 위해 주 3회 학교로 갔다. 학교 가는 날은 기분이 좋았다. 그 당시 반복되는 업무로 매너리즘에 빠질 무렵이었는데 학생의 신분으로 돌아가 교수님들의 강의를 들으니 너무나 재미있고 흥미로웠다. 질문도 많이 하고 토론에도 적극 참여하였다. 무엇보다 학생들이 현재 보건복지부, 국민건강보험공단 등 공공기관에서 일하거나, 병원, 제약회사 또는 약국에서 일하거나, 군 복무 중인 사람도 있어 다양한 분야의 사람들로 구성되어 있었기에 토론 주제에 대해 현실적이고 다양한 방안들이 제기되어 매우 흥미진진했다.

주말에는 밀린 업무와 학교 과제를 하느라 직장에 가거나 도서관에 갔다. 두 아들은 한참 엄마의 손길이 필요한 시기였는데 나는 '공부에 미쳐 있었다.' 돌이켜보면 두 아들과 남편에게 너무 미안하고 고마운 생각이 든다. 남편은 공부하는 아내로 인해 주말에 가사와 육아를 하느라 아주 힘들었을 것이다. 나는 2년 반 동안의 강의(Course Work)를 무사히 마치고 석사학위논문을 쓴 후 졸업하였다. 일과 공부를 병행하려니 많은 어려움과 난관이 있었지만 공부할 수 있어서 행복했다. 나처럼 직장인 엄마면서 공부를 하는 사람들에게 용기를 주고 싶은 마음에 끝까지 포기하지 않았다.

결혼하고 출산함으로써 비로소 여자에서 엄마가 된 나! 두 아이의 엄마로서 책임이 따르기에 직장을 놓을 수 없었다. 그렇다고 내가 하고 싶은 공부도 포기할 수 없었다. 이 두 가지를 함께 하는 것이 험난했지만 주변 사람들의 도움을 받아 가며 스스로 포기하지 않고 해나간다면 반드시 이룰 수 있다고 믿는다. 나이, 환경, 열등감 따위는 집어치우고 원하는 일이 있다면 당장 도전하길 바란다.

_천유진의 글

처절한 마흔 수업
40대 이야기

고양이 한 마리

나는 개나 고양이 등 반려동물을 별로 좋아하지 않았다. 육아도 힘든데 반려동물을 돌보려면 밥도 줘야 하고 배설물도 치워야 하며 병원 진료도 정기적으로 받아야 해서 귀찮고 성가셨다. 어렸을 때는 아빠가 수의사이시고 동물을 좋아하셔서 진돗개 두 마리, 토끼 여러 마리를 키운 적이 있다. 토끼에게 싱싱하고 맛있는 아카시아잎을 주기 위해 동네를 사방으로 돌아다닌 기억이 난다.

2020년 4월, 코로나19 유행이 전 세계적으로 전파되면서 일상생활에 마비가 왔다. 둘째 아들은 고등학교 1학년 재학 중이었으나 휴교령이 내려져 종일 집에서 온라인 교육을 받으며 시간을 보냈다. 둘째 아들은 점점 동굴 속에 갇힌 곰처럼 방구석에 틀어 박혀 지냈다. 나는 2020년 2월에 박사학위 졸업식을 마쳤고 인생에서 큰 산을 넘긴 후, 커다란 성취감 뒤에 따라 오는 공허함으로 갈피를 잡지 못했다. 논문을 써야 한다는 뚜렷한 목표가 있을 때는 체력이 안 되더라도 열정 하나로 하루하루를 일으켜 세웠는데 목표를 이루고 나니 방향 감각을 잃고 말았다.

그 와중에 직장에서 문제가 생겼다. 직속 상사가 워커홀릭인데 같은 대학원 선배라 직장에서도 잘 지내면 되겠다고 생각했다. 그건 안일한 착각이었다. 그녀는 나를 특별하게 생각하여 훈련하려고 그런 것인지, 아니면 마음에 안 든 것인지 알 수 없으나 내가 올린 기안 문서에 대해 글자 크기, 줄간격부터 시작해서, 내용 및 형식의 통일성 등 하나하나 지적했다. 또한 며칠 동안 열심히 기획한 사업에 대해서도 날카로운 비판과 지적이 난무했다. 문서 작성에 대해선 다른 직원들에게도 동일하게 적용했고 직원들이 버티다 그만두는 사태가 벌어졌다.

나는 어느 정도 통일성을 추구해야 하는 건 이해하지만 너무 사소한 것에 집착하여 업무에 진도가 안 나가고 효율성과 창의성을 결여시킨다고 생각했다. 내 생각과 상사의 가치관이 달라도 너무 달랐다. 상사의 요구 사항에 맞추기 위해 리더십 컨설팅을 받고 역량 강화를 위해 코칭을 1년 동안 받았다. 하지만 그녀와의 격차를 좁히기 매우 힘들었고 어쩌면 맞추는 게 싫었던 모양이다. 점점 일에 대한 흥미가 잃어갔고 자존감도 낮아졌다. 그녀는 코로나19 팬데믹으로 인해 연초에 계획한 사업들이 전면 중지 또는 연기해야 하는 급박한 상황이 옴에 따라 총괄책임자로서 더 민감하고 불안했을 것이다. 그런 심정을 내게 표출한 것으로 여겨진다.

2020년 11월 어느 날, 나는 출근하려니 눈물이 주르르 흐르고 가고 싶지 않았다. 너무 지쳤고 쉬고 싶다는 생각뿐이었다. 스스로 결단을 내려야 했다. 그래서 인사 담당 경영실장님을 찾아뵙고 내 상황을 말씀드렸다. 실장님께서는 왜 진작 오지 않았냐며 코로나가 뭐라고 사람이 살고 봐야지, 얼른 병원 진료 받고 필요하면 병가에 들어가라고 하셨다. 따뜻한 위로의 말씀에 너무나 고마워서 눈물이 났다. 나는 주변 사람들의 걱정, 상사의 불호령("지금이 어떤 시기인데 팀장이 병가를 들어가냐?")에도 불구하고 건강을 회복하고 재충전하기 위해 쉬기로 했다. 두 달 동안 아이들과 템플스테이도 가고 산, 바다로 여행을 가며 부모님 댁에도 갔다. 그동안 지친 몸과 마음을 온전히 쉬기 위해 시간을 보냈다.

이때 둘째 아들이 고양이를 기르고 싶다고 졸라대서 고양이 한 마리를 분양받게 되었다. 태어난 지 3개월밖에 안 된 작고 귀여운 회색 털의 브리티시 쇼트헤어 품종 고양이였다. 고양이를 우리 집으로 처음 데리고 온 날에 눈이 내렸다. 그래서 고양이 이름을 '설(雪)'이라고 지었다. 새끼 고양이 한 마리가 집에 오자 우리 가족은 우울한 분위기에서 화기애애한 분위기로 바뀌었다. 고양이가 하는 행동 하나하나에 귀엽다고 박수치고 영상을 찍어 인스타그램에 올리기도 했다. 내가 봐도 정말 또렷하게 잘생긴 고양이다.

고양이는 내가 노트북으로 뭔가를 하고 있으면 그만하고 자신과 놀자고 노트북에 올라와 훼방을 놓는다. 내가 냉장고 문을 열 때 자신이 제일 좋아하는 간식 '츄르'를 달라고 식탁 위에 올라와 입맛을 다신다. 태어난 지 3개월 때부터 가지고 놀던 연두색 낚싯대를 가장 좋아하며 흔들어 주면 사정없이 물어뜯고 좋아한다. 반려동물을 키우기 전에는 사람들이 왜 그렇게 좋아할지 의문이 들었는데 아무것도 하지 않아도 잘 먹고 잘 싸기만 해도 귀엽고 사랑스럽다. 고양이는 우리의 마음 치료제이고 끝까지 지켜줘야 하는 가족과 같은 존재이다. 고양이로 인해 나와 둘째 아들의 우울증은 차츰 사라졌고 나는 두 달 뒤 회사에 복귀했고 둘째 아들도 무사히 고등학교를 잘 다니고 졸업했다.

꿈을 꿔라!

나는 박사학위를 취득하고 나서 다니던 직장을 계속 다녀 정년퇴직할 생각이었다. 그런데 코로나19 유행이 확산하였을 때 TV를 보다가 생사를 넘나드는 환자 곁에 철통같이 지키는 간호사를 보게 되었다. 그 모습이 어찌나 감동적이고 위대한지 가슴이 뭉클했다. 마치 병마와 싸우는 여군 같았다. 불현듯, 내 머리를 스치는 생각이 났다. '늦은 나이지만 마지막으로 도전해 보자.', '대학으로 가서 간호대학생들을 가르쳐 보자.', '내 지식과 경험을 충분히 전달하여 학생들을 전문 간호사로 양성시키는데 열정을 쏟아 보자.'라는 소망을 품었다.

꿈은 생각만으로 끝내지 말고 말과 글로 표현하라고 책에서 읽었다. 나는 열심히 다이어리에 적고 가족과 지인들에게 선포하였다. 어느 날, 북클럽 모임에서 각자 자기소개를 하고 내 꿈을 말했다. 멤버 중 한 분이 내게 '나이나 현실을 상관하지 말고 꿈을 꿔라!'고 말씀하셨다. '꿈을 꿔라!'는 말씀이 마치 교회 종소리처럼 울리면서 내 심장을 뛰게 했다. 20대만 꿈을 꾸는 게 아니다. 결혼하고 아이를 출산했더라도, 일하는 엄마라도, 누구나 꿈을 꿀 자유가 있다.

꿈을 꾸기 위해서는 평소에 내가 진정으로 무엇을 원하는지, 무엇을 하고 싶어 하는지 자기 탐색의 시간이 절대적으로 필요하다. 독서, 강의 듣기, 새로운 사람 만나기, 여행 등은 진짜 나를 알도록 영감을 주는 활동들이다. 꿈을 이루려면 하루, 주간, 월간, 연간, 5년, 10년 계획을 하고 매일 실행에 옮겨야 한다. 계획에 비해 실행은 절반의 반도 못 한 날이 많아 자괴감이 든다. 하지만 조금이라도 매일 하고 있다는 것이 중요하다. 하루 최소 2시간 이상은 반드시 내가 원하는 일에 투자하려고 노력했다. 한때 나는 미국 유학을 하러 가려고 토플 공부를 했다. 어학원 새벽반, 주말반에 들어가 reading, listening, speaking, writing을 공부했다. 항상 수면 부족으로 공부 효과가 나질 않았고 그것은 점수로 드러났다. 토플 시험을 볼 때마다 좌절감과 절망감으로 우울했다. 결국은 미국 유학의 꿈을 접고 국내에서 공부하는 것으로 방향을 전환했다. 돌이켜보면 이런 노력이 당장 성과로 나타나지 않아도 공부 근력이 박사 공부할 때 필요한 자양분이 되었다.

가수 박진영은 자기 관리가 매우 뛰어난 것으로 알려져 있다. 그가 한 말 중에 기억에 남는 것은 '꿈을 이루기 위한 과정 하나하나를 즐겨라.'이다. 즉, 목표에 집착하지 말고 과정을 즐기라는 말이다. 목표만 생각하느라 현재를 고통스럽게 산다면 불행한 인생이다. 꿈을 이룬 순간은 매우 기쁘지만, 잠깐 찰나의 순간이다. 꿈을 이루기 위해 걸어가는 과정들, 마치 높은 산에 올라가면서 정상에만 집착하지 말고 나무들도 보고 청명한 하늘도 보고 구름도 보고 다람쥐도 보고, 현재에 집중하면서 즐기는 것이 매우 중요하다는 것을 깨달았다.

일단 꿈을 꾸었다면 목표를 달성할 때까지 포기하지 않고 꾸준히 성실하게 정진해야 한다. 대학교수가 되기 위해 지원서를 최소 20개 이상을 쓴 것 같다. 계속 탈락의 고배를 마시면서 왜 그럴지 고민하였다. 아마도 대학교에서 원하는 조건이 나와 맞지 않는 것이다. 그 간극을 좁히기 위해 내가 조건을 만들어야 한다. 쓰디쓴 절망의 순간, 나는 신부님께 고해 성사를 했다. 내 꿈 이야기를 했고 '이대로 꿈을 포기해야 할까요?'라고, 물었다. 신부님께서 "계속 정진하십시오. 하느님은 반드시 꿈을 이루게 도와주실 것입니다."고 말씀하셨다. 이 말씀 덕분에 나는 다시 정신 차려서 지원서를 썼고 면접을 봤다. 드디어 현재 대학교수가 되었다.

학교로 가는 길은 시골길이다. 그전에는 여의도 한복판 빌딩 숲에서 일했는데 지금은 드라이브하면서 봄을 만끽하고 더운 여름 땡볕도 느끼며 노란 가을 벼가 익어가는 것도 볼 수 있다. 내가 진정 원하던 일을 하게 돼서 참으로 행복하다. 나의 미숙한 운전 솜씨와 마찬가지로 교수로서도 초보이다. 하지만 앞으로 이 일을 누구보다 사랑하고 즐길 것이다. 건강이 허락하는 한 매년 책을 쓰고 논문도 쓰고 강의도 하고 학생들이 원하는 꿈을 이루도록 도와주고 전문 간호사를 많이 길러내며 지역사회에 봉사하면서 기쁘게 즐겁게 행복하게 살고 싶다. 할 일은 많고 인생은 길다.

_천유진의 글

꿈 |

　나는 말하는 것이 힘들었다. 사람들이 질문했을 때 나는 바로 답할 수가 없었다. '어떻게 하면 기분 나쁘지 않게 거절할 수 있을까?', '둘 중 무엇을 고를까?' 등을 생각하고 있는데 사람들은 답하지 않는 나를 답답해했다. 그러고는 내 의사와 상관없이 결정해 버렸다. 나는 항상 그것이 속상했다. 하지만 글로 쓰면 어른들은 기다려 주었다. 아마도 그래서였을 것이다. 글 쓰는 것을 좋아하게 된 것은. 종이에 연필로 끄적거리면 글자가 나에게 말을 거는 것 같아서이다. 엄마의 수첩과 이모들의 노트에는 내가 한 낙서가 많았지만, 그녀들은 나를 혼내지 않고 도리어 사람들에게 자랑했다.

　초등학교에 들어가자, '일기 쓰기'라는 숙제가 있었다. 나는 선생님이 일기를 검사하는 시스템이 좋았다. 내 글을 읽은 선생님이 답으로 문장을 써주면 기쁜 날이었고, '참 잘했어요' 도장을 찍어준 날은 힘이 빠지는 날이었다. 가끔 나를 괴롭히는 친구들을 일기에 적었다. 그러면 선생님이 그 아이를 혼내주었다. 그때부터 글은 혼자 쓰는 것이 아니라 읽어주는 사람이 있어야 완성된다는 사실을 알고 있었던 것일까? 글로 소통할 수 있어서 다행이었다.

중학교에 입학했을 때, 친해지고 싶은 아이가 있었는데 말을 걸기는 두려웠다. 그녀에게 편지를 쓰기로 했다. 문구점에 가서 그 아이가 뭘 좋아할지 생각하며 예쁜 편지지를 고르고, 어떻게 내 마음을 표현할지 고민하며 편지를 썼다. 그리고 아침에 그녀의 책상 위에 편지를 두었고, 우리는 대학교에 입학할 때까지 계속해서 편지를 주고받았다. 편지를 주고받는 요일도 정했다. 그 주에 읽은 책 이야기, 고민, TV 프로그램 등 소소한 일상 이야기들이었다. 편지 쓰기는 대학 입학 전까지 계속되었다. 첫 친구를 성공적으로 만든 후, 편지 친구 몇 명을 더 만들었다. 20년이 넘는 세월 동안 꾸준히 잘 지내고 있다. 반이 다르고, 학교가 달라져도 계속 편지를 주고받은 시간들이 끈끈함을 이어주고 있었다.

국어 수업 시간, 직접 시나리오를 작성해서 연극으로 만들어 발표하는 과제가 있었다. 선생님은 모두에게 시나리오를 쓰라는 숙제를 내었고, 내 시나리오가 뽑혔다. 내가 만든 세상에서 사람들이 내가 작성한 대로 말하고 움직이는 것이 너무 신기했다. 처음으로 글을 쓰는 것에 희열을 느꼈다. 글을 쓰는 것이 더욱 좋아진 순간이었다. 조금씩 나의 공상 세계를 노트에 옮겨 적었다. 또 다른 희열을 느껴보고 싶었다. 그리고 꿈이 생겼다. '한국 최초로 노벨문학상을 받은 작가가 되고 싶다'라는 꿈이.

고등학교 2학년이 된 어느 날, 신문을 읽다가 당선작들을 보았다. '나도 당선될 수 있지 않을까?'라는 생각이 머릿속에서 떠나지 않았다. 수업 시간에도 계속 생각나서 책으로 벽을 세운 후 글을 적었다. 몇 번의 수정 끝에 신문사로 보냈다. 그 글은 가작에 당선이 되었다. 그 후 우수상을 받고 싶어 보낸 글도 가작에 당선이 되었다. 내 글이 두 번 신문에 실리자, 문학 선생 님은 학교 문집에 내 글을 실어주었다. 그 후로 나는 친구들에게 글 잘 쓰는 아이로 통했다. 역시 상을 받고, 신문에 글이 실리자, 사람들의 시선이 달라 졌다. 난 아무렇지 않은 척했지만, 친구들이 "유명한 작가가 될 사람에게 미 리 사인을 받아야 해."하며 난리를 떠는 광경이 내심 좋았다. 얼렁뚱땅 서명 을 만들고, 친구들에게 사인해 주었다. "나중에 사인 바꾸면 안 된다. 찾아 갈 거야." 했던 그 친구 덕에 내 사인은 그때 그대로다. 앞으로 나올 내 책의 사인을 알아보고, 친구들이 나를 찾아오는 날을 상상해 본다. 그녀들에게 내 단행본에 사인을 해주는 그날을 기다린다.

대학교에 막 입학했을 때는 정신이 하나도 없었다. 1학기 동안은 혁명과 도 같은 새로운 생활에 적응하느라 편지를 쓰는 것조차 하지 못했다. 그러 다가 한 학기를 마치고 군대에 간 남자친구에게 편지를 쓰면서 글쓰기에 대 한 사랑을 충족할 수가 있었다. 군대에서는 편지를 많이 받는 것이 좋다고 하여 시시콜콜한 나의 일상과 생각을 A4 5장 이상씩을 써서 평균 이주에 한 번씩 보냈다. 그는 답장을 자주 하지 않았지만, 난 읽을 사람이 있는 글 을 쓸 수 있다는 사실이 좋아서 마냥 썼다. 묻어둔 감정들을 배출하지 않고 서는 살아낼 수가 없었다. 그것이 하늘이 무너지고 힘든 상황을 버틸 수 있 는 원동력이었다. 편지 받는 사람의 입장을 생각하며 써야 했지만, 사실 그 때는 그가 그것을 읽는지의 여부는 나에게 중요하지 않았다. 그것은 편지라 기보다 나의 감정 배출구였다.

남자친구가 제대하자, 편지를 보낼 곳이 마땅치가 않았다. 무언가를 계 속 쓰는 일이 멈춰졌다. 생일이나 기념일 등 특별한 날에 가족과 친구들에게 간단한 편지를 쓰거나, 아주 가끔 일기를 썼다. 돈을 벌기 위해 취업을 해야 한다는 현실이 무겁게 짓눌러져, 글을 쓸 수가 없었다. 생기가 점점 사라졌고, 꿈도 희미해졌다. 현실과 타협하고, 직장 생활을 시작했다.

직장 생활은 처음에는 모든 것이 신기해서 재미있었지만, 시간이 지날수록 시들해졌다. 일은 점점 많아졌지만, 월급은 그대로였다. 제일 큰 불만은 개인 시간이 없다는 사실이었다. 퇴근 후에도 항상 일이 있었고, 주말에도 일을 해야 했다. 전화기는 24시간 대기 중이어야 했다. 몇 년을 버티다가 그만두겠다고 말하자, 진급을 시켜주며 붙잡았다.

나는 한 번 더 현실과 타협했다. 나의 시간과 감정이 함께 갈렸다. 화산이 폭발하는 것처럼 마음에 화가 끝까지 올라와 견딜 수 없을 때 펜을 들어 노트에 휘갈겨 적기 시작했다. 휘갈겨 쓰고 나니, 항상 가슴 속에 품고 있었지만, 존재가 희미했던 꿈이 점점 밝아지기 시작했다. 감정 배출구가 생기자, 표정이 많이 밝아졌다는 말을 들었다. 미래에 대한 희망이 생기자 사는 것이 다시 재미있어졌다. 지옥 같은 직장 생활이 조금은 견딜만했다.

'소설을 쓰고 싶다. 내가 그랬듯이 다른 사람의 메말라 버린 감정에 물을 주고 싶다.' 그 후로 작법서를 구매해 읽기 시작했다. 작법서를 따라서, 조금씩 소설을 썼다. 하지만 마음에 차지 않았다. 몇 년 동안 낙서 같은 소설들이 몇 개 모아졌다. 그 후 이직했고 저녁 시간을 온전히 쓸 수가 있었다. 일에 어느 정도 익숙해지고 난 후, 작법서로 만족하지 못했던 나는 인터넷 대학을 알아보았다. 서울디지털대학교가 눈에 띄었다. 여러 장학금 혜택이 많았고, 저렴한 학비로 강의를 들을 수가 있었다. 문예창작과에 편입 신청을 했고 합격했다.

늘어나는 일 때문에 과제를 벼락치기 하고 모든 강의를 세세하게 들을 수는 없었지만, 새로운 책을 알게 되고 글 쓰는 그 자체가 너무 좋았다. 강의 중의 제일 기억에 남는 교수님의 말씀이 있었다. "소설을 쓰는 사람들은 머리가 폭발하지 않기 위해 쓰는 겁니다." 이야기를 집어넣고 상상하다가 그것들이 머릿속에서 정리되지 않고 돌아다녀 시한폭탄이 될 때 쓴다는 이야기였다. 내가 지나간 일들을 많이 기억하지 못하는 것도 그래서일까?

폭발 직전, 몇 번의 수정을 거쳐 소설을 썼다. 대학교를 졸업했고, 졸업 기념으로《꽃은 시들지 않는다》라는 단편소설집을 냈다. 첫 소설이었다. 아이를 낳으면 이런 기분일까? 읽을수록 고치고 싶은 것들이 눈에 띄었고, 자꾸 욕심이 났다.

나에게는 꿈이 있다. 사람들이 웃고 싶을 때, 울고 싶을 때, 생각하고 싶을 때, 아무런 생각도 하고 싶지 않을 때, 언제나 그들의 책장에서 나의 책들을 꺼내어 읽었으면 하는 꿈.

만 년이 지나도 빛나는 글을 쓰고 싶은 꿈.

오늘도 만년필로 글을 쓴다.

_최수아나의 글

꿈 II

나에게는 꿈이 있었다. '하루 내내 책만 읽고 싶다.'

책 읽는 것을 언제부터 좋아했는지는 정확히 모르겠다. 한글을 익힌 후 간판, 차 번호판, 길가에 있는 표지판, 세로로 적힌 한문이 가득한 종이신문 까지 문자가 적힌 모든 것을 닥치는 대로 읽었다. 그중에서 책은 글자가 넘실거리니, 나에게는 제일 좋은 장난감이었다.

초등학교에 들어가자, 책을 너무 좋아하는 나를 위해 아빠가 '세계문학 전집'을 사주셨다. 책장 가득 꽂힌 책들을 보면서 어찌나 행복하던지! 나는 이 책들을 '빨간책'이라고 부르며, 잠자는 시간과 학교 수업 시간을 제외하 고는 언제나 함께했다. '알약 하나를 삼키면 하루 식사가 다 해결되는 미래 가 빨리 왔으면 좋겠다.'라는 바람을 가졌었다.

세월이 지나 누렇게 되고, 손때가 묻어 시커멓게 변해가는 책들을 보면 서 점점 애착이 심해졌다. 엄마는 손에서 책을 놓지 않는 내가 걱정되어 책 읽는 시간을 정했다. 하지만 더 읽고 싶었던 나는 잔소리 없이 읽을 수 있는 공간으로 화장실을 선택했고, 화장실에 있는 시간이 나날이 길어졌다. 지금 겪고 있는 화장실 문제는 어린 시절 나의 행동이 누적되어 나타난 것이리라.

결국 엄마는 "너 계속 그렇게 행동하면 책 다 갖다 버릴 거야."라고 말씀하셨다. '엄마가 설마 책을 버리겠어'하는 가벼운 마음으로 똑같이 행동하던 나에게 날벼락이 떨어졌다. 진짜로 엄마가 책을 다 갖다 버린 것이다. 전날 내가 읽기 위해 숨겨놓았던 《수호지》만 제외하고서 말이다. 난 《수호지》만 계속해서 읽었다. 중학교 국어 수업 시간, "수호지 읽어 본 사람?"이라는 질문에 자랑스럽게 손을 들었다. "오! 꽤 있구나, 그럼, 양산박의 영웅이 몇 명인지 아는 사람?"이라는 질문에 바로 손을 내렸다. '몇 번이나 읽은 책이었는데, 그것도 모르다니!', 얼굴이 점점 달아올랐고, 가슴이 답답해졌다. 아무도 모르기를 바랐지만, 누군가가 "108명요"라고 답했다.

'나는 왜 몇 명인지 알지 못했을까?, 대답한 아이와 나의 차이는 뭐지?' 의문이 생겼다. 수업 후, 나는 독서법에 관심을 가지기 시작했다. 독서법 책을 읽은 후, 왜 내가 대답할 수 없었는지 의문이 풀렸다. 나는 소설 속 인물이 되어 감정을 느끼는 것과 대략적인 줄거리를 따라가며 눈으로 처음부터 끝까지 읽었었다. 대신 단어의 뜻을 찾거나, 문장을 음미하며 따라 쓰고 생각하거나, 소리 내어 읽지는 않았다. 전체적인 흐름만 파악하고 세밀하게 읽지 않았기 때문에 생기는 차이였다. 똑같은 방식과 관점으로 같은 책을 몇 번 읽는 것은 감정의 차이는 느낄 수 있었지만, 세부적인 사항을 아는 것은 한계가 있었다.

그리고 책은 나에게 너무도 소중했기에, 하나의 티끌도 묻는 것이 싫었다. 손때만 묻어 있을 뿐, 새 책과 다름없이 읽었다. 하지만 요즘은 밑줄도

긋고, 생각도 적고, 단어 뜻을 찾아 적어놓기도 한다. 그래서 책을 빌리는 것보다 구매하는 것을 선호한다. 내 색깔을 가득 채워 넣은 책을 보면 괜히 뿌듯해진다.

독서법을 공부하면서, 책을 빨리 읽는 속독법에 관심이 생겼다. 책을 더 많이 읽을 수 있다는 것이 매력적으로 다가왔다. 대각선으로 읽기, 거꾸로 읽기 등을 따라서 했으나, 소설 속의 감동을 느낄 수가 없고, 놓치는 부분이 있어 그만두었다. 읽는 양이 쌓이니 속독법을 따라 하지 않아도 비슷한 속도로 책을 읽을 수 있게 되었다. 속독법을 더 체계적으로 익히느니, 더 많은 양의 책을 읽는 편이 나에게 더 적합한 독서 방법이었다.

소설을 읽으면서 그 시대의 배경을 알고 나면 보이는 것이 더 많게 된다는 것을 알게 된 후로, 역사에도 관심을 가지게 되었다. 그리고 한 작가의 작품 전체를 다 읽어보는 것도 재미있었다. 도저히 이해되지 않는 문장은 소리 내어 읽어보면 이해되기도 했다. 책을 읽다 보면, 독서법에 적힌 내용들을 한 번씩 다 해보는 것 같다. 하지만 여전히 읽는 방법에 대한 갈증을 채울 수가 없어서 나만의 완벽한 독서법을 찾는 중이다.

중학교 시절에는 대형서점이 없었다. 동네 문구점에서 책을 팔았다. '태양사'라는 문구점의 이름과 분위기가 선명히 기억난다. 일주일에 한 번씩 문구점에 가서 책 한 권을 고르는 시간은 그 무엇보다 설레는 시간이었다. 그곳에서 나는 앙드레 지드, 알퐁스 도데, 헤르만 헤세, 리처드 바크, 트리나 폴러스, O.헨리 등의 작가를 만났다.

특히 내가 좋아하는 작가는 '헤르만 헤세'였다. 헤르만 헤세의《데미안》은 중학교 시절, 내가 가장 좋아하는 책이었다. '학교는 왜 다녀야 하는가?', '틀에 박힌 시간표에 적힌 대로 왜 살아가야 하는가?', '죽음은 무엇인가?'에 관해 생각했다. 그 시절에는 그 모든 것에 대한 답을 내가 완벽하게 내렸다고 여겼다. 아주 오만했던 시절이었다. 그 질문들은 여전히 진행 중이다. 커서 다시 읽은 《데미안》은 또 다르게 다가왔고, 눈에 띄는 문장들도 달라졌다. 몇 번을 읽어도 새롭고 느끼는 게 많은 책이다.

아빠가 사 온 김용 작가의 《영웅문》으로 무협지에 눈을 떴다. 사촌 언니의 책장에서 발견한 아가사 크리스티와 아서 코난 도일 작가로 추리소설에 빠져들었다. 엄마의 추천으로 자매인 샬롯 브론테, 에밀리 브론테 작가를 만났다. 책 선물로 존 스타인벡 작가도 만났다. 살아온 인생 중에 가장 방해 없이 책만 읽은 즐거운 시절이었다.

고등학교에 입학한 후, 첫 시험에서 갑자기 성적이 뚝 떨어졌다. 다른 학생들은 고등학교 수업 선행학습을 이미 하고 왔고, 나는 소설책만 읽었으니 그 결과가 당연했음에도 나는 너무 큰 충격을 받았다. 좋아하는 소설책 대신 교과서와 문제집만 읽어야 하는 시간이었다. 하지만, 충격은 오래가지 않았고, 소설은 너무 매혹적이었다. 가장 좋아하는 작가가 헤르만 헤세에서 알베르 카뮈로 바뀌었다.

《이방인》은 나의 마음을 너무도 잘 표현해 준 책이었다. '나는 열아홉 살이 되면 죽을 거야.'라는 이상한 상상을 하던 시절이었고, 자살의 다양한 방법을 알게 된 시기였다. 주로 우울한 분위기를 좋아했다. 학교에 적응하고 싶지 않았고, 현실보다 다른 세상이 더 재미있었다. 성적보다 소설이 좋았던 나는 점심시간이 되면 학교 벤치에 앉아서 책을 읽었다. 이름표를 붙이지 않았는데도 그곳은 항상 비어있었다.

당연히 국어국문학과로 진학하리라 했던 나의 미래는 달라졌다. 2학년 겨울, 아버지가 돌아가셨다. 세상은 가혹했고, 억울했던 나는 오기로 법대에 진학했다. 대학 시절부터 10년 정도 소설과 결별했다. 이성적이고 논리적으로 되기 위해서 소설은 읽어서는 안 될 것만 같았다. 아주 가끔, 도저히 견딜 수가 없을 때, 역사를 공부한다는 핑계를 대며 역사 소설을 읽었다. 조정래 작가의 《태백산맥》, 신봉승 작가의 《한명회》는 나를 숨 쉬게 해 주었다. 결국 전공을 살리지 못하고 취업한 후 제일 먼저 한 일은 소설을 읽는 것이었다. 여전히 어려운 최명희 작가의 《혼불》을 읽었고, 몇 권을 잃어버려 속상했었는데 최근 중고 서점에서 열 권 모두를 발견하여 구매한 기쁜 날이 있었다. 어린 시절 드라마로만 봤던 박경리 작가님 《토지》의 완전판을 볼 수 있어서 행복했다. 나는 호흡이 짧은 글보다 호흡이 긴 글을 사랑하는 사람이라는 사실을 깨달았다. 그리고 다시는 그런 미련한 짓을 하지 않으리라 다짐했다.

나에게 책이란 숨구멍을 열어주는 것이다. 아무리 바빠도 책을 한 줄은 읽는다. 웹 소설을 알게 된 후에는 매일 한 편 이상 읽고 있다. 그렇게라도 하지 않으면 숨을 쉴 수가 없다. 스트레스가 심해지면, 책을 많이 산다. 그리고 일단 쟁여둔다. 아직 못 본 책들이 책장에 가득 있다. 우울해질 때 그 책들을 보고 있으면 마음이 편안해진다. 그 책들을 편안히 다 읽을 수 있는 날이 빨리 왔으면 좋겠다.

나는 여전히 꿈을 꾼다. '방해받지 않고 온종일 책만 읽고 싶다.'

_최수아나의 글

편식

    그해 겨울은 유난히 눈이 많이 내렸다. 광일은 어스름한 달빛을 틈타 돌담을 넘었다. 광일의 무릎까지 오는 돌담은 다리가 긴 그가 넘기에 충분했다. 그는 막 피어난 이름 모를 작고 어여쁜 꽃들을 밟으며 문이 열린 곳으로 달려갔다. 거기에는 그의 조교가 아기를 어설프게 안고 서 있었다.

    "이 아이야?, 확실해?"

    "네. 그럼요."

    "혹시 딴마음 먹은 건 아니지?, 나 속이면 어떻게 되는지 알지?"

    "걱정하지 마세요. 그 아이가 확실하니까."

    "내가 들어가서 데려온다니까. 왜 안고 나온 거야?"

    "제가 그렇게 미덥지 않으세요?, 돌담 넘으면 아기 건네줄 테니까 가세요."

    광일은 못 이기는 척 돌담으로 걸음을 옮겼고, 담을 넘은 후 아이를 받아

품속에 넣었다.

"비밀 잘 지켜."

"네, 누가 봐요. 얼른 가세요."

조교는 마당의 작은 꽃들을 밟지 않으려 애쓰며 집으로 들어갔다.

"아가야, 내 아가야. 엄마가 잘했지, 그렇지?"

그녀는 눈물을 흘리며, 요람에 누워 있는 아기의 머리를 쓰다듬었다.

아기는 현란하게 움직이는 모빌을 보며 방긋방긋 웃었다.

광일은 품속에 아이를 넣은 채로 골목을 걸었다. 세 정거장을 더 걸으면 그의 집이었다. 품 안의 아기는 계속 꼼지락거렸지만, 울지는 않았다. '드디어 내가 기획한 연구를 시작할 수 있다.'라는 사실에 광일의 입꼬리는 계속 올라갔고, 무겁기만 하던 아기는 가볍게 느껴졌다. 집에 도착한 그는, 정원 뒤편에 있는 개집으로 갔다. 그리고 그 뒤 벽을 밀고 들어가 계단을 내려갔다. 지하실로 내려가는 통로에는 아몬드 향과 바닐라 향, 그리고 비 오는 날 맡을 수 있는 축축하고 진한 나무 냄새가 올라왔다. 아기는 그 냄새가 맛있다는 듯이 입을 오물거렸다.

100평 정도의 공간은, 사방이 편백으로 짜인 10단 책장이 차지하고 있었다. 그 안에는 어린이소설부터 성인 소설, 한국 소설부터 세계 소설, 고전 소설부터 최근 유행하는 소설, 한국어로 된 소설부터 외국 원전 소설 등 세상의 모든 소설이 가득 있었다. 책들은 라벨링까지 완벽하게 되어 있었다.

소설 이외의 다른 장르는 찾아볼 수 없었다. 책장이 차지하지 않은 틈새 벽에는 갈고리처럼 생긴 긴 막대기와 타조 털로 구성된 책 먼지떨이, 아주 얇은 젓가락처럼 생긴 자그마한 20센티미터 정도의 막대기가 걸려 있었다. 지하실 중앙에는 갈색의 커다란 타원형 테이블과 아기 의자부터 키에 맞게 조절할 수 있는 의자 몇 개와 높낮이가 조절되는 편안한 어른 의자 하나가 있었고, 테이블 위에는 플라스틱으로 만든 흰색의 독서대만 덩그러니 있었다. 테이블 옆에는 그물로 촘촘히 짠 상앗빛의 넓은 해먹이 자리를 차지했다. 그리고 지하실 바닥에는 진한 빨간색의 카펫이 깔려 있었다.

아기를 해먹에 조심스레 눕힌 광일은 테이블 위의 종을 세 번 울렸다. 아기는 눈이 맞은 광일에게 눈을 깜빡깜빡하며 웃어주었다.

"웃지 마!, 인마. 이제 너에게 달렸다."

계단을 빠르게 내려오는 도우미를 발견한 그는 아기를 가리켜 손짓했고, 그녀는 고개를 끄덕였다.

몇 년 전, 광일은 '소설을 읽는 것은 시간 소비이며, 인생의 낭비이다.'라는 가설을 세우고 그것을 증명하는 연구를 하기로 마음을 먹었다. 그는 독서가 중요함을 인정했지만, 소설을 읽는 것은 사람들에게 전혀 영양가가 없는 시간 낭비라는 신념이 있었다. 그래서 그것을 증명해, 세상에서 소설을 없애는 공로를 세우고 싶었다.

광일은 '소설을 없애는 것'이 자신의 사명이라 여겼다. 사람들을 어떻게 설득할지를 고민하던 그는 일 년 전 아내가 임신했다는 소식을 들은 순간, 번개가 지나가듯 생각이 꽂혔다. '소설만 읽힌 사람의 인생이 어떻게 망가지는지, 소설을 읽지 않은 사람이 소설을 읽은 사람보다 얼마나 더 잘나가는지를 보여주면 되겠다. 결과의 척도는 수능으로 하자.' 아내의 임신 소식에 그는 자신의 아이에게는 소설을 읽히지 않겠다고 다짐했다.

'그러면 소설만 읽히는 아이는 어떻게 찾지?' 처음에는 자기 정자를 기증하여 원하는 여자와 낳은 아이를 실험군으로 하려고 했지만, 그 아이 역시 자기 자식이라는 것이 마음에 걸렸다. 그리고 그 실험군 역시 자기의 유전자만큼 월등해야 했다. 그래야 제대로 비교가 될 것이 아닌가!

고민 중이던 그에게 한 달 전 조교가 오늘은 일이 있어서 교수님 일을 못 도와드리겠다며 핏기 잃은 얼굴로 말했다. 광일은 예전 같으면 고개를 끄덕이고 말았을 텐데, 왠지 이유를 묻고 싶었다. 그녀는 강일 교수님의 아이를 돌봐주는 일을 한다. 보통 저녁에 몇 시간만 봐주면 되는데, 오늘은 온종일 봐달라고 해서 광일의 일을 도와줄 수 없다고 했다.

'강일이라……. 그놈은 매번 나한테 다양한 종류의 책을 읽어야 한다. 특히 공감 능력이 없는 너는 소설을 읽어야 한다는 말도 안 되는 소리를 하는 녀석인데. 그래 놓고 제 놈은 소설을 읽는 꼴을 한 번도 못 봤단 말이야. 내 첫사랑까지 뺏어가 놓고. 얄미운 놈. 가만, 그놈은 경영학과 교수에 잘나가는 유명 인사시고 내 첫사랑은 의사고. 내 유전자만큼 괜찮은데.'

"그래, 근데 그 집 아이는 몇 살이야?"

"두 살요," 조교는 의아한 표정으로 광일에게 대답했다.

"음, 딸이야, 아들이야?"

"딸이요."

"그런데 네가 왜 강일 교수 애를 봐? 내 애를 보는 것도 아니고?"

"아!, 그게 제가 얼마 전에 애를 낳았는데, 조교 월급만으로는 키우기 어렵다는 걸 강일 교수님께서 아시고는 제안해 주셨어요."

"어, 너 애 낳았어?, 언제?"

"1년 좀 넘었어요. 딸이에요,"

"남편이 돈을 못 벌어다 줘? 형편이 어려워?, 조교 월급이면 먹고 살 만하지 않나?"

조교는 쓴웃음을 지으며, 대답했다.

"남편 없고요, 조교 월급은 제 생활비도 안 돼요, 교수님."

"거, 아껴 쓸 것이지."

"그래, 그렇단 말이지. 음. 그럼 네 딸이 좋은 환경에서 클 수 있게 만들어 줄까?"

"진짜요?, 그렇게만 해주시면, 교수님께서 시키시는 건 뭐든 하겠습니다."

"그래?, 간단해, 강일 교수 딸이랑 자네 딸이랑 바꾸면 되는 거야, 강일 딸은 나한테 넘기고."

"네? 그건……."

"왜? 못하겠어?, 그럼 네 딸은 너보다 더 안 좋은 환경에서 크겠구먼, 생활비도 안 된다면서 대학은 보낼 수 있겠어?, 내가 걔한테 해코지할 것도 아니고, 뭐 싫다면야."

"아니에요. 할게요. 교수님. 할 수 있어요."

"그래, 그럼 잘하자!"

광일은 방긋거리는 아기를 살펴보며, 도우미에게 아이를 잘 살피라 얘기한 후 계단을 따라 올라갔다. 벽을 밀자, 참나무로 만든 10단 책장이 나왔다. 그 안에는 소설을 제외한 모든 장르의 책들이 있었다. 주로 인문학과 경제학, 과학, 그리고 자기 계발서 등이 차지했다. 광일은 책장에서 아리스토텔레스의 《니코마코스 윤리학》을 꺼냈다. 지하실에 있는 어른 의자와 똑같은 의자에 앉아 네모난 원목 책상 위의 참나무로 만든 독서대에 책을 올렸다. 그리고 연필을 오른손에 들고 문장을 짚어가며, 천천히 책장을 넘겼다.

탕탕 문을 두드리는 소리와 끼익 열리는 소리가 동시에 들렸다, 한 손으로 아기를 안고, 한 손은 허리를 짚은 광일의 아내였다.

"이제 약속 지켜요." 앙칼진 큰 목소리였다.

광일은 고개를 들어서, 그녀의 얼굴을 지나쳐 아이를 바라봤다.

"그래, 어떻게 해줘?"

"일단 얘부터 들어요." 아기를 넘겨준 그녀는

"나는 프랑스에서 그이랑 살 거예요."라고 말했다.

"응, 프랑스 좋지. 예술가에게 최상의 환경이잖아."

"비꼬지 마요."

"시인이라 그런가, 비꼬는 것도 금방 알아채고."

"결혼 전에 이미 약속했잖아. 뭐, 우리가 사랑해서 결혼한 것도 아니고."

"좋아. 이혼만 안 하면 어른들도 뭐라 하시지 않을 테고, 가끔 살아있다고 알려줘."

"얘, 잘 키워. 뭐 어련히 알아서 하겠지만."

"엄마라는 사람이. 얘 아니고, 고수야. 최고수."

"아! 네! 고! 수!, 잘 키우세요."

"그래, 잘 가고." 광일은 더 이상 말하기 귀찮다는 듯 손을 휘휘 내저었다.

그녀가 나가고, 광일은 책상 위의 종을 세 번 쳤다. 도우미가 들어왔고, 아이를 가리켰다. 그녀는 그 아이를 안아 들어 아이의 방으로 데려갔다.

그날, 광일의 아내는 프랑스로 떠났다.

광일은 강일의 아이에게 '다문'이라는 이름을 지어주었다. 광일은 도우미에게 다문에 관해서 두 가지 주의 사항을 알려주었다. '절대 지하실 밖으로 나오지 못하게 할 것과 지하실에 있는 책 이외에 주지 말 것' 이것을 지키지 않으면, 해고할 것이라고 단단히 경고했다. 그리고 고수를 절대 지하실로 데려오면 안 된다는 것도 함께 얘기했다. 언어장애인인 도우미는 고개를 끄덕였다. 광일은 겁 많은 눈빛과 자신을 보며 언제나 움츠러드는 몸짓에 만족했다. '이런 사람은 절대 자신의 의지로 움직이지 않아. 어디 가서 말할 일도 없고.' 광일이 느끼기에 집안일을 맡기기 적합한 사람이었다.

그는 연구를 위해 수업이 있을 때만 학교에 나가고, 그 외 시간은 고수와 다문을 위해 썼다. 그의 하루를 그녀들에게 정확히 반씩 배분하여 책을 읽어주었다. 그리고 본인의 경력을 위해 사교생활 역시 열심히 했다. 무엇보다 모임에서 강일을 보며 우월감을 느끼는 것이 너무도 좋았다. '다른 아이를 친자식인 줄 알고 키우는 주제에 잘난 척이라니!' 가소로웠다. 자기 딸을 강일 교수의 딸로 둔갑시킨 조교는 그 집에서 계속 일을 하며, 광일의 일을 봐주었다. 고수에게 책을 읽어주거나 광일의 심부름으로 자주 광일의 집을 오갔지만, 다문이 어디 있는지는 알지 못했다. 그녀가 있는 곳을 아는 사람은 광일과 도우미 둘뿐이었다.

고수와 다문이 학교 갈 나이가 되었을 때, 광일은 그녀들을 재택학습으로 교육했다. 그는 자신이 지하실에 내려가는 시간에 맞춰 고수를 학원에 보냈다. 태권도, 검도, 테니스, 수영을 비롯한 운동뿐만 아니라 그림과 피아노, 첼로, 가야금 등 다양한 활동을 할 수 있는 학원을 보냈다. 광일은 그 학원 선생님들에게 수업 시간표에 적힌 대로 하지 않을 경우 학원비를 환불하겠다는 각서를 받아냈다. 그리고 단체 활동이나 다른 책을 읽히거나 하는 활동은 금지했다. 처음에는 고수에게 관심이 있어 하던 아이들도 선생님들이 그녀와 어울리지 못하게 하자 알아서 그녀와 따로 놀았다. 고수 역시 그녀들과 딱히 어울리고 싶지 않아 했기에 광일의 연구는 안전하게 진행될 수 있었다.

다문은 지하실에서 책장에 있는 책만 읽었다. 그리고 최소한의 건강을 위해 고수가 학원을 간 경우에 마당에서 달리기하는 것만 허용되었다. 한시간 정도 달리고 나서 지하실로 내려가 샤워를 한 후 책을 읽고, 광일과 이야기를 하는 것이 다문의 일과였다. 광일은 작은 입에서 쉴 새 없이 나오는 이야기를 신기해하며, 진지하게 들어주었다. 다문은 몇 시간이고 계속해서 말할 수 있었지만, 광일은 그녀에게 두 시간 이상의 시간은 내어주지 않았다. 광일이 올라가면 다문은 도우미를 붙잡고 이야기했고, 도우미는 그녀의 말에 빠져 자신의 할 일을 종종 놓쳤다.

다문은 열 살이 되자, 광일에게 노트와 펜을 사달라고 졸랐다. 광일이 왜 그것이 필요하냐고 묻자, 자신도 이런 소설들을 써 보고 싶다고 대답했다. 정확히는 "아빠, 머릿속에서 간질간질하며, '나 좀 꺼내줘' 하는 언니 오빠들이 많은데 그거 써 보고 싶어."라고 이야기했다. 광일은 허허거리며, 서재로 가서 A4 노트와 검은색 모나미 볼펜을 가져다주었다. "여기에 써봐." 다문은 볼펜을 꽉 잡은 채 자신을 닮은 동글동글하고 귀여운 글자로 적기 시작했다. 바다에서 수영하고, 고기를 잡고, 자유롭게 노는 여자를 그린 이야기였다.

"바다 가고 싶어?" "응."

"나중에 가자." "아빠, 근데 바다는 진짜 파란 거야?, 끝이 없어?, 검은빛도 띤다고 했는데 왜 검은빛이야?, 배는 어떻게 생겼어?, 책에 보면 뗏목을 만들어서 바다에 띄우는데 아빠도 만들 수 있어?" 등등의 끝도 없는 질문을 이어갔다. 광일은 그녀의 이야기에 빠져들어 '소설을 읽으면 이 아이처럼 상상력이 풍부해지는 걸까?, 고수에게도 읽히면 말을 좀 하려나?'라고 생각했지만, 곧 고개를 흔들었다.

"이제 아빠 일할 시간이야. 혼자 놀아." "응응." 다문은 얼굴을 파묻고 글을 써 내려가느라 건성으로 대답했다. 광일은 한숨을 내쉬며 계단을 올라갔다.

열다섯 살이 된 다문은 지하실에만 있는 것이 답답해졌다. 그동안 읽은 책들의 세상 속으로 나아가고 싶었다. 자신의 상상으로 글을 쓰는 것에 한계가 느껴졌고, 한 시간씩 마당에 나갔다 오는 것으로는 성에 차지 않았다.

"아빠, 세상은 엄청 넓은데 왜 난 여기만 있어야 해?, 그리고 우리 집에서 내가 다닐 수 있는 공간은 왜 여기뿐이야?, 나도 올라가고 싶어."

"다문이가 아직 너무 어리고 예쁜 공주라서 세상 밖으로 나가면 안 돼. 위험해."

"그럼, 계단 위의 공간은?, 거기는 안 다치잖아."

"안된다면 안 되는 줄 알아." 광일은 다문에게 처음으로 윽박질렀고, 다문은 처음으로 서러워져 울었다.

다문이 좋아하는 책도 보지 않고, 울기만 계속하자 도우미는 가슴이 너무 아팠다. 다문의 용지에 볼펜으로 적기 시작했다. "다문아, 내일 아침에 꽃시장 갈래?" "응응, 진짜? 나 밖에 나가는 거야?" "그럼, 인제 그만 울고 일찍 자, 예쁜 얼굴 못생겨지겠다." "고마워, 엄마."

다문은 언제부턴가 그녀를 엄마로 불렀다. 그녀는 엄마가 아니라고 했지만, 다문은 자신을 낳아준 사람만 엄마가 아니라 보살펴 주고 키워주는 사람이 엄마라며 꼬박꼬박 엄마라고 불렀다. 도우미는 다문의 머리를 쓰다듬어 주며, 그녀를 꼭 안아주었다. 다문은 다양한 색깔의 작은 꽃들이 피어난 마당에 자신이 누워 있는 상상을 하며 잠을 이루지 못했다.

꽃시장에는 장미, 안개꽃, 모란, 작약, 튤립, 목련, 프리지어, 라일락, 매화, 수련, 카라 등을 비롯해 다문의 상상 속에서만 존재하던 꽃들이 한가득하였다. 다문은 책에서 묘사해 놓은 사실들이 맞는지, 냄새는 그와 같은지 비교하느라 정신이 없었다. 눈밭에 풀어 놓은 자그마한 하얀 강아지 같았다. 그녀가 꽃에 정신이 팔려있는 동안 강일 부부와 그녀의 딸이 손을 잡고 지나갔다. 강일의 아내는 이상한 기분이 들어 뒤를 돌아보았다. 거기에는 꽃내음을 맡는 다문이 있었다. 다문은 고개를 들어 그녀를 바라보았고, 그녀는 홀린 듯 다문을 응시했다. 앨범 속 자신이 그녀를 보는 것 같았다. 아내가 움직이지 않자 강일은 그녀를 쳐다보다 그녀의 눈이 보고 있는 다문을 보았다. 강일은 순간 얼어붙었다. 땅과 한 몸이 되려는 듯 다리에 힘이 풀려 주저앉았다. 거기에는 자기 아내와 똑 닮은 아이가 눈 속에 들어왔다. '저 아이가 내 아이가 아닐까?' 말도 안 되는 생각이라며 고개를 몇 번 털었지만, 의심을 지울 수 없었다.

신난 다문을 흐뭇하게 지켜보던 도우미는 이상한 낌새를 느끼고, 다문에게 다가갔다. 주위를 살펴보니 다문만 바라보는 강일 부부가 보였다. 그녀는 으슬으슬한 추위를 느끼며 다문에게 다가갔다. 광일이 오기 전에 집에 가 있어야 한다며, 다문을 재촉했고, 다문은 축 처진 어깨로 걸음을 옮겼다. 지하실에 도착한 다문은 "엄마, 오늘 너무 신났어. 다음에 또 가자. 고마워, 엄마." 하며 도우미를 꼭 안아주었다.

많은 사람의 냄새, 그들의 눈빛, 감정이 모두 이해가 되었다. 예쁜 꽃들을 보는 것도 좋았지만, 사람들의 오고 가는 감정 내음을 맡는 것이 더 좋았다. 사람들은 어떻게 그런 감정과 눈빛들을 품고 사는지, 그들의 대화는 어찌나 정겹던지, 상상의 인물들이 세상에 나와 있는 기분이었다. 그 기분을 다시 또 느끼고 싶었다. '아빠가 나를 보는 눈빛은 항상 못마땅함, 열등감, 우월감, 약간의 애정 같은 것만 느껴지는데...... 그 사람들은 왜 애정 어린 눈빛으로 나를 쳐다본 걸까?, 꼭 엄마가 나를 보는 눈빛처럼......'

고수는 자신이 만든 계획표에 따라서 일과를 시작하고 마쳤다. 다섯 시에 일어나서 이부자리 정리를 하고, 양치한 다음, 따뜻한 물을 마시고 10분간 명상을 했다. 자신이 되고 싶은 억만장자를 위한 시각화를 해놓은 그림을 보고 선언을 하고, 확언을 썼다. 스트레칭을 한 후 10회의 스쿼을 하고,

샤워 후 책상에 앉아서 경제 관련 책을 읽었다. 이것이 열 살 때부터 해 오던 자신의 아침 루틴이었다. 그 후 광일이 등록한 학원을 갔다 온 후 광일과의 대화 시간을 30분간 가지고, 광일이 지정한 책을 읽고 아홉 시에 잠자리에 드는 것, 이것이 그녀의 하루였다. 고수는 하루가 자신의 계획대로 흘러가지 않으면 짜증이 났다. 그녀가 제일 싫어하는 시간은 광일과의 대화 시간이었다. 30분이 너무 길다고 생각했지만, 광일은 그 시간만큼은 절대 줄일 수 없다고 주장했기에 어쩔 수 없었다.

광일에게 뭘 배우는 시간은 괜찮았지만, 자신에 대해서 이야기하라는 것은 너무도 힘든 시간이었다. 그래서 광일이 읽으라는 책에 관해서 20분간 이야기하고, 10분 정도 그의 질문에 답하는 시간으로 만들었다. 광일은 고수에게 단답식으로만 답하지 말고, 감정이 포함된 문장으로 말해달라고 했지만, 그것은 그녀에게 너무 어려운 일이었다. 광일은 그녀를 보며 그가 한 마디만 해도 참새처럼 지저귀는 다문을 생각했다. '고수도 소설을 읽히면 다문이처럼 다정해지려나?' 광일은 그 생각을 떠올린 자신에게 흠칫 놀라며, 세차게 고개를 흔들었다. 고수를 본 후, 한숨을 쉬고는 방을 나왔다. 고수는 문을 째려보다가, 다시 책을 읽기 시작했다.

다문은 열여덟 살이 되었다. 꽃시장을 다녀온 이후, 도우미는 다문을 몰래몰래 데리고 다녔다. 그녀는 계단을 따라 올라가고 싶었지만, 그것은 엄마에게 너무 피해가 갈 것 같아 참았다. 자신을 몰래 시장에 데리고 가는 것도 엄마에게는 큰 모험이다. 다문은 지하실에 가득 차 있던 책의 대부분을 몇 번 이상 읽었다. 책을 읽을수록 읽는 속도가 빨라져서 광일이 지정한 양보다 항상 많은 책을 읽었지만, 그것을 밝히지는 않았다. 더 많은 책을 읽을수록 광일의 요구사항은 많아질 것이고 그녀가 자신의 글을 쓸 시간이 줄어들기 때문이었다. 그녀는 자신이 본 파란 하늘, 붉은 하늘, 검은 하늘, 지나가는 흰 구름, 뛰어가는 사람, 천천히 걸어가는 사람, 땅만 보고 걷는 사람, 하늘만 보고 걷는 사람, 뒤로 걷는 사람, 쪼그리고 앉아있는 사람, 뛰어노는 아이들, 손잡고 걷는 연인, 서로 먹으라고 양보하는 부부, 흥정하는 사람, 길가에서 싸우는 사람, 서로 부축해 주며 걸어가는 머리가 하얗게 센 노부부, 길가에 굴러다니는 돌멩이, 날아다니는 새, 꽃을 찾아다니는 나비 등 모두를 아울러서 글을 쓰고 싶었다. 그래서 자신만의 이야기를 가지고 싶었다.

"나 드디어 완성했어." 검은색 글자로 빈틈없이 채운 A4용지를 다문은 도우미에게 내밀었다. 눈꼬리와 입꼬리가 올라간 다문을 보며, 그녀는 연신 엄지손가락을 추켜세웠다. 그 종이를 가지고 거실로 올라갔다. 펀치를 가져온 그녀는 익숙하게 종이를 뚫고 예쁘게 매듭을 지었다.

그녀는 당연히 아무도 없을 줄 알고 다문의 공책을 들고 올라왔지만, 갑자기 학원 강의가 취소된 고수가 집에 있었다. 물을 마시러 부엌으로 온 고수는 식탁 위의 종이 더미를 발견했다. '지하실 공주, 최다문'이라고 커다랗게 쓰인 종이는 고수의 호기심을 불러일으켰고, 고수는 이끌리듯 그것을 넘기기 시작했다. 거기에는 지하실에 갇힌 공주를 여자 기사가 구해준다는 이야기가 적혀있었다.

소설의 끝에 '지하실에서, 최다문 지음.'이라는 글자를 발견해 혼자 낄낄거리며 읊조렸다. 고개를 들자, 하얗게 질린 도우미가 보였다. 이상했다. "아줌마, 왜 그래?, 뭐 잘못했어?" 도우미는 세차게 고개를 흔들었지만, 이상함을 느낀 고수는 공책을 손가락으로 톡톡 두드렸다. 몇 번을 계속하자, 도우미는 뭔가를 결심한 듯 고수의 옷을 잡아당겼다. 고수는 귀찮아하면서도 한 손에는 종이를 들고 도우미가 하는 대로 따라갔다. 도우미는 서재의 책장 뒤 벽면을 밀었다. 계단이 보였다, 계단을 반쯤 내려가자 흥얼흥얼하는 소리가 들렸다. 도우미는 발걸음을 멈추지 않고 계속 내려갔고, 고수는 넘어지지 않기 위해 그녀를 계속 따라 내려갔다. 도우미는 걸음을 멈추고 손가락으로 어딘가를 가리켰다. 그 손가락을 따라가자 긴 생머리에 미간을 찌푸리며 집중한 얼굴로 책을 읽고 있는 여자아이가 보였다.

"지하실 공주, 최다문?", 그 소리에 벌떡 일어나는 다문이었다.

"누구야, 엄마?"

"엄마?, 뭐야. 벙어리 아줌마 딸이었어?, 이거 아빠도 알아?"

"무슨 말이야, 여기 우리 집인데, 너야말로 누구야?"

둘은 서서 서로를 노려보았다. 몇 분을 그렇게 쳐다보자, "아!, 눈 아파," 다문이 피식 웃으며 눈을 감았다. "너 눈 안 아파?, 이리 와, 여기 앉아." 고수는 다문의 옆으로 가서 앉았다.

"지하실 공주, 최다문, 그거 어떻게 알았어?, 엄마가 보여줬어?"

도우미는 고개를 흔들었고, 다문의 노트에 "식탁에 놔뒀는데 언니가 읽었어."라고 적었다.

"언니?, 이 사람이 내 언니야?" 도우미는 고개를 끄덕였다.

"얘가 내 동생이라고?, 그런데 왜 여기 있어?"

도우미는 "둘 다 최광일 씨 너희 아빠 딸이야."라고만 노트에 적었다. 다문은 무슨 사정이 있으려니 하고 나중에 엄마에게 물어봐야겠다고 넘어갔고, 고수는 저 아줌마가 거짓말할 이유가 없으니 내 동생이 맞겠지 하고 넘어갔다. 고수는 그제야 사방을 둘러보았다. 자신이 읽어보지 못한 책들이 가득했다. "이걸 다 읽었어?" "응, 언니는 이 책들 안 읽었어?"

"응, 근데 내가 왜 언니야?, 나이도 제대로 모르는데." "엄마가 언니라고 했잖아, 그리고 이렇게 예쁜 사람은 당연히 내 언니겠지." 다문은 어리벙벙하게 앉아있는 고수에게 자신이 읽고 있던 루이자 메이 올컷의 《작은 아씨들》 책을 건넸다. "이제 우리 자매니까, 언니가 이 책을 읽어보면 좋겠어, 내가 하나씩 가르쳐 줄게."라며 허리에 손을 올리고 고개를 들며 거만하게 말하는 다문을 쳐다보며, 고수는 고개를 끄덕였다. 고수는 그 책을 읽은 후 자매가 무엇인지 의문을 가졌고, 다문에 대한 작은 애정이 생겼다. 웃고 있는 눈, 꽉 다문 입술, 다문을 보는 눈빛이 고수의 변화를 알려주었다.

고수는 다문을 데리고 거실로 나와서, 광일이 오기를 기다렸다. 거실로 올라온 그녀들은 도우미가 해 준 떡볶이를 먹으며 재잘거렸다. 다문은 서재의 책들을 기웃거렸고, 그 광경을 고수는 흐뭇하게 지켜보았다.

"이건 내가 알려줄게.", "응, 고마워, 언니."

광일이 집에 들어왔고, 칼 세이건의 《코스모스》를 읽고 있는 다문을 보고 많이 놀랐다.

"아, 이게 어떻게 된 거냐면……" 고수를 보며 광일이 설명하려 하자, 고수는 표정 없이 말했다.

"괜찮아, 아빠, 다 들었어, 도우미 딸이라며."

"응, 맞아."

"잠깐 올라와서 떡볶이 먹으라고 했어."

"그래." 다문과 도우미는 광일의 눈짓에 지하실로 내려갔다.

고수가 자는 것을 보고 내려온 광일은 크게 화를 내며, 다문이 읽고 있던 《코스모스》 책을 찢어버렸다. 그리고 걸려 있던 얇은 막대기를 꺼냈다.

"다시는 올라가지 마!" 온몸에 자국과 퍼런 멍이 남겨진 다문과 도우미는 고개를 끄덕였다.

광일이 출근하자마자, 지하실로 내려온 고수는 그녀들을 보고 크게 화를 냈다.

"괜찮아?" "응." "수능 날까지 조금만 참자."

고수는 수시로 내려가서 소설을 읽었다. 다문은 고수의 옆에서 최대한 조용하게 그러나 또박또박하게 글을 썼다. 고수는 책을 보는척하며 다문을 관찰했다.

"글 쓰는 거 재밌어?"

"응응, 여기서는 내가 상상하는 대로 다 이루어지니까."

"그래." 고수는 다문의 상상이 현실에서도 이루어지도록 해주겠다고 다짐했다.

"다문아, 공모전에 네 소설 내볼까?"

"진짜?, 사람들이 좋아해 줄까?"

"당연하지, 내 동생 글인데."

다문은 고수가 머리를 쓰다듬는 손길이 좋아 함박웃음을 지으며, 글을 썼다.

고수는 공신력 있는 공모전을 찾아 다문의 글을 응모했다. 1등이 되면 5천만 원의 상금과 단행본 출간을 해 준다니 다문의 지하실 탈출 첫걸음으로 더할 나위가 없었다. 다문은 고수가 자신을 위해 공모전을 찾아 자기 글을 내준 것만으로도 행복했다. '나의 기사님은 언니가 아닐까?, 언니랑 계속 이렇게 살고 싶다.' 다문의 작은 바람이었다.

수능이 끝난 후, 광일은 그동안의 연구가 드디어 결실을 보리라 생각하니, 두근거려 견딜 수가 없었다. 수능 성적이 나오는 그다음 달에 자신의 연구발표를 할 계획이었다. 소설만 읽은 다문은 소설 이외의 장르만 읽은 고수의 성적을 이기지 못할 것이었다. 그것으로 결과를 발표할 작정이었다. 다문은 언어영역과 외국어영역에서는 만점을 받았고, 사회영역의 점수도 좋았다. 하지만 수리영역과 과학영역의 성적이 나빴다. 고수는 모든 영역에서 상위권의 성적을 받았으나, 만점은 없었다. 예상대로 다문보다 고수의 성적이 좋자, 광일은 마지막 작업을 위해 연구실 붙박이가 되었다.

드디어 광일의 연구논문 발표날이 되었다. "소설은 쓸모없는 것이다."라는 발표 도중, 고수는 다문이 공모전 1등을 했다는 연락을 받았다. 이번에는 특별히 외국 유명 작가들도 초빙하여 심사했는데 거기서도 칭찬만 가득했다는 소식이었다.

'평생 소설만 읽은 최다문 학생, 공모전 1등 수상, 천재 작가 탄생, 동생의 소설 덕분에 공감 능력이 생기고 표정이 생겼다는 언니의 인터뷰, 천재 작가의 다음 행보는?, 작가는 진짜 지하실에 갇혔었나?' 등 모든 언론 매체와 SNS가 다문을 다루고 있었다. 광일의 연구에 참석한 기자들에게 핸드폰으로 연락이 갔고, 그들은 모두 발표회장을 나가서 다문이 있는 지하실로 걸음을 옮겼다.

기자들에 의해 다문은 강일의 친딸임이 밝혀졌고, 광일은 미성년자 약취 · 유인죄로 징역 10년 형을 받았다. 강일은 꽃시장에서 본 이후, 머릿속에서 떠나지 않았던 아이가 자기 딸임을 알게 되자, 바로 다문을 찾아갔다. 하지만 다문이 고수와 계속 살겠다고 고집을 부리자, 일주일에 한 번은 강일의 집에서 시간을 보내는 것으로 합의를 봤다.

붉은 노을을 등지고, 바다를 바라보며 손을 잡고 있는 소녀들의 뒷모습이 찍힌 사진과 강다문의 《지하실 공주, 최다문》 양장본이 갈색의 커다란 타원형 테이블 위에 놓여있었다.

_최수아나의 글

에필로그

· · · · · · · ·

　출발점은 책을 써보라는 지인의 권유였습니다. 부지런히 올린 블로그 글을 몇 년이나 지켜본 이의 한 마디는 제게 무거운 추가 되어 마음에 심겼습니다. 변은혜 작가님과 만남은 마치 운명처럼, 숙명처럼 공저로 이어졌습니다. 책을 엮으며 저의 과거를 다시 되짚고, 이루어낸 성장을 목도했습니다. 보잘것없는 제 글이 여러분의 마음을 따뜻이 보다듬어 어루만지길 기도합니다.

_김나정

　지난 2년간 생각지 못한 종류의 성장을 경험했습니다. 그 시작은 하나의 아픔에서 비롯되었습니다. 그렇게 나를 키워낸 여정을 5편의 글로 담아냈습니다. 쓰면서 자주 슬펐지만, 결국엔 뿌듯한 나를 만났습니다. 글을 쓴다는 건 그런 건가 봅니다. 자신을 꺼내 매만지며 맺음말을 달아보는 것. 이 책을 쓰며 아픔으로 시작한 그 이야기를 이제 맺어봅니다.

_김세현

　독서 모임 참여가 글쓰기로 연결되고, 사적인 글쓰기가 공저로 이어졌습니다. 이 경험으로 '함께'라는 커뮤니티의 힘을 알게 되었고 오늘도 '함께' 성장합니다.

_김지현

독서와 글쓰기를 애정하는 작가님들과 글로 소통하며 책을 만들어가는 여정을 함께 하면서 작은 감동과 또 한 번의 짜릿한 성취감을 맛봅니다. 이 작은 책이 세상에 작은 씨앗으로 심겨져 또 다른 연결과 연대를 낳기를 바랍니다.

_변은혜

지금, 여기까지 올 수 있었던 시작은 독서였습니다. 아이들이 잠든 새벽, 책을 읽으며 보낸 시간은 단단한 내가 되어가는 시간이었습니다. 그 덕분에 세끼 밥만 짓던 제가 어느 새 글을 짓는 사람이 되었습니다. 어제보다 나은 오늘을 꿈꾸며 건강한 삶의 이야기를 그리며 살아가고 싶습니다.

_신정아

제가 잡고 있는 어떤 것 하나라도 내려놓거나 놓치면 와르르 무너져 버릴 것 같은 불안함이 불안정하게나마 나를 서 있게 했습니다. 평범한 일상을 살다가 한 번씩 그런 불안감과 마주할 때 저는 너무 무서웠지요. 그때 책을 만났습니다. 혼자 읽다가 함께 읽었고, 혼자 쓰다가 함께 썼습니다. 저를 만져주고, 쓰다듬었고, 보듬었습니다. 시간이 쌓이니 상처가 치유되고 새살이 돋았습니다. 이 책이 지친 누군가에게 위로와 희망이 되기를 바랍니다.

_윤미란

15년 동안 책을 읽어왔지만, 글을 쓰려는 생각을 하지 못했습니다. 책마음 커뮤니티를 통해서 아웃풋의 중요함을 알게 되었고 쓰기에 도전하게 되었는데요. 글을 쓰면서 함께하는 사람들이 얼마나 중요한지 다시 한번 느꼈습니다. 앞으로도 쓰기의 매력을 계속 이어가는 사람으로 남고 싶습니다.

_이상임

언제부터인가 홀린듯이 여러 온라인 글쓰기모임을 전전했습니다. 그러다 보니 제법 많은 글을 쓰게 되었습니다. 컴퓨터 안에 조용히 잠들어있던 글들을 다듬어 에세이 공저에 참여하게 되다니. 지금은 무려 에필로그를 쓰고 있다니! 책 출판의 첫경험을 맛보게 해주신 변은혜 작가님과 아홉 분의 작가님들께 감사드립니다.

_조은아

14년 동안 살던 곳을 떠나기 한 달 전이 돼서야 그 장소의 추억을 맛보는 계기가 되었는데요. 모두와 함께 글을 쓰는 이 활동도 지난 나의 삶을 읽어볼 수 있는 계기가 됐습니다. 제 글쓰기는 개척의 여정입니다. 텅 비어있던 백지는 글을 쓰면서 지나왔던 길의 새로운 지도가 되었고, 삶의 여정을 어떻게 하면 잘 전달할 수 있을까? 하는 고민은 나의 펜이 되어 주었습니다. 이제 작은 지도들이 모여 예쁜 책으로 나옵니다. 독자들이 이 책을 읽고 희망을 품었으면 하는 바람입니다.

_천유진

소설만 쓰며 한걸음 물러서서 지켜봤던 나를 에세이를 쓰며 찬찬히 들여다볼 수 있었습니다. 혼자 쓰며 책을 만드는 것이 아니라, 함께 하는 작업도 좋았습니다. 우리 모두 글을 쓰며 계속 단단해지기를...

_최수아나

· · · · · · · ·

　사춘기 딸아이와 홈스쿨링을 하며 라이프 코치로 활동하고 있다. 매일 읽고 쓰는 일상에서 지난 추억과 기억을 꺼낸다. 수면 위로 떠오른 그것을 글로 엮여내는 동안 내 안의 묵은 상처가 아물고 새살이 돋아 난다. 그 힘으로 가족과 더불어 나를 만나는 모두를 품어 안는다. 글은 나의 절친이자 동반자이다. 당신의 글이 당신에게도 그러하기를 진심으로 바란다.

_김나정

　연구원이라는 업처럼 실용성을 추구하던 삶이었다. 내면의 위기를 겪은 뒤 조건 없이 나를 돌보는 시간을 가졌다. 그러다 작은 것에 감탄하고 수시로 감상에 빠지는 자신을 발견했다. 혼자만의 감성을 글로 풀어내다가 시를 짓는 사람이 되어가고 있다. 시와 함께 삶이 깊어지길, 그리고 당신에게 울림이 되길 소망한다.

_김세현

　대기업에서 일하는 남편과 함께 맞벌이로 4살 아들을 키우고 있다. 새로운 지식과 경험을 탐구하는 것을 좋아하고 다양한 분야에 관심이 많아 매일 독서를 즐긴다. 최근에 나의 일상과 생각을 담아내는 글쓰기로 소소한 행복을 느끼고 있다. 16년간 수입차 부품 관련 기업을 운영 중인 여성 CEO

_김지현

책을 읽고 쓰고 만들며, 독서와 글쓰기의 기쁨을 나누고 있다. 모든 사람 안에 이야기가 있음을 주목하며, 그것을 글로 풀어내는 과정을 도와주고 있다. 글쓰기를 통해 자신의 삶을 긍정하며 자신만의 유일한 가치를 나누는 보통 사람의 책쓰기를 전파하고 있다. 현재 책마음 독서와 글쓰기 커뮤니티를 운영하며, 작가로, 강사로, 1인 출판인으로 하루를 꽉 채우며 살고 있다. 《나는 매년 책을 쓰기로 했다》외 여러 권이 있다.

_변은혜

깜빡이는 커서를 밀어내자 흐트러진 나의 생각이 한 송이 꽃으로 피어오른다. 점점 글쓰기가 좋아진다. 편안하게 읽을 수 있는 따뜻한 이야기를 글에 담고 싶은 마음으로 오늘도 자리에 앉는다.

_신정아

20년 직장인으로 일과 가정에 몰입한 삶을 살았다. 마흔 살에 책을 통해 비로소 나를 만나게 되었고, 나의 삶을 살게 되었다. 홀로 걸었으나 '함께'의 소중함과 행복을 느끼며 '함께' 걸으며 길을 내는 삶을 살기로 했다.

_윤미란

피아노를 치고 가르치며 음악과 함께하는 인생의 즐거움을 나누고 있다. 오래된 취미인 악보와 책 읽기로 인해 자연스럽게 관심을 가지게 된 글쓰기. 에세이와 초단편 소설 쓰기를 좋아한다.

_조은아

어린 시절에는 책을 읽은 경험이 별로 없다. 마흔 살에 학생들 독서교육을 시작하여 15년 동안 활동하면서 '책은 사람을 변하게 한다'라는 것을 경험했다. 독서를 기반으로 대학원에서 〈커리어 상담〉을 공부하고 지금은 대학생과 중장년을 대상으로 강의와 진로코칭을 하고 있다.

_이상임

1972년 대전에서 태어나 간호학과를 졸업 후 서울아산병원에서 5년 동안 간호사로 환자들을 돌보았고, 11년 동안 건강보험심사평가원에서 일했으며, 10년 동안 의료기관평가인증원 교육컨설팅 팀장으로 인증 교육 및 컨설팅을 담당하였다. 현재는 여주대학교 간호학과 교수로 학생들을 가르치고 있다. 저서로는 《사례중심의 간호과정과 비판적 사고》가 있고, 2022년 보건복지부 장관 표창을 받은 바 있다.

_천유진

혼자 하는 삶에 익숙했으나, 함께 하는 삶의 소중함을 배워가고 있다. 책을 읽고, 글을 쓰며 살아간다. 저서로는 《꽃은 시들지 않는다》 전자책이 있다.

_최수아나